Der Neujahrs
Quilt

JENNIFER CHIAVERINI

Der Neujahrs Quilt

Deutsch von Theresia Übelhör

Weltbild

Für Marlene und Leonard Chiaverini,
die Silvester zu feiern wissen

1

Sylvia stellte den Radiosender ein, ließ Popsongs und Talkrunden ertönen, bis sie schließlich zu einem Sender gelangte, in dem eine Big Band Versionen der bekanntesten Weihnachtslieder spielte. »Wir sollten ihr die Nachricht schonend beibringen«, sagte Sylvia. »Wir sollten uns zusammen hinsetzen, ihr einen hochprozentigen Schnaps einschenken und ihr in aller Ruhe erzählen, was wir gemacht haben.«

»Dann wird sie dir den Schnaps höchstwahrscheinlich ins Gesicht schütten«, entgegnete Andrew. »Nein, wir sollten es ihr einfach geradeheraus und schonungslos sagen, so wie man ein Pflaster abreißt. Je früher wir es ihr beibringen, desto früher kann sie anfangen, sich an den Gedanken zu gewöhnen.«

Andrew kannte seine Tochter besser als Sylvia, aber sie bezweifelte, dass sie mit dieser Direktheit Erfolg haben würden. »Wie wäre es damit?«, schlug sie vor. »Wir sagen zu ihr: ›Amy, wir haben eine gute und eine schlechte Nachricht. Die schlechte ist, dass wir geheiratet haben. Die gute ist, dass du uns kein extra Hochzeitsgeschenk zu machen brauchst, weil die Hochzeit an Weihnachten stattgefunden hat.‹«

»Ich mag es nicht, wenn du unsere Hochzeit als ›schlechte Nachricht‹ bezeichnest.«

»Ich auch nicht, aber ich bin mir sicher, dass Amy es so sehen wird.«

»Ich glaube nicht, dass sie sich weigern würde, sich mit uns zu freuen, wenn sie wüsste, wie glücklich ich darüber bin, dass du endlich eingewilligt hast, meine Frau zu werden.«

»Vielleicht solltest du ihr sagen, wie glücklich du bist«, antwortete Sylvia. »Vielleicht ist es ja tatsächlich so einfach.«

Beide dachten einen Moment darüber nach, dann sagten sie gleichzeitig: »Das bezweifle ich.« Andrew kicherte, und Sylvia streichelte ihm über die Wange, dann schaute sie wieder auf die vorbeiziehende Landschaft hinaus, auf schneebedeckte Hügel, die jetzt, Ende Dezember, im schwachen Sonnenlicht des Vormittags glitzerten. Sie konnte sich nicht erinnern, je so zufrieden gewesen zu sein. Ihr Mann, mit dem sie nun seit fast zwei Tagen verheiratet war, war bei ihr, die Freuden winterlicher Flitterwochen erwarteten sie, und liebe Freunde – ihre zweite Familie – würden sie beide nach Neujahr zu Hause in Elm Creek Manor willkommen heißen.

Hätte Andrews Tochter keine Einwände gegen die Hochzeit erhoben, dann wäre Sylvias Glück vollkommen gewesen.

Sie unterdrückte ein Seufzen, weil sie nicht zulassen wollte, dass Amys unerwartete Missbilligung ihr die gute Stimmung verdarb. Wenn sie doch nur die Gedanken an Amys letzten Besuch in Elm Creek Manor aus ihrem Kopf vertreiben könnte, an ihre enttäuscht gerunzelte Stirn und die entschlossene Haltung ihrer Schultern, als sie ihren Vater daran erinnerte, dass Sylvia vor zwei Jahren einen Schlaganfall erlitten und wie sehr er getrauert hatte, als Amys Mutter an Krebs gestorben war. Sylvia und

Andrew versuchten nach Kräften, Amys Bedenken zu zerstreuen, aber sie hatte sich ihre Meinung gebildet und war nicht von ihrer Überzeugung abzubringen, dass diese Ehe am Ende unweigerlich zu Kummer und Leid führen würde. »Wir würden uns alle freuen, wenn ihr viele, viele Jahre zusammen verbringen könntet«, hatte Amy gesagt, »aber es wird wieder auf das Gleiche hinauslaufen.«
Schließlich war Andrew der Geduldsfaden gerissen. »Wenn mich die Zeit, die ich während ihrer Krankheit am Bett deiner Mutter verbracht habe, etwas gelehrt hat, dann ist es die Tatsache, dass nichts wichtiger ist, als das Leben mit jenen Menschen zu verbringen, die man liebt. Deine Mutter war sehr lebenslustig. Es ist mir direkt peinlich, dass du von mir erwartest, mich in Trauer um sie in eine Ecke zu verkriechen und auf den Tod zu warten.«
Amy war rot angelaufen, als ihr Vater hinausstürmte. Sylvia hatte Amy zu beruhigen versucht, indem sie ihr erklärte, dass sie sich von ihrem Schlaganfall völlig erholt habe, dass sie für ihr Alter in hervorragender gesundheitlicher Verfassung sei und genügend finanzielle Mittel besitze, um sicherzustellen, dass sie niemandem zur Last fallen würde, doch Amy war durch nichts zu besänftigen gewesen. Nachdem es Amy nicht gelungen war, ihren Vater zu überzeugen, hatte sie sich an Sylvia gewandt, doch obwohl Sylvia sie freundlich anlächelte, um ihre Aussage abzuschwächen, nahm sie der jungen Frau die lächerliche Andeutung übel, sie läge bereits auf dem Sterbebett, und sie antwortete deshalb direkter, als sie es eigentlich hätte tun sollen. »Ich bin mir sicher, dass du es gut meinst«, sagte sie, »aber wir haben unsere Entscheidung getroffen, und du wirst dich einfach damit abfinden müssen.«

Amys entsetzter Gesichtsausdruck verriet Sylvia, dass sie niemals erwartet hätte, dass ihre Befürchtungen so rasch beiseitegewischt würden. Wie konnte sie etwas anderes erwarten? Sie hätte wissen müssen, dass Andrew ein viel zu ehrenhafter Mann war, um einen Heiratsantrag zurückzuziehen, nur um bockigen Kindern einen Gefallen zu tun, insbesondere, da dies seinen eigenen Wünschen und dem gesunden Menschenverstand widersprach.

Sylvia seufzte, während die winterliche Landschaft an ihrem Autofenster vorbeirauschte, weil ihr vor der Ankunft in Hartford und der unerfreulichen Szene graute, zu der es sicher kommen würde, sobald Andrew die Neuigkeit erzählte, dass sie an Heiligabend geheiratet hatten. Sie war dankbar für die Schonfrist, die die zwei Tage in New York ihnen boten, aber sie wusste, dass sie das Unvermeidliche nur hinauszögerten. In ihren optimistischen Momenten hoffte Sylvia, dass Amy ihre albernen Einwände aufgeben würde, sobald ihr klar wurde, dass es zu spät war – dass ihr Vater geheiratet hatte und daran nun einmal nichts mehr zu ändern war. Doch häufiger fürchtete sie, dass Amy, wenn sie im Nachhinein von der Hochzeit erfuhr, nur noch wütender würde und dass die Entfremdung zwischen Vater und Tochter, zu der es in den letzten Monaten gekommen war, zum Dauerzustand werden könnte.

Die Hochzeit war wunderbar gewesen, obwohl sie in nur wenigen Wochen organisiert worden war. Sylvia und Andrew hatten gehofft, dass Amy mit ihrem Ehemann und den drei Kindern daran teilnehmen würde, und sie hatten natürlich auch Andrews Sohn, seine Frau und ihre beiden Töchter eingeladen. Vor Monaten hatten Bob und Kathy ihre Bedenken geäußert, als Andrew die Verlobung bekannt gab, doch nachdem der erste Schock erst einmal überwunden war, hatten sie seinen unerwarteten Entschluss, wieder zu heiraten, scheinbar akzeptiert. Selbst Amys Mann hatte dem Paar unter sechs Augen anvertraut, wie sehr er sich wünschte, sein eigener verwitweter Vater hätte wie sie beide das Glück, eine zweite Liebe zu finden.

Sylvia und Andrew hatten alle über Weihnachten nach Elm Creek Manor eingeladen, ohne die Hochzeit zu erwähnen, ein Geheimnis, das sie nur dem jungen Paar anvertrauten, das als Trauzeugen fungieren sollte, und der Bürgermeisterin, die den Bund der Ehe schließen sollte. Sie hatten vorgehabt, Andrews Kinder über die bevorstehende Hochzeit ins Bild zu setzen, sobald sie in Elm Creek Manor ankamen, das heißt ein paar Stunden, bevor sich Sylvia und Andrew das Jawort geben wollten – genügend Zeit also, dass sie sich mit dem Gedanken anfreunden, doch nicht genug, dass sie vor der Zeremonie den Rückflug nach Hause antreten konnten. Vielleicht, gestand Sylvia sich zögerlich ein, war ihr Plan falsch, ja sogar hinterhältig gewesen, und eigentlich war abzusehen, dass die Sache eher nach hinten losgehen würde, als die Kinder zu überzeugen. Nicht etwa, dass dies eine Rolle spielte. Amy hatte die Einladung mit der fadenscheinigen Ausrede, sie würde Weihnachten gern ganz ruhig zu Hause verbringen, abgelehnt, und auch Bob, der seine Schwester nicht verärgern wollte, indem er sich dem Anschein nach auf die Seite seines Vaters schlug, war nicht gekommen.

Sie hatten eine schöne Hochzeit versäumt. Sarah McClure, Sylvias ehemalige Quiltschülerin und jetzige Geschäftspartnerin, hatte zusammen mit ihrem Mann Matt ein fantastisches Fest organisiert. Im Ballsaal von Elm Creek Manor hatten Weihnachtssterne, Bänder und

Tannenzweige im Kerzenschein geschimmert. Andrew hatte im großen offenen Kamin Feuerholz aufgeschichtet und den nostalgischen Weihnachtsschmuck aufgestellt, nämlich die Krippe, die Sylvias Vater von einem Besuch des Stammsitzes der Familie Bergstrom in Baden-Baden, Deutschland, mitgebracht hatte. Die jüngste Elm Creek Quilterin, Summer Sullivan, hatte sich um den musikalischen Rahmen gekümmert und dafür gesorgt, dass Weihnachtslieder erklangen, während es im Saal nach Tannennadeln, Zimt und gebratenen Äpfeln duftete. Auf der anderen Seite der Tanzfläche hatte der Koch mit zwei Gehilfen – seiner Tochter und ihrer besten Freundin, soweit Sylvia mitbekommen hatte – auf langen Tischen Silbertabletts mit Horsd'œuvres und Plätzchen hingestellt und das Büffet vorbereitet, während die heißen Speisen noch in der Küche brutzelten. Irgendjemand hatte die vom Boden bis zur Decke reichenden Vorhänge an der Südseite aufgezogen, und Schneeflocken fielen sanft gegen die Fensterscheiben.

Sylvia konnte sich keinen festlicheren Ort vorstellen, an dem man den Heiligen Abend verbringen konnte.

Bald begannen die Gäste in den Ballsaal zu strömen – die Elm Creek Quilterinnen mit ihren Familien, Freunde aus dem nahe gelegenen Städtchen Waterford, Collegestudenten, mit denen sich Sylvia angefreundet hatte, als sie an verschiedenen Forschungsprojekten teilnahm, und Katherine Quigley, die Bürgermeisterin, die zu den wenigen zählte, die in Sylvia und Andrews Geheimnis eingeweiht waren. Cocktails wurden herumgereicht, danach gab es ein köstliches Mahl mit gebratenen Wildhühnern mit einer Preiselbeer-Walnuss-Sauce, die Sylvia wieder einmal daran erinnerte, warum ein paar der Quilterinnen behaupteten, sie hätten nur des Essens wegen an einem Elm Creek Quilt Camp teilgenommen. Summer legte eine CD mit Big-Band-Melodien in den CD-Spieler und führte ihren Freund auf die Tanzfläche. Andere Paare gesellten sich zu ihnen, und bald war der Saal erfüllt von Lachen, Musik und freundschaftlicher Wärme.

»Ich glaube nicht, dass ich je einen schöneren Heiligabend erlebt habe«, sagte Sylvia zu Andrew, während sie sich auf der Tanzfläche drehten. »Er sollte niemals zu Ende gehen!«

»Wirklich?« Er betrachtete sie mit hochgezogenen Augenbrauen. »Soll das heißen, dass du es dir anders überlegt hast?«

»Nein, natürlich nicht«, antwortete sie mit gesenkter Stimme, weil das Lied gerade zu Ende war. »Eigentlich wollte ich gerade vorschlagen, dass wir allmählich anfangen sollten.«

Er führte ihre Hände an seine Lippen. »Ich hatte gehofft, dass du das sagen würdest.«

Sylvia machte Sarah ein Zeichen, damit sie die Bürgermeisterin Quigley in der Menge suchte und ihr mitteilte, dass es jetzt Zeit sei. Andrew schmunzelte, während Sylvia an ihrem Blumenbouquet herumfingerte. »Nervös?«

»Kein bisschen«, antwortete sie. »Ich hoffe nur, dass uns unsere Freunde das verzeihen werden.«

»Ihnen wird nichts anderes übrig bleiben, wenn wir sie daran erinnern, dass keiner von uns je davon geredet hat, bis Juni warten zu wollen.«

»Darf ich mal um eure Aufmerksamkeit bitten?«, rief Sarah über den Lärm der Menge hinweg. Irgendjemand drehte die Lautstärke des CD-Spielers herunter. »Im Namen von Sylvia und Andrew und allen, die Elm Creek Manor als ihre zweite Heimat betrachten, danke ich euch, dass ihr an diesem ganz besonderen Heiligabend zu uns gekommen seid.«

Alle klatschten – mit Ausnahme von Andrew, der sich die Krawatte zurechtrückte, und von Sylvia, die sich bei ihrem Bräutigam unterhakte.

»Es ist mir eine Ehre und eine große Freude«, fuhr Sarah fort, »euch darüber zu informieren, dass wir heute nicht nur Weihnachten feiern wollen, sondern auch die Hochzeit unserer lieben Freunde, Sylvia Compson und Andrew Cooper.«

Auf erstauntes und aufgeregtes Luftschnappen folgten rasch begeisterte Jubelrufe. Sylvia spürte, wie ihre Wangen heiß wurden, als ihre vielen Freunde sich ihnen Beifall klatschend zuwandten und ihre Namen riefen.

»Du hast gesagt, dass sie im Juni stattfindet«, protestierte eine der Elm Creek Quilterinnen.

»Nein, *du* hast Juni gesagt«, entgegnete Sylvia.

»Aber ich habe mir schon ein Kleid gekauft und auch deines bereits ausgesucht!«

Alle Anwesenden brachen in Gelächter aus, und nachdem Sarah genauso laut mitgelacht hatte, hob sie um Ruhe bittend die Hände. »Wenn ihr alle zur Seite treten würdet – Andrew möchte seine schöne Braut nun durch den Saal führen.«

Die Menge teilte sich, um dem Paar Platz zu machen, und Summer huschte zum CD-Spieler. Während die ersten Töne von Bachs »Jesu, meine Freude« erklangen, schritten Sylvia und Andrew zwischen ihren Gästen hindurch auf die Stelle zu, an der die Bürgermeisterin sie erwartete.

Für Sylvia klang jeder Satz der einfachen Zeremonie so wahr wie ein heller Glockenschlag. Sie gelobten, ehrlich, treu und respektvoll zueinander zu sein und sich zu lieben, bis dass der Tod sie scheide. Hand in Hand lauschten sie, als die Bürgermeisterin sie an die Bedeutung und die Unwiderruflichkeit ihres Versprechens erinnerte. Sie tauschten die Ringe, und als sie sich küssten, brachen die Gäste im Saal in Applaus und Jubelrufe aus. Als Sarah und Matt vortraten, um die Hochzeitsurkunde zu unterzeichnen, ließ Sylvia den Blick zu den versammelten Freunden wandern, die sich Freudentränen aus den Augen wischten und lächelten, und sie wusste, dass sie und Andrew umgeben von Liebe geheiratet hatten, genau wie es sein sollte.

Wären nur Andrews Kinder und Enkel gekommen, um diesen Augenblick mit ihnen zu teilen. Könnten sie sich nur mit Sylvia und Andrew über ihr Glück freuen, so wie es ihre Freunde taten. Sylvia schaute zu ihrem frischgebackenen Ehemann auf und erkannte an seinem Blick, dass ihm die gleichen wehmütigen Gedanken durch den Kopf gingen.

Sie streckte die Hand aus, um ihm über die Wange zu streichen. Er legte seine Hand auf ihre und lächelte.

Es war wirklich eine fantastische Hochzeit gewesen, genau das Fest, das sie und Andrew sich gewünscht hatten. Sogar die Elm Creek Quilterinnen hatten sich so sehr amüsiert, dass sie sich gar nicht mehr darüber beschwerten, nun ihre Pläne für eine Hochzeit im Juni aufgeben zu müssen.

Der einzige Schatten, der auf ihr Glück fiel, war die Tatsache, dass Andrews Familie nicht gekommen war.

Sylvia, die sich selbst in gewisser Weise als Expertin in Sachen familiärer Entfremdung und deren Konsequenzen betrachtete, wusste, dass alles von Amy abhing. Konnte sie Amy für sich gewinnen, dann würden die anderen gewiss folgen und erleichtert sein, dass die Familienharmonie wiederhergestellt war. Amy hatte offenkundig die Sturheit ihres Vaters geerbt, aber mit ein bisschen Glück besaß sie auch sein gutes Herz.

Während Bing Crosby »I'll Be Home for Christmas« schmachtete, schob Sylvia ihre Sorgen beiseite und griff in ihre Einkaufstasche, die auf dem Rücksitz lag. Vorsichtig, weil im Getränkehalter zwischen ihnen Andrews noch halb voller Kaffeebecher vom Bear's Paw Inn stand, zog sie ihre aktuelle Handarbeit heraus, eine Patchworkdecke in Blau-, Gold- und Weißtönen mit einigen schwarzen Flicken hier und da, wenn ihr gerade danach gewesen war. Der Quilt wirkte winterlich, dieser Meinung war sie jedenfalls immer gewesen, und sie hatte gern daran gearbeitet, wenn die Tage kurz und die Nächte lang und kalt waren. In den letzten Monaten hatte sie beschlossen, den Quilt endgültig fertigzustellen, und zwar nicht nur der Beruhigung wegen, ein weiteres Stück von ihrer Liste der unerledigten Arbeiten streichen zu können. Es blieb nur noch die Aufgabe, den Rand anzunähen, den äußersten Stoffstreifen, der die ungleichen Kanten von Quiltoberfläche, Wattierung und Futter verdeckt. Normalerweise fand Sylvia diese simple Handarbeit langweilig, jene Aufgabe der Quiltkunst, die am wenigsten Kreativität erforderte und am eintönigsten war, doch heute genoss sie die Ablenkung.

Andrew warf ihr einen Blick zu, als sie einfädelte. »Ist das unser Hochzeitsquilt?«

»Nein, mein Lieber, tut mir leid.« Sylvia stach die Nadel mit Schwung durch den unebenen Rand des Quilts, versteckte den Knoten in der Wattierung und fing an, den Stoffstreifen mit kleinen, kaum sichtbaren Leiterstichen an die Rückseite des Quilts zu nähen. »Das ist nur eine

Wohndecke, die ist nicht groß genug für unser Bett. Du wirst ein paar Monate warten müssen, wenn du möchtest, dass ich uns einen Hochzeitsquilt mache.«

»Vielleicht nähen die Elm Creek Quilterinnen uns ja einen.«

Das waren ihre liebsten und besten Freundinnen, es war also durchaus möglich. Andererseits ... »Vielleicht, wenn sie sich erst einmal von dem Schock erholt haben.«

Andrew grinste. »Und wenn sie uns verzeihen, dass wir ihnen die Traumhochzeit vermasselt haben.«

»Genau.« Im Gegensatz zu Andrews Kindern waren die Elm Creek Quilterinnen über die Bekanntgabe ihrer Verlobung so erfreut gewesen, dass sie sich hatten hinreißen lassen und sich begeistert auf die Hochzeitsplanungen stürzten. Sylvia verspürte einen Anflug von Schuldgefühlen, ihre Pläne durchkreuzt zu haben, nachdem sich ihre Freundinnen die Mühe gemacht hatten, den Hochzeitskuchen auszuwählen, das perfekte Hochzeitskleid in einem Magazin für Brautmoden auszusuchen und das Datum der Feier festzulegen, da bei einem Abgleich ihrer Terminkalender klar wurde, dass die Hälfte der Samstage im Juni bereits verplant waren – aber es war unumgänglich gewesen. Sylvia und Andrew hatten den Gedanken nicht ertragen, im Wissen, dass seine Kinder sich weigerten, daran teilzunehmen, ein riesiges Fest zu organisieren. So konnten sie sich einreden, dass Amy und Bob mit ihren Familien über Weihnachten gekommen wären, wenn sie gewusst hätten, dass die Hochzeit stattfinden sollte. So würden Andrews Kinder in den kommenden Jahren nicht von Schuldgefühlen geplagt sein, dass sie sich geweigert hatten, bei der Hochzeit ihres Vaters anwesend zu sein.

Sylvia hoffte, Amy und Bob damit Gefühle des Bedauerns

zu ersparen, denn sie waren zu jung, um zu wissen, dass sie unweigerlich mit Gewissensbissen zu rechnen hatten.
»Auch wenn es nicht unser Hochzeitsquilt ist«, stellte Andrew fest, »so muss er doch wichtig sein, sonst hättest du ihn nicht in die Flitterwochen mitgenommen.«
»Das ist er wirklich.« Sylvia breitete den Quilt auf ihrem Schoß aus, damit Andrew einen eingehenderen Blick auf die bunte Patchworkdecke werfen konnte, obwohl er die Schönheit des Quilts hier in der Enge des Autos nicht wirklich würde erkennen können. »Es ist ein Quilt für die Weihnachtszeit. Ich nenne ihn ›Neujahrsüberlegungen‹.«
»Überlegungen – nicht Vorsätze?«
»Vorsätzen sollten Überlegungen vorausgehen, der Meinung war ich jedenfalls schon immer.«
Andrew schüttelte den Kopf. »Ich glaube nicht an Vorsätze zum neuen Jahr. Wenn jemand etwas verändern muss, dann sollte er es gleich tun und damit nicht bis Neujahr warten.«
»Es gibt Leute, die nicht so viel Selbstdisziplin haben wie du«, stellte Sylvia schmunzelnd fest. »Manche Leute brauchen einen besonderen Anlass, um anzukündigen, dass die Zeit für eine Veränderung gekommen ist.«
»Manche Leute – meinst du damit etwa dich?«
»Gut möglich. Ich bin sehr für Neujahrsvorsätze, und ich unterstütze jeden, der welche macht. Sie sind in unserer zunehmend zynischen Welt ein Zeichen für Optimismus und Hoffnung. Jemand, der zu Beginn eines neuen Jahres einen Vorsatz fasst, tut damit kund, dass er Hoffnung hat und daran glaubt, sein Leben verbessern zu können, dass wir die Welt zum Besseren verändern können.«
»Du brauchst dich nicht zu ändern. Ich würde gar nichts an dir verändern.«
»Das hört sich ganz nach Neuvermähltem an«, zog Sylvia

ihn auf. »Es ist sehr gut, dass du mich nicht verändern möchtest, weil du das nicht kannst, das weißt du. Und nicht etwa, weil Frauen ab einem bestimmten Alter festgefahrene Gewohnheiten haben oder solchen Quatsch. Keiner kann einen anderen Menschen ändern. Man muss sich schon selbst ändern.«

Aber das sollte nicht etwa heißen, dass eine besorgte Freundin jemanden, der auf dem falschen Weg war, nicht in eine neue Richtung lenken und hoffen konnte, dass er sie einschlägt. Der Quilt mit dem Namen ›Neujahrsüberlegungen‹ erinnerte sie stets daran beziehungsweise an die Tatsache, dass das Einschlagen eines neuen Weges ohne vorherige gründliche Überlegung selbst die entschlossenste Reisende nur in einem weiten Kreis laufen lassen und sie wieder zu ihrem Ausgangspunkt zurückführen würde, und am Ende wäre sie nicht besser dran als bei Antritt ihrer Reise.

Andrew schwieg, während Sylvia den Randstreifen annähte und jeder Stich sie der Fertigstellung des Quilts näher brachte, an dem sie seit beinahe sechs Jahren immer mal wieder gearbeitet hatte. Aus dem Augenwinkel beobachtete sie, wie Andrew die Stirn ein wenig runzelte, während er überlegte, wieso sie ihren Quilt wohl auf die Hochzeitsreise mitgenommen hatte.

»Du hast den Quilt nicht deshalb mitgebracht, weil du dir letztes Jahr vorgenommen hast, ihn an Silvester vor Mitternacht fertig zu haben, und weil dir jetzt die Zeit davonläuft, oder?«

»Nein«, antwortete Sylvia und lachte leise auf. »Ich habe ihn mitgenommen, weil er ein Geschenk für Amy ist.«

»Aber wir haben den Kindern ihre Weihnachtsgeschenke doch schon vor Wochen zugeschickt.«

»Das ist kein Weihnachtsgeschenk. Es ist ein Neujahrs-

geschenk.« Sylvia zögerte, dann entschloss sie sich, ihm die ganze Wahrheit zu erzählen. Immerhin war er jetzt ihr Ehemann. »Es ist ein Geschenk, um ihr zu danken, dass sie akzeptiert, dass ich ihren Vater geheiratet habe.«
Andrew warf ihr einen völlig verwirrten Blick zu. »Aber das hat sie doch gar nicht«, sagte er und schaute schnell wieder auf die Straße. »Das tut sie nicht. Das hat sie absolut klargemacht, als ich es ihr erzählt habe, dass ich dich heirate, ob es ihr gefällt oder nicht. Sylvia, ich denke, du solltest dich dafür wappnen. Dein Friedensangebot – es ist ein schöner Quilt und eine nette Geste, aber es könnte sein, dass das alles nicht ausreicht. Vielleicht ist diese Fahrt am Ende nichts als Zeitverschwendung.«
»Ich weigere mich, das zu glauben«, stellte Sylvia fest. Dieser Versöhnungsversuch galt ebenso sehr den Frischvermählten selbst wie Amy. Der Gedanke, es zumindest versucht zu haben, würde ihnen guttun, selbst wenn Amy sie zurückweisen sollte.
Und obwohl es stimmte, dass Amy die Verlobung ihres Vaters nicht gutgeheißen hatte und die Nachricht, dass er geheiratet hatte, mit großer Wahrscheinlichkeit nicht begrüßen würde, würde sie so vielleicht kurz vor Beginn des neuen Jahres ihre Meinung ja ändern. Im Gegensatz zu Andrew setzte Sylvia Vertrauen in die Macht der Jahreszeit, Neuanfänge heraufzubeschwören.

Während sie auf ihrem Weg nach New York durch den Osten Pennsylvanias fuhren, unterhielt sich Sylvia mit Andrew und arbeitete an dem Quilt mit dem Titel ›Neujahrsüberlegungen‹, dabei war jeder Stich ein stilles Gebet, dass sich Andrew mit seiner Tochter aussöhnen möge. Sie konnte es nicht ertragen, der Grund für deren Entfremdung zu sein. Sie kannte den Schmerz der Ein-

samkeit nur allzu gut, der einem Menschen, der zu spät lernt, anderen zu verzeihen, das Herz schwer macht.
Mehr als fünfzig Jahre der Bitterkeit und Trauer hatten Sylvia von ihrem Elternhaus ferngehalten – und von der Schwester, die sie ungerechterweise beschuldigt hatte, für all ihren Kummer verantwortlich zu sein. Jeder Neujahrstag hatte ihr eine Gelegenheit geboten, einen Neuanfang zu wagen, aber sie hatte stur auf eine Entschuldigung gewartet, die nie ausgesprochen wurde, eine Entschuldigung, die sie vielleicht gar nicht verdient hatte. Erst nach Claudias Tod war Sylvia nach Elm Creek Manor zurückgekehrt und hatte herausgefunden, dass ihre Schwester sie vermisst und sich nach ihrer Rückkehr gesehnt hatte. Hätte Sylvia den Kontakt nicht so vollständig abgebrochen, dann wäre es Claudia möglicherweise gelungen, sie ausfindig zu machen, ihr zu schreiben und die Entschuldigung auszusprechen, auf die Sylvia so verzweifelt gewartet hatte. Hätte Sylvia bloß nicht zugelassen, dass ihr unnachgiebiger Stolz sie davon abhielt, Claudia als Erste die Hand entgegenzustrecken.
Sylvia würde es nicht zulassen, dass Andrew und Amy den gleichen Fehler machten. Die Lektionen, die sie auf die harte Tour gelernt hatte, mussten schließlich zu etwas gut gewesen sein. Das Zerwürfnis zwischen Vater und Tochter dauerte noch nicht lange; gewiss würde die Wunde rasch heilen, wenn sie diese schnell versorgten und verhinderten, dass die durch die Wut verursachte Infektion sich darin ausbreitete.
Sylvia steckte die Nadel in die Kante des Randstreifens und hob den Quilt an, um ihre Arbeit zu begutachten. Der doppelt gelegte Schrägstreifen aus dunkelblauer Baumwolle lag glatt und gerade, ohne eine einzige Falte, und bildete einen perfekten Rahmen für die zwölf blau-golde-

nen Patchworkblöcke, die sie sich selbst ausgedacht hatte, zwölf Variationen des traditionellen Mother's-Favorite-Blocks.

Höchstwahrscheinlich hätte Claudia zu Sylvias Wahl ihren Senf dazuzugeben gehabt. Beide Schwestern hatten einst danach getrachtet, der Liebling ihrer Mutter zu sein, und Sylvia hatte als Kind ständig zwischen Angst und Gewissheit geschwankt, dass sie es nicht war. Wahrscheinlich hätte Claudia ihr nicht geglaubt, dass sie das Muster trotz – und nicht etwa wegen – seines Namens ausgesucht hatte. Es war optisch verblüffend, mit einem zehn Zentimeter großen Quadrat in der Mitte, das, umgeben von weißen Dreiecken, auf die Spitze gestellt war und von schmalen blauen Streifen eingerahmt wurde. Aus hellblauen Dreiecken zusammengesetzte Trapeze und weiße Dreiecke bildeten die Ecken jedes Blocks und erinnerten damit vage an den bekannteren Pineapple-Block. Doch Sylvia hatte ein bereits schwieriges Muster noch komplizierter gemacht, indem sie das kompakte zehn Zentimeter große Mittelquadrat durch Miniatur-Patchwork-Blöcke ersetzte. Diese Blöcke hatte sie tatsächlich ihrer Namen wegen ausgewählt, aufgrund ihrer Symbolik, wegen der Erinnerungen an längst vergangene Neujahrsfeste, die ihr bei der Arbeit an diesem Quilt immer wieder in den Sinn gekommen waren.

Sylvia strich mit der Hand über die Patchworkoberfläche und wünschte sich, die Stücke ihres Lebens hätten sich ebenso perfekt aneinandergefügt. Es war schwierig, mit Vorfreude und Hoffnung auf das kommende Jahr zu blicken, wo sie doch nicht umhinkam, voller Bedauern auf die in der Vergangenheit gemachten Fehler zurückzuschauen. Während ihrer langen Abwesenheit von Elm Creek Manor hatte sie es sich an Silvester zur Tradition gemacht, über ihre früheren Fehler nachzudenken, bis dies genauso Teil dieses Festtags war wie der Countdown vor Mitternacht und das Singen von »Auld Lang Syne«.

So war es nicht immer gewesen. Sie hatte diese melancholische Angewohnheit nicht von ihrer Mutter übernommen noch von irgendeiner anderen der Bergstrom-Frauen, die die Familientraditionen über Generationen weitergaben. Als Sylvia noch ein kleines Mädchen gewesen war, hatte die Familie Bergstrom ausgelassen und vergnügt ins neue Jahr hineingefeiert, egal, ob in der Welt jenseits der grauen Steinmauern des Familiensitzes Frieden herrschte oder der Krieg tobte, ob sie wohlhabend waren oder harte Zeiten durchmachten.

Vor einer halben Ewigkeit, als das Jahr 1925 bevorstand, hatten die Bergstroms allen Grund gehabt, dankbar zu sein: dass das komfortable Herrenhaus geräumig genug war, um ihrer Großfamilie Platz zu bieten, dass ihre Farm genügend Nahrungsmittel hervorbrachte, dass sie im Kreise ihrer Lieben leben konnten und dass der noch nie da gewesene Erfolg und Wohlstand den Aufstieg der ganzen Nation widerspiegelte. In den Jahren davor waren neureiche Geschäftsleute sogar aus Chicago und New York nach Elm Creek Manor gekommen, weil sie ganz wild darauf waren, preisgekrönte Vollblutpferde aus der Bergstrom-Zucht auf die immer länger werdenden Listen ihrer Besitztümer zu setzen. Sogar die kleine Sylvia begriff, dass sie damit Freunde und Rivalen beeindrucken und sich selbst beweisen wollten, dass sie dem alten Geldadel ebenbürtig waren, der schon fast seit der Zeit, als Sylvias Urgroßvater vor dem Bürgerkrieg den Betrieb gründete, Vollblüter der Bergstroms in ihren Ställen stehen hatte. Zwar trauerte Sylvia jeder anmutigen Stute und jedem stolzen Hengst, die verkauft wurden, nach, doch sie beklagte sich nie. Sie wusste, dass die Familie ihren Lebensunterhalt diesen korpulenten Geschäftsleuten in den feinen Anzügen verdankte, die mit starkem Akzent redeten und ihre Zigarren pafften, während sie beobachteten, wie ihr Vater und die Onkel die Pferde vorführten. Sie war alt genug, um zu begreifen, dass jedes Pferd, das die Männer kauften, bedeutete, dass sie Essen auf dem Tisch hatten, neue Kleider und Schuhe für die Schule bekamen und Geld hatten, um die Arztrechnungen ihrer Mutter zu bezahlen.

Sylvias Lieblingscousine, Elizabeth, hatte in jenem Winter mehr Grund als alle anderen Bergstroms, glücklich zu sein, weil sie sich vor Kurzem mit ihrem langjährigen Freund, Henry Nelson, verlobt hatte, der von einer Nachbarfarm stammte. Obwohl Weihnachten vor der Tür stand, wurde bereits mit den Hochzeitsvorbereitungen begonnen, weil Henry und Elizabeth zu Sylvias großem Entsetzen planten, Ende März zu heiraten und nach Kalifornien zu ziehen, wo Henry eine Rinderfarm gekauft hatte.

Sylvia hatte Henry nie gemocht. Wann immer er kam, vergaß Elizabeth ihre kleine Lieblingscousine und ritt stattdessen mit Henry aus, ging mit ihm spazieren oder pflückte mit ihm Äpfel. Wenn er zum Abendessen blieb, nahm er Sylvias Platz am Esstisch ein, ohne sie auch nur um Erlaubnis zu fragen, als hätte er eher das Recht, neben Elizabeth zu sitzen als Sylvia. Egal, wie oft Sylvia ihn wütend anfunkelte, ihn frech ansprach oder sich zwischen Henry und Elizabeth drängte, wenn sie am Kamin saßen und gemeinsam ein Buch lasen, Henry schien zu begriffsstutzig zu sein, um zu bemerken, wie wenig willkommen er hier war. Wann immer Elizabeth von Harrisburg zu Besuch kam, schloss Henry sich jeder

festlichen Zusammenkunft in Elm Creek Manor an – und dabei gehörte er nicht einmal zur Familie.
Aber das würde sich ja bald ändern. Sylvia wurde das Herz schwer, als sie sich klarmachte, dass sie ihre Lieblingsspielgefährtin und Vertraute verlieren würde, wenn Henry Elizabeth heiratete.
Nicht einmal Elizabeths Zusage, dass Sylvia und Claudia bei der Hochzeit die Blumenmädchen sein dürften, konnte sie trösten. Stattdessen fasste Sylvia den Entschluss, Henry dazu zu überreden, fortzugehen und nie wieder zurückzukommen. Am besten wäre es gewesen, wenn er ohne Elizabeth nach Kalifornien zog, aber Sylvia hätte es schon zufriedengestellt, wenn er auf der anderen Seite des Zauns geblieben wäre, der die Nelson-Farm von der der Bergstroms trennte.
Sylvia tat ihr Bestes, aber sie war kein hinterhältiges Wesen, und sie musste sich hüten, den Zorn ihrer Eltern, Tanten und Onkel zu wecken, denen nicht klar zu sein schien, dass Henry unbedingt Einhalt geboten werden musste.
Eines Tages kam ihr eine Idee, als sie Henry im Wohnzimmer wartend vorfand, während Elizabeth oben mit Sylvias Mutter und den Tanten mit der Anprobe des Brautkleids beschäftigt war. »Weint Elizabeth immer noch?«, fragte sie ihn, als sie ins Zimmer schlenderte und sich in den Lieblingssessel ihrer Großmutter fallen ließ.
Henry blickte sie besorgt an. »Was meinst du damit?«
Sylvia fingerte an einem losen Faden der Ottomane herum und bemühte sich, so gleichgültig wie möglich auszusehen. »Ach, du weißt schon. Sie weint zurzeit ständig. Großvater sagt, dass sie ›nah am Wasser gebaut‹ hat.«
»Tatsächlich?«, fragte Henry stirnrunzelnd. »Weißt du denn, wieso sie weint?«

»Ich bin mir nicht sicher. Wenn sie mit mir zusammen ist, weint sie nie.« Sylvia verspürte einen Anflug von Schadenfreude, als Henrys Stirnrunzeln tiefer wurden. »Aber ich habe sie zu meiner Mama sagen hören …«

»Was denn?«, half ihr Henry auf die Sprünge.

»Ich darf eigentlich nicht an Türen lauschen.«

»Ich verrate es niemandem.«

»Versprichst du es mir?«

Henry nickte eifrig, weil er seine Ungeduld kaum zügeln konnte. »Selbstverständlich. Erzähl schon. Was hat Elizabeth gesagt?«

»Sie hat meiner Mama gesagt, dass es ihr das Herz brechen würde, wenn sie nach Kalifornien ziehen müsste und ihre Familie nie mehr wiedersehen dürfte.«

Henry lehnte sich in seinem Sessel zurück. »Das hat sie gesagt?«

Sylvia nickte. In Wahrheit hatte Elizabeth gesagt, dass sie Elm Creek Manor schrecklich vermissen würde und sich vor dem Moment des Abschieds fürchtete, dass sie Henry aber lieben und es ihr das Herz brechen würde, hier zurückzubleiben und ihn allein nach Kalifornien ziehen zu lassen. Das hatte Elizabeth gesagt, aber Sylvia kannte Elizabeth und wusste genau, was sie damit eigentlich hatte ausdrücken wollen. Es war falsch von Henry, sie von hier fortzulocken, und da Elizabeth seine Gefühle nicht verletzen wollte, empfand es Sylvia als ihre Pflicht, ihm die Wahrheit zu sagen.

Henry stand auf und eilte aus dem Zimmer. Sylvia sprang auf, um ihm durch die Tür nachzuspähen, aber sie war bestürzt und das Herz fiel ihr mit einem Mal in die Hose, als sie sah, dass er über den schwarzen Marmorboden der Eingangshalle in Richtung der großen Eichentreppe ging, anstatt sich durch den Flur des Westflügels zur Hintertür zu schleichen. Von Gewissensbissen geplagt, hastete sie in die Richtung davon, die Henry hätte einschlagen müssen, schlüpfte schnell in ihre Stiefel und den Mantel und rannte in den Schnee hinaus.

Sie versteckte sich in der Scheune auf dem Heuboden, wo es warm war, während die Kühe unten mit den Hufen scharrten und muhten. Sie verpasste das Mittagessen, und allmählich knurrte ihr der Magen. Als ihre Finger in den Handschuhen taub wurden, blieb ihr nichts anderes übrig, als ins Haus zurückzugehen. Henrys Stiefel standen nicht mehr in einer Pfütze geschmolzenen Schnees direkt neben der Hintertür. Sie bemühte sich, die Tatsache, dass er gegangen war, als positives Zeichen zu deuten, doch ihr Magen krampfte sich vor Furcht zusammen. Auf Zehenspitzen schlich sie ins Kinderzimmer hinauf und traf dort auf ihre Mutter und Claudia, die auf der Fensterbank saßen und ein Buch lasen. Claudia funkelte sie wütend, vorwurfsvoll und triumphierend an. Sylvia brachte es nicht über sich, ihrer Mutter in die Augen zu schauen.

»Claudia, Liebes, sei so gut und warte unten auf mich, ja?«, sagte ihre Mutter.

»Jetzt wirst du dafür bezahlen!«, zischte Claudia ihr zu, als sie auf dem Weg zur Tür an Sylvia vorbeistrich.

»Komm her, Sylvia.« Ihre Mutter klopfte auf das Polster der Fensterbank.

Sylvia gehorchte und durchquerte widerwillig das Kinderzimmer. Sie setzte sich neben ihre Mutter, hielt den Blick gesenkt und widersetzte sich nicht, als ihre Mutter ihre beiden Hände ergriff. »Du meine Güte, Sylvia!«, rief sie aus und rieb die Hände ihrer Tochter. »Du bist ja halb erfroren. Wo hast du dich denn versteckt?«

»In der Scheune.«

»Ich hätte auf den Stall getippt – du liebst die Pferde doch so.«
Der Stall war auch Sylvias erster Gedanke gewesen, aber dort hätte sie riskiert, entdeckt zu werden. Ihr Vater und ihre Onkel gingen, wenn sie die Pferde versorgten, den ganzen Tag im Stall ein und aus.
Mama schwieg einen Augenblick, dann seufzte sie. »Darling, ich weiß, wie sehr du Elizabeth magst. Ich weiß, dass du sie vermissen wirst, wenn sie nach Kalifornien zieht. Aber Elizabeth liebt Henry, und sie wird ihn heiraten. Daran ändert sich auch nichts, wenn du gemein zu ihm bist.«
Sylvias Augen füllten sich mit Tränen. Henry hatte sie verpetzt. Sie hatte ja schon immer gewusst, dass man ihm nicht trauen konnte.
»Ich fürchte, dass ich zu nachsichtig war. Ich habe dir deine Streiche durchgehen lassen, weil Weihnachten ist, weil ich weiß, wie sehr du deine Cousine bewunderst und wie wichtig es für dich ist, ihr Liebling zu sein ...« Der abwesende Ausdruck in den Augen ihrer Mutter veränderte sich plötzlich, und sie sah Sylvia mit festem, aber liebevollem Blick an. »Ich bin mir sicher, dass du Elizabeth das Beste wünschst. Sie liebt Henry, und Henry liebt sie. Unsere Familie kannte ihn schon lange vor deiner Geburt. Wenn ich der Meinung wäre, dass er sie nicht glücklich machen würde, wenn ich auch nur einen Augenblick daran zweifeln würde, dass er ein guter Mann ist, glaubst du nicht, ich wäre in diesem Moment bei ihr und würde versuchen, ihr die Sache auszureden?«
»Ich ...« Sylvia hatte das noch nie bedacht. »Ich denke schon.«
»Vor langer Zeit hätte ich beinahe den falschen Mann aus falschen Erwägungen heraus geheiratet, deshalb glaub

mir, wenn ich sage, dass ich gelernt habe zu erkennen, wenn zwei Verliebte nicht zueinanderpassen –« Mama hielt inne. »Aber das ist eine ganz andere Geschichte, die ich dir ein andermal erzähle. Sylvia, das Problem ist nicht Elizabeths Wahl oder wie du dazu stehst. Das eigentliche Problem ist, dass du gelogen hast.«

Erstaunt stieß Sylvia aus: »Nein, das hab ich nicht!«

»Doch. Es war sehr ungezogen von dir, Henry zu erzählen, dass Elizabeth nicht mit ihm nach Kalifornien ziehen will. Es war falsch von dir, ihn glauben zu lassen, er würde sie unglücklich machen.«

Aber er machte sie doch unglücklich! Er brachte Elizabeth zum Weinen. Elizabeth wollte Elm Creek Manor nicht verlassen, Sylvia hatte gehört, wie sie das zu Mama gesagt hatte. »Aber ich habe nicht gelogen. Was ich gesagt habe, stimmt, das weiß ich.«

»Sylvia.« Allein dieses Wort, sanft ausgesprochen, war für Sylvia Vorwurf genug. Sie wusste, dass sie nicht gelogen hatte, aber Mama glaubte es und konnte ihre Enttäuschung nicht verhehlen. Sylvia wäre es am liebsten gewesen, sie wäre in der Scheune geblieben und nicht ins Haus zurückgekehrt. Die eiserne Regel, die ihr Vater und alle anderen Erwachsenen in diesem Haushalt aufgestellt hatten und die über allen anderen Regeln stand, besagte, dass niemand Mama aufregen durfte. Als Mama ein kleines Mädchen war, nicht älter als Sylvia jetzt, hatte sie an einer schrecklichen Krankheit gelitten, die ihr Herz in Mitleidenschaft gezogen hatte. Obwohl ihr Vater Mama nicht davon abhalten konnte, mit den Kindern im Kinderzimmer herumzutollen oder auf ihrem Lieblingspferd auszureiten, alarmierten seine besorgten Ermahnungen die Mädchen und ließen sie vorsichtig werden. Wann immer Mama gezwungen war, das Bett zu hüten, versteckte sich Sylvia vor Dr. Granger, wenn er mit der schwarzen Tasche in der Hand die Stufen hinaufstürmte, weil sie sicher war, dass er sie ausschimpfen würde, verantwortlich zu sein, dass sein Besuch notwendig geworden war – worin ihre Missetat auch immer bestehen mochte.

Was war, wenn Sylvia mit ihrem Versuch, Elizabeth in ihrer Nähe zu behalten, Mama Schaden zugefügt hatte?

Sylvia schlang die Arme um ihre Mutter. »Es tut mir leid«, sagte sie, doch ihre Stimme wurde durch den Pullover ihrer Mutter gedämpft.

Mama strich über Sylvias lange, wirren Locken. »Ist schon gut, Darling. Ich weiß, dass du es nie wieder tust. Ich kann dich nicht bitten, Henry zu mögen, aber bitte bemühe dich, uns allen zuliebe, netter zu ihm zu sein. Vielleicht kannst du an Neujahr einen neuen Anfang wagen. Elizabeth liebt ihn. Vielleicht kannst du dir vornehmen, ihn auch ein bisschen zu mögen.«

Sylvia konnte sich nicht vorstellen, je andere Gefühle als Wut und Groll für Henry zu empfinden, insbesondere jetzt, da sich herausgestellt hatte, dass er eine richtige Petze war, aber ihrer Mutter zuliebe nickte sie. Sie wünschte sich, die Erwachsenen würden begreifen, dass sie doch nur tat, was für alle das Beste war. Sie konnte sich nicht vorstellen, wie Elizabeth im fernen Kalifornien nur in Gesellschaft des langweiligen Henry je glücklich werden konnte.

Es würde nicht einfach werden, ihre Antipathie zu verbergen, aber Sylvia musste es versuchen, denn die Alternative hätte darin bestanden, sich in ihr Zimmer zurückzuziehen, bis die Feiertage vorüber waren, und sie konnte den Gedanken nicht ertragen, all den Spaß zu verpassen. In diesem Jahr hatte Großtante Lucinda be-

schlossen, eine alte Tradition, die ihre Eltern und ihre Tante von Deutschland nach Amerika mitgebracht hatten, wieder aufleben zu lassen, nämlich einen Silvesterball zu veranstalten. Das letzte Mal hatte die Familie Bergstrom den Silvesterabend vor Sylvias Geburt mit einem Ball gefeiert, deshalb konnte sich Sylvia an diese schönen Feste nicht erinnern. Großtante Lucinda hatte erzählt, dass es Tanz und Gesang und jede Menge köstlicher Speisen und Getränke geben würde. Außerdem versprach sie Sylvia, dass sie und Claudia bis Mitternacht aufbleiben und das neue Jahr begrüßen dürften. Sylvia wusste, dass jeder weitere Ungehorsam sie dieses Privileg kosten konnte, deshalb gelobte sie, zumindest bis zum 2. Januar brav zu sein.
Am Morgen des 31. Dezember fiel Schnee. Sylvia und Claudia verbrachten einen großen Teil des Tages draußen im Freien mit Schlittenfahren und Schneemannbauen, bis ihre Mutter sie hereinrief, damit sie ein Nickerchen machten. Claudia ging ohne Murren ins Haus, aber Sylvia hatte keine Lust, sich mitten am Tag ins Bett zu legen. Erst als ihre Mutter sie warnte, dass sie niemals bis Mitternacht durchhalten würde, wenn sie sich nicht zuvor ein bisschen ausruhte, trottete sie widerwillig ins Haus.
Auf dem Treppenabsatz kam ihr Cousine Elizabeth ganz außer Atem entgegen, ihre goldenen Locken hüpften, ihre Augen funkelten vergnügt und schelmisch. Wie hätte Sylvia sie nicht anhimmeln können? »Hallo, kleine Sylvia«, flötete Elizabeth und schlang die Arme um sie. »Was hast du an diesem letzten Tag des Jahres vor?«
Als Sylvia ihr berichtete, dass man sie ins Bett schickte, schaute Elizabeth sie stirnrunzelnd an. »Du machst auf mich aber nicht den Eindruck, als ob du müde wärst.«

»Bin ich auch nicht«, stellte Sylvia düster fest. »Nur Babys machen einen Mittagsschlaf.«
»Da bin ich ganz deiner Meinung. Komm mit.« Elizabeth nahm sie an der Hand und führte sie rasch noch eine Treppe weiter ins Kinderzimmer hinauf. »Das ist dein erster großer Ball, und wir haben nicht viel Zeit, uns darauf vorzubereiten.«
Sylvia warf hastig einen besorgten Blick über die Schulter, aber es war niemand in der Nähe, der es ihrer Mutter hätte erzählen können. »Claudia wird mich verpetzen, wenn ich nicht ins Bett gehe.«
»Ach, mach dir ihretwegen keine Sorgen. Als ich an eurem Zimmer vorbeigekommen bin, war sie bereits im Begriff einzuschlafen. Sie wird nie herausfinden, wann du ins Zimmer gekommen bist.«
Sylvia gefiel es gar nicht, ihrer Mutter so kurz nachdem sie den Entschluss gefasst hatte, brav zu sein, nicht zu gehorchen, aber es war gut möglich, dass sie, falls überhaupt, lange Zeit nicht mehr die Gelegenheit haben würde, eine Weile mit Elizabeth allein zu sein. Sie hielt die Hand ihrer Cousine fester, bis sie die Tür des Kinderzimmers hinter sich geschlossen hatten. Elizabeth schob einen Stuhl unter den Türknauf. »Das lässt uns Zeit, uns zu verstecken, falls jemand uns nachspionieren sollte«, sagte Elizabeth. »Wir müssen leise reden. Zieh deine Schuhe aus und zeig mir, was du schon kannst.«
Sylvia schlüpfte aus ihren Clogs und führte tapfer die paar Ballettschritte vor, die ihre Mutter ihr und Claudia beigebracht hatte, dabei befürchtete sie, Elizabeth würde gleich loslachen und sie doch ins Bett schicken. Dann stand sie in der ersten Position da und wartete auf das Urteil ihrer Cousine. »Gut, du bist kein hoffnungsloser Fall«, stellte Elizabeth fest. »Genau genommen ist das für den

Anfang sehr gut. Ich habe selbst mit Ballett begonnen. Deine Tante Millie hat darauf bestanden. Aber das ist nicht die Art Tanz, die heute Abend gefragt ist. Du musst eine Menge lernen, und das in kürzester Zeit.«
Elizabeth nahm ihre Hände und brachte Sylvia in den folgenden zwei Stunden Erwachsenentänze bei, die sie Foxtrott und Quickstep nannte, sowie einen, den Sylvia ihre Eltern schon hatte tanzen sehen – den Walzer. Da Sylvia sich als begabte Schülerin erwies, war Elizabeth voll des Lobes und übte mit ihr auch noch den Tango und den Charleston. Als sie Hand in Hand mit ihrer Cousine tanzte und auf ihren Strümpfen über den Holzfußboden glitt, lautes Lachen unterdrückte und ihr leise flüsternd Fragen stellte, wurde Sylvia klar, dass sie seit dem Moment, als Elizabeth ihre Verlobung bekannt gegeben hatte, nicht mehr so glücklich gewesen war. Henry Nelson schien sehr weit weg zu sein, als sei er bereits allein auf dem Weg nach Kalifornien.
Sylvia hätte gern weitergetanzt, bis die Gäste ankamen, aber Elizabeth warf plötzlich einen Blick auf die Uhr und stellte fest, dass sie lieber schnell hinuntergehen und sich umziehen sollten, wenn sie verhindern wollten, dass die Nachbarn sie nur mit Unterwäsche bekleidet zu Gesicht bekamen. Kichernd schlich sich Sylvia die Treppe zu ihrem Zimmer hinunter, wo sie ihr Bett zerwühlte, die Jalousien aufmachte und Claudia weckte, die gar nicht auf den Gedanken kam, dass ihre Schwester nicht auch eben erst aufgewacht war.
Bald darauf kam Mama, die in ihrem schwarzen Samtkleid schlank und elegant aussah, geschäftig herein, um sicherzustellen, dass die Mädchen sich die Hände und das Gesicht gewaschen und ihre besten Winterkleider angezogen hatten. Sylvias Kleid war ein vererbtes, und Clau-

dia konnte es sich nicht verkneifen, sie daran zu erinnern und darauf hinzuweisen, dass ihres neu war. Großmutter hatte es eigens für sie genäht.

»Jetzt streitet euch nicht«, mahnte Mama und bürstete Sylvias zerzaustes Haar, um es dann mit einem Band zusammenzubinden, das zu den dunkelgrünen Applikationen an dem Kleid passte, aus dem Claudia herausgewachsen war. Sylvia wollte protestieren, dass sie sich gar nicht zankten, dass Claudia diejenige war, die herumgemeckert hatte, aber sie hatte Mama heute schon einmal aufgeregt und wollte den Bogen nicht überspannen, auch wenn das bedeutete, dass sie Claudia das letzte Wort lassen musste.

Bald kamen die Gäste an, Freunde und Nachbarn von nahe gelegenen Farmen und aus dem zwei Meilen entfernten Städtchen Waterford. Sylvia blieb an Elizabeths Seite, bis Henry Nelson mit seiner Familie eintraf und Elizabeth losrannte, um sie zu begrüßen. Sylvia warf ihnen durch die Eingangshalle einen mürrischen Blick zu, als Elizabeth Henry auf die Wange küsste und seiner Mutter aus dem Mantel half. Das machte Sylvia nichts aus. Sobald der Tanz beginnen würde, würde Elizabeth wieder zu ihr kommen. Hatte sie nicht gesagt, Sylvia sei eine tolle Tanzpartnerin? Hatten sie nicht zwei Stunden miteinander geübt? Hatte sie nicht erklärt, dass sie allen zeigen würden, wozu Bergstrom-Mädchen in der Lage waren?

Der Silvesterball begann mit einem Mahl, bestehend aus Linsensuppe, gefolgt von Schweinefleisch mit Sauerkraut. Mit Äpfeln gebratenes Schweinefleisch war eines von Sylvias Leibgerichten, und sie liebte Großtante Lucindas Sauerkraut, das immer viel feiner geschnitten war als Tante Lydias, mild gewürzt und mit Gerste eingedickt. Da die Bergstroms jedes Jahr Schweinefleisch mit Sauerkraut aßen – allerdings normalerweise am Neujahrstag statt an Silvester –, war Sylvia überrascht, als sie sah, dass einige ihrer Nachbarn die Nase rümpften, als das aromatische, gegorene Gemüse aufgetragen wurde. »Probier es«, drängte sie Rosemary, Henrys kleinere Schwester, aber Rosemary schüttelte den Kopf und schob das fein geschnittene Gemüse mit der Gabel auf ihrem Teller unschlüssig hin und her. Ein paar der anderen Gäste nahmen zögerlich ein paar vorsichtige Bissen, jedoch erst, nachdem Großtante Lucinda hervorgehoben hatte, dass dieses Essen ihnen im neuen Jahr Glück bringen würde. Die Deutschen betrachteten Schweine als Glücksbringer, erklärte sie, weil früher eine Familie, die ein Schwein besaß, das sie während des langen, harten Winters ernährte, wirklich von Glück reden konnte. »Warum glaubt ihr wohl, sammeln Kinder ihre Pennies in Sparschweinen?«, fragte sie, »wo man dafür doch auch jedes andere Tier hätte nehmen können?« Und da Kohlblätter das Symbol für Geldscheine waren, würde ein Mahl mit Schweinefleisch und Sauerkraut dazu beitragen, einem für das neue Jahr viel Glück zu bescheren. »Greif zu, mein Sohn«, riet Onkel George seinem zukünftigen Schwiegersohn, und Henry nahm sich brav eine beeindruckende Portion Sauerkraut. Sylvia wäre es lieber gewesen, er hätte abgelehnt. Das hätte alle überzeugt, dass er nicht wirklich zur Familie gehörte.

Danach ging das Fest im Ballsaal weiter, wo die Musiker aus Harrisburg, die Onkel George engagiert hatte, eine lebhafte Melodie anstimmten, die die Paare auf die Tanzfläche lockte. Sylvia schaute sich nach Elizabeth um, aber Claudia griff nach Sylvias Hand und zog sie in eine Ecke, wo sie ungestört zum Takt der Musik Mariechen-saß-aufeinem-Stein spielen konnten. Sylvia hatte jedoch überhaupt kein Interesse, zu der Musik, die offenkundig ein Quickstep war, ein Babyspiel zu spielen, doch als sie Elizabeth an Henrys Arm sah, spielte sie niedergeschlagen weiter – Claudia zuliebe. Als das Stück zu Ende war, schlich sie sich davon und schlängelte sich durch die Menge auf Elizabeth zu, doch inzwischen tanzte ihre schöne Cousine mit Onkel George Walzer, und Sylvia wusste, dass sie ausgeschimpft würde, wenn sie die beiden störte.

Sie würde schon noch an die Reihe kommen, redete sie sich ein, aber ein Tanz nach dem anderen verging, und Elizabeth tanzte immer entweder mit Henry, mit ihrem Vater oder Henrys Vater oder mit einem ihrer Onkel. Zumeist jedoch mit Henry. Als sie schließlich einen Tanz ausließ, rannte Sylvia zu ihr hin. »Da bist du ja!«, rief Elizabeth aus, und soweit Sylvia es beurteilen konnte, war ihre Cousine erfreut, sie zu sehen. »Amüsierst du dich?«

Sylvia war traurig, doch Elizabeth konnte das ganz einfach ändern. »Darf ich auch mal mit dir tanzen?«

Elizabeth wedelte sich mit der Hand Luft zu. »Selbstverständlich, gleich wenn ich mich ein bisschen ausgeruht und mich mit etwas vom Punsch deines Vaters gestärkt habe.« Sie schaute sich nach Henry um, doch Sylvia erklärte sich hastig bereit, Elizabeth ein Glas Punsch zu holen, und sie eilte durch die Menge der Tänzer und Zuschauer in Richtung Kamin am anderen Ende des Saals davon.

Ihr Vater saß neben dem offenen Kamin, scherzte mit seinen Brüdern und mit Henrys Vater, der ungeduldig darauf wartete, die berühmte Feuerzangenbowle ihres Vaters zu kosten. Dieser hatte zwei seiner letzten Flaschen Rotwein aus seinem Weinkeller in einen großen schwarzen Kessel geleert. Sylvia roch das starke Aroma von Wein und Gewürzen – Zimt, Piment und Kardamom – und den spritzigen, fruchtigen Duft von Zitronen und Orangen. Ihr Vater rührte das dampfende Gebräu um und hielt das Feuer gerade heiß genug, um den Punsch zu erhitzen, ohne ihn zum Kochen zu bringen.

»Fred, bei diesem Tempo ist es Mitternacht, bis wir uns endlich die Kehlen anfeuchten können«, zog ihn einer der Nachbarn auf.

»Wenn du zu großen Durst hast, um abzuwarten, dann trink einen Kaffee und überlass den Punsch geduldigeren Leuten«, entgegnete Sylvias Vater grinsend. »Sylvia kann dir zeigen, wo die Küche ist.«

Sylvia erstarrte, während die Männer lachten, und sie entspannte sich erst, als ihr klar wurde, dass keiner der Männer vorhatte, auf das Angebot ihres Vaters einzugehen. Obwohl viele ihrer Nachbarn deutscher Abstammung waren und lange vor der Prohibition ihr eigenes Bier gebraut hatten, konnten sich nur wenige von ihnen so gute europäische Weine beschaffen wie die, die Vaters Kunden ihm schenkten, um die Kaufverhandlungen zu erleichtern. Sie würden sich nicht vom Kamin entfernen, ohne ein Glas von Vaters berühmtem Punsch in der Hand zu haben, und Sylvia genauso wenig. Sie war entschlossen, Elizabeth ein Glas zu bringen, bevor Henry es schaffte, nur um ihr zu beweisen, wie überflüssig er war.

Vater tauschte die langstielige Schöpfkelle gegen eine große Zange aus, klemmte damit einen Zuckerkegel fest und hielt ihn über den Kessel. Mit der linken Hand goss er langsam Rum über den Zuckerkegel beziehungsweise Zuckerhut, wie die älteren Bergstroms ihn nannten, und ließ den Rum in den feinen, komprimierten Zucker eindringen. Auf Vaters Zeichen trat Onkel William vor, nahm einen brennenden Holzspieß aus dem Feuer und setzte damit den Zuckerkegel in Brand. Sylvia schaute fasziniert zu, als die bläuliche Flamme über den Kegel tanzte und den Zucker karamellisierte, sodass er in den dampfenden Punsch darunter tropfte. Als die Flammen zu erlöschen drohten, goss ihr Vater mit der Kelle noch mehr Rum über den Zuckerhut, bis die Flasche geleert und der Zucker ganz geschmolzen war. Mit einem Seufzer der Vorfreude drängten sich die Onkel und Nachbarn mit ihren Tassen heran, als ihr Vater die Schöpfkelle nahm und den Punsch auszuteilen begann. Sylvia musste feststellen, dass sie nach hinten gedrängt wurde, und erst, als der Letzte der gierigen Erwachsenen sich mit seinem gefüllten Becher vom Kamin zurückzog, konnte sie auf ihren Vater zugehen.

Er betrachtete sie amüsiert. »Das ist kein Getränk für kleine Mädchen.«

»Es ist nicht für mich.« Sylvia warf einen Blick über die Schulter und sah Elizabeth, die noch immer an der gleichen Stelle saß und mit Rosemary, Henrys Schwester, herumalberte. »Es ist für Elizabeth.«

»Ich weiß nicht, ob Elizabeth den trinken sollte.«

»Wenn sie nicht alt genug ist, um Punsch zu trinken, dann ist sie wohl auch nicht alt genug, um zu heiraten.«

Ihr Vater war so erstaunt, dass er sich auf seinem Absatz hin und her wiegte und laut loslachte. Sylvia wurde rot und wandte sich ab, doch ihr Vater packte sie am Arm. »Gut, kleines Fräulein, du kannst deiner Cousine einen Punsch bringen. Aber dass du mir ja nicht auf dem Weg daran nippst!«

Sylvia nickte und hielt ganz still, als ihr Vater etwas von dem dampfenden Punsch in die Teetasse schöpfte. Mit kleinen, vorsichtigen Schritten ging sie am Rand der Tanzfläche entlang und bahnte sich den Weg zu Elizabeth. Missmutig stellte sie fest, dass statt Rosemary inzwischen Henry neben Elizabeth saß.

»Hier«, sagte Sylvia und hielt ihrer Cousine die Tasse hin. Elizabeth dankte ihr und nahm sie mit beiden Händen. Mit sich zufrieden und erleichtert, dass sie die Aufgabe erfüllt hatte, ohne auch nur einen einzigen Tropfen zu verschütten, setzte sie sich auf den Boden zu Füßen ihrer Cousine, bereit, ihr den Weg zu blockieren, sollte Henry ihre Hand nehmen und versuchen, sie auf die Tanzfläche zu führen.

»Deinem Vater wird es nicht gefallen, wenn er dich trinken sieht«, warnte Henry mit so leiser Stimme, dass Sylvia sie kaum hören konnte.

»Mein Vater ist der Letzte, der sich darüber beklagen sollte, wenn jemand trinkt.«

»Aber heute Abend trinkt er nichts.«

»Ja, und findest du es nicht auch interessant, dass er eine gewisse Selbstbeherrschung an den Tag legen kann, wenn die ganze Familie anwesend ist, dass er sich zu Hause aber überhaupt nicht im Griff hat?«

Sylvia hörte, dass Henry sein Gewicht auf dem Stuhl verlagerte, um Elizabeth die Tasse abzunehmen. »Vielleicht ist das schon zu viel für dich. Du bist solches Zeug nicht gewöhnt.«

»Henry, das ist wirklich nicht nötig. Ich habe nur einmal daran genippt –«

Wütend drehte sich Sylvia um und sah ihn böse an. »Mein Daddy hat diesen Punsch gemacht, und er ist sehr gut. Du ärgerst dich ja nur, weil ich ihr die Tasse gebracht habe und nicht du. Du musst immer alles verderben!«

Henry sah sie einen Augenblick mit ausdrucksloser Miene an, die Hände über Elizabeths Hände gelegt, mit denen sie die Tasse umfasste. Ein feines Wölkchen Dampf stieg zwischen ihnen auf. »Wie du meinst«, sagte Henry und ließ die Hände in den Schoß sinken. »Wenn du ihn trinken willst, dann nur zu.«

»Nein, nein, ist schon in Ordnung.« Elizabeth gab ihm die Tasse so hastig, dass er den Punsch beinahe verschüttet hätte. »Ich habe eigentlich überhaupt keinen Durst.«

Henry glaubte ihr offenkundig nicht, aber er stellte die Tasse zur Seite. »Möchtest du einen kleinen Spaziergang machen?«

»Ich habe Sylvia versprochen, dass ich mit ihr tanze.«

Sylvia war vor Erleichterung, dass Elizabeth ihr Versprechen nicht vergessen hatte, so überwältigt, dass sie Henrys Antwort gar nicht beachtete. Als er aufstand und davonging, schob sie seinen Stuhl gleich näher an Elizabeths heran und setzte sich. Gedankenverloren ergriff Elizabeth ihre Hand und schaute schweigend den Tänzern zu. Sylvia tat so, als bemerke sie nicht, dass ihre Cousine beunruhigt war. Elizabeth war hier, und sie würde ihr den versprochenen Tanz schenken, und Sylvia dachte nicht im Traum daran, sie mit Fragen zu belästigen, die sie unglücklich machten oder gedanklich zu sehr beschäftigten und sie am Ende davon abhielten, mit ihr zu tanzen.

Schließlich war das Stück zu Ende, und nach einer kurzen Pause wurde eine andere, beschwingte Melodie angestimmt. Elizabeth lächelte sie an und sagte: »Bist du bereit, einen Teppich durchzutanzen?«

Sylvia nickte und nahm ihre Hand. Elizabeth führte sie auf die Tanzfläche und zählte die ersten paar Takte mit, dann begann sie mit einem schwungvollen Charleston. Sylvia hatte zuerst zu kämpfen, um mitzukommen, da sie von der Musik, die Elizabeths Zählen übertönte, und von den vielen Blicken abgelenkt wurde, aber sie nahm ihren ganzen Mut zusammen und hielt durch. Sie freute sich ungemein, als sie Claudia ausmachte, die sie mit vor Staunen offen stehendem Mund beobachtete. Henrys missmutiges Stirnrunzeln erfüllte sie mit Genugtuung, und sie warf die Beine noch höher und lächelte noch breiter, nur um ihn zu ärgern. Die meisten Gäste hatten aufgehört zu tanzen und sich im Kreis um die beiden Cousinen geschart, die nebeneinander tanzten. Sylvia imitierte die schnellen, anmutigen Schritte ihrer Cousine, so gut sie eben konnte, und betete, dass ihrer Familie und den Gästen ihre Fehler nicht auffielen.

Viel zu schnell war das Stück zu Ende. Ganz außer Atem nahm Elizabeth lachend Sylvias Hand und führte sie zum Spaß in einem weiten Bogen herum. Sie warf Kusshändchen in die Menge, dann führte sie Sylvia von der Tanzfläche, während die Musiker einen langsamen Foxtrott anstimmten und die Paare wieder weitertanzten. Zu Sylvias Kummer steuerte Elizabeth direkt auf das andere Ende des Saals zu, wo Henry neben einem der großen Fenster wartete, die auf den jetzt im Dunkeln nicht zu erkennenden Ulmenwald und den Bach blickten. Als sie näher kamen, hatte Henry nur Augen für Elizabeth.

»Du hast geübt«, stellte er fest und lächelte sie amüsiert liebevoll an.

»Ich muss mich ja mit irgendetwas beschäftigen, wenn mir daheim in Harrisburg langweilig ist und ich einsam bin, während du dich hier um die Farm kümmerst. Hast du etwa geglaubt, ich sitze jeden Abend zu Hause und verzehre mich vor Sehnsucht nach dir?«

»Das hatte ich gehofft.« Er schlang den Arm um Elizabeths Taille und zog sie an sich. Sylvia versuchte,

Elizabeths Hand weiter festzuhalten, aber die schlanken Finger ihrer Cousine entglitten ihr. Elizabeth lachte und drückte Henry einen Kuss auf die Wange. Er flüsterte ihr etwas ins Ohr, und Sylvia wurde mit einem Schlag klar, dass sie völlig vergessen war.

Unbemerkt schlich sie sich davon und suchte nach ihrer Mutter. Deren Gesicht hellte sich auf, als sie ihre Tochter sah. »Ich habe ja gar nicht gewusst, dass du so gut tanzen kannst«, sagte sie und schloss Sylvia in die Arme.

»Elizabeth hat es mir beigebracht.« Und jetzt hatten sie allen gezeigt, wozu die Bergstrom-Mädchen fähig waren.

Elizabeth war wieder zu Henry zurückgegangen. Sylvia hatte ihr Bestes gegeben, aber jeder konnte erkennen, dass Henry der Lieblingstanzpartner ihrer Cousine war, egal, was sie beim Üben im Kinderzimmer gesagt hatte.

Sylvia kletterte auf den Schoß ihrer Mutter, beobachtete eine Weile die Tänzer, doch langsam fielen ihr die Augen zu. Als ihre Mutter ihr vorschlug, sie hinauf ins Bett zu bringen, richtete sich Sylvia auf und erklärte, dass sie wie alle anderen bis Mitternacht aufbleiben wolle. Sie ging davon, um Claudia zu suchen, die von Sylvia forderte, ihr den Charleston beizubringen. Sylvia zeigte ihr die wenigen Schritte, die sie kannte, aber mit Claudia zu tanzen machte lange nicht so viel Spaß wie mit Elizabeth, und sie verlor rasch das Interesse daran. Als sie Großtante Lucinda erblickte, die ein Tablett mit duftenden Pfannkuchen auf den Desserttisch stellte, ging sie schnell hinüber und nahm sich zwei der köstlichen, mit Marmelade gefüllten Pfannkuchen. Während sie sich Zuckerkrümel von den Fingern leckte, überlegte sie, ob sie Elizabeth einen Teller Pfannkuchen bringen sollte, doch ihre hübsche Cousine drehte sich bereits wieder in Henrys Armen auf der Tanzfläche. Er war kein guter Tänzer, wie

Sylvia gehässig feststellte. Zwar kannte er die Schrittfolgen, aber er führte die Bewegungen aus, als würde ihm das Tanzen überhaupt keinen Spaß machen. Elizabeth amüsierte sich dennoch sehr, das musste Sylvia sich notgedrungen eingestehen.
Sie aß ihren Nachtisch auf und ging davon, um sich einen Tanzpartner zu suchen. Sie würde Elizabeth schon zeigen, dass auch sie mit jemand anderem genauso Spaß haben konnte.
Ihr Vater freute sich, als sie ihn zum Tanz aufforderte, und ihr Großvater danach ebenso. Claudia kam zu ihr, und sie dachten sich ihren eigenen Tanz aus, hielten sich an den Händen und drehten sich im Kreis, bis ihnen ganz schwindlig wurde und sie hinfielen. Als sie zu häufig mit tanzenden Tanten und Onkel beinahe zusammengestoßen wären, bat ihre Mutter sie, sich etwas anderes auszudenken, womit sie sich amüsieren konnten. Und als die Musiker eine Pause einlegten, rief Großtante Lucinda alle zum Bleigießen an den Kamin. »Ihr wollt doch sicher sehen, was euch das neue Jahr bringt«, scherzte sie. »Es sei denn, ihr wollt es lieber nicht wissen?«
Nur Großmutter, die das Wahrsagen beunruhigend fand, lehnte dankend ab. »Ich nehme mir lieber noch einen Pfannkuchen, als mir irgendwelches Unglück vorhersagen zu lassen«, meinte sie, machte es sich in einem Sessel neben dem Desserttisch bequem und tat die scherzhaften Proteste der anderen ab, sie solle nicht davon ausgehen, dass sie schlechte Prophezeiungen zu erwarten habe.
Sylvia, die bereits an früheren Silvesterabenden beim Bleigießen zugesehen hatte, wusste, dass bei diesem Spiel so gut wie allen Glück vorhergesagt wurde, da die lustigen Figuren selten so eindeutig waren, dass die Be-

teiligten zu nur einer bestimmten Schlussfolgerung gelangen konnten. Sie drängte sich durch die Menge und fand nahe beim Kamin einen Platz, wo sie sich auf den Boden setzen konnte. Großtante Lucinda trat als Erste vor und schmolz in einem alten Löffel, den sie über die Flammen hielt, ein kleines Stück Blei. Als es ganz flüssig war, goss sie es in eine Schüssel mit Wasser, und alle beugten sich neugierig vor, um zu sehen, welche Form das Blei wohl annehmen würde.

»Es sieht wie eine Brezel aus«, erklärte Großtante Lydia. »Du wirst bestimmt Bäckerin.«

Alle lachten. »Ich bin bereits eine Bäckerin«, sagte Großtante Lucinda, während sie den Löffel an eine Nachbarin weiterreichte. Alle, die jemals in den Genuss ihrer köstlichen Plätzchen und ihres Apfelstrudels gekommen waren, pflichteten ihr bei.

Einer nach dem anderen hielt den Löffel über das Feuer, goss das geschmolzene Blei ins Wasser und interpretierte die Form, die das Metall beim schnellen Abkühlen annahm. Die darum versammelten Freunde und Familienangehörigen brachen in lauten Jubel und Applaus aus, sobald Sterne oder Fische Glück verhießen, wenn Dreiecke eine Besserung der Finanzlage oder Glocken gute Neuigkeiten ankündigten. Sie brachen in lautes Gelächter aus, als das Blei einer älteren Witwe die unmissverständliche Form eines Eis annahm, was die baldige Geburt eines Babys vorhersagte. »Damit muss ein Enkelkind gemeint sein«, mutmaßte sie, aber das hielt ihre Freunde nicht davon ab, sie aufzuziehen und zu behaupten, dass das Blei, hätte sie letztes Silvester beim Bleigießen mitgemacht, bestimmt die Form einer Maus, das Symbol für eine geheime Liebschaft, angenommen hätte.

Als Sylvias Vater an der Reihe war, deutete eine Ankerform darauf hin, dass er bei einem Notfall auf Beistand hoffen konnte. Die Gäste dachten noch darüber nach, als Tante Millie den Löffel nahm, denn es war zwar gut zu wissen, dass er in einer Zeit der Not auf Hilfe zählen konnte, dennoch wäre es besser gewesen, es gar nicht erst so weit kommen zu lassen. »Das Bleigießen hat ja nicht viel zu bedeuten«, stellte Tante Millie fest, während die Bleispäne über dem Feuer flüssig wurden. »Es sagt einem gerade so viel, dass man sich Sorgen macht, aber nicht genug, um einem zu helfen, diesen Schwierigkeiten aus dem Weg zu gehen.« Dann goss sie das Blei in die Wasserschüssel und jubelte erfreut los, als das Blei sank und die Form eines auf dem Kopf stehenden Zylinders annahm, von dem sie beharrlich behauptete, dass es ein Kuchen sei.

»Der sieht absolut nicht wie ein Kuchen aus, den ich kosten wollen würde«, stellte Großtante Lucinda fest.

»Wir können nicht alle so gute Bäckerinnen sein wie du«, gab Tante Millie zurück.

»Wir wissen doch alle, dass ein Kuchen auf ein bevorstehendes Fest hinweist, und in diesem Fall muss es natürlich die Hochzeit sein.« Damit reichte sie den Löffel an ihren zukünftigen Schwiegersohn weiter.

Sylvia drängte sich vor und hielt den Atem an, als Henry das Blei schmolz und dann gleichgültig mit der Schulter zuckte, als er es ins Wasser goss. Während das flüssige Metall auf den Boden der Schüssel sank, wurde es schmal und lang, und die Zuschauer schnappten nach Luft, als zwei ineinander verschlungene Ringe erschienen. Sylvia wartete und wünschte sich, die Ringe würden auseinanderbrechen, was eine Trennung bedeutet hätte – und möglicherweise die Auflösung der Verlobung. Sie wartete, aber die Ringe blieben ganz.

»Ich habe noch nie gesehen, dass sich zwei solche Ringe bilden«, flüsterte Großtante Lydia aufgeregt. »Ein einzelner Ring weist auf eine Hochzeit hin. Ineinander verschlungene Ringe bedeuten sicher, dass ihr beide eine lange, glückliche Ehe führen werdet. Glückwunsch, junger Mann!«

Mit einem Mal war Henrys Skepsis verflogen, und er warf seiner zukünftigen Braut, die strahlte und seine Hand ergriff, ein breites Grinsen zu. Sylvia stieß angewidert einen leisen Seufzer aus und griff nach dem Löffel. Sie hoffte auf eine Kugel, die angekündigt hätte, dass ihr im nächsten Jahr ungeheures Glück beschieden war, aber stattdessen erinnerte die Form in der Schüssel an Großmutters Brille. Sylvia zog eine Schnute, während ihre Familie darüber diskutierte, welche der beiden möglichen Interpretationen vorzuziehen sei, ob sie nämlich einmal sehr weise oder sehr alt würde, und sie kamen zu dem Schluss, dass ein hohes Alter die wahrscheinlichere Variante sei. »Es könnte auch beides bedeuten«, protestierte Sylvia und gab den Löffel an ihre Schwester weiter. »Warum nicht beides?« Und warum hielt ihre Familie – mit Ausnahme ihrer Mutter und Großtante Lucinda – es für so unglaubwürdig, dass Sylvia eines Tages weise sein könnte?

Claudia kam als Nächste an die Reihe, sie biss sich hoffnungsvoll auf die Lippe, als sie in die Wasserschüssel spähte. »Was ist das?«, fragte sie. »Ein Baum? Ein Pfeil? Was soll das bedeuten?«

»Für mich sieht das wie eine Axt aus«, meldete sich einer der Nachbarn zu Wort.

Als sich Claudia fragend zu Großtante Lucinda umwandte, nickte die alte Frau zögernd. »Es ähnelt einem Beil.«

»So eines hattest du einmal, als wir noch jung waren!«,

rief Großtante Lydia aus. »Ach, aber das kann nicht richtig sein. Vielleicht für dich, ja, aber doch nicht für die hübsche kleine Claudia.«

»Besten Dank, liebe Schwester«, antwortete Großtante Lucinda trocken, und als die Gäste sie bedrängten, das zu erklären, hob sie die Hände, um sie zum Schweigen zu bringen. »Nun, es bedeutet angeblich, dass du in der Liebe enttäuscht wirst, aber nimm es nicht so tragisch, Claudia. Das soll dir ja nur vorhersagen, was im kommenden Jahr vor dir liegt, nicht etwa, was dich als erwachsene Frau erwartet. Ich glaube nicht, dass du dir Sorgen machen musst, dein Leben lang Unglück in der Liebe zu haben.«

Claudia unterdrückte ihre Tränen. »Aber was ist, wenn es nicht nur für das kommende Jahr gilt? Was ist, wenn es sich auf mein ganzes Leben bezieht?« Ein paar wohlmeinende Frauen tätschelten sie, um sie zu beruhigen, aber sie wies ihre tröstenden Worte zurück. »Sylvia wird nicht in einem Jahr ein hohes Alter erreichen, aber genau das ist ihr vorausgesagt worden.«

»Viele dieser Symbole haben mehr als nur eine Bedeutung«, erklärte ihr Tante Millie. »Dein Beil muss etwas anderes symbolisieren.«

»Vielleicht, dass du Holzfällerin wirst«, schlug Sylvia vor. Claudia warf ihr einen wütenden Blick zu, als die Erwachsenen in lautes Gelächter ausbrachen. »Macht euch nur lustig. Ich finde nicht, dass dieses Spiel noch Spaß macht.« Und sie stolzierte davon, um sich zu Großmutter an den Desserttisch zu gesellen.

»Jetzt habe ich beinahe Angst, es zu versuchen«, sagte Elizabeth und griff nach dem Löffel, den Claudia auf den Rost geknallt hatte. Mit einem flüchtigen Lächeln in Richtung Henry schmolz sie ein paar der noch übrigen

Bleispäne und goss die Flüssigkeit ins Wasser. Zuerst klumpte sich das Blei zu einer Kugel zusammen – »Du wirst jede Menge Glück haben«, stellte einer der Zuschauer fest –, aber dann erschien auf einer Seite eine Ausbeulung, während die gegenüberliegende Seite sich abzuflachen schien.

»Ein Herz«, verkündete Henrys Mutter und lächelte ihre zukünftige Schwiegertochter an. »Elizabeth hat ihre große Liebe gefunden.«

Während Elizabeths Gesicht im Schein des Feuers glücklich strahlte, kochte Sylvia vor Ungeduld. »Das ist kein Herz«, erklärte sie. »Ein Herz hat eine Spitze. Das sieht … das sieht wie eine Frucht aus, das ist alles.«

Elizabeth starrte in die Schüssel, und ihr Lächeln verschwand. Dann blickte sie auf und warf Sylvia ein wehmütiges Lächeln zu. »Ich denke, du hast recht.« Sie drehte sich um und schaute wieder in die Schüssel. »Die Frage ist nur, welche Frucht und was hat sie zu bedeuten?«

»Für mich sieht sie wie eine Aprikose aus«, sagte Großtante Lucinda. »Siehst du die leicht längliche Form und die Einkerbung am Rand? Das könnte der Stiel sein –«

»Es ist ein Herz«, wiederholte Henrys Mutter, jetzt allerdings weniger überzeugt.

»Vielleicht ist es eine Orange«, sagte Henry und bahnte sich den Weg zum Kamin. Er streckte Elizabeth die Hand hin und half ihr beim Aufstehen. »Eine Orange, die an einem Baum in einem Obstgarten einer Ranch im sonnigen Südkalifornien wächst.«

»Es ist ein Apfel«, schnauzte Sylvia. »Er sieht genau wie die Äpfel aus, die wir im Herbst von unseren Bäumen gepflückt haben.«

»Um welche Obstsorte es sich auch handelt«, mischte sich Sylvias Mutter freundlich ein, »ich glaube, über die Be-

deutung sind wir uns alle einig. Das kommende Jahr wird für Elizabeth gewiss schön und gut und wunderbar.«
Alle Erwachsenen pflichteten ihr bei, nicht jedoch Sylvia, die eine Schnute zog und so tat, als bemerke sie den warnenden Blick ihrer Mutter nicht. Die Form war ein Apfel, und er bedeutete, dass Elizabeth in der Nähe von Elm Creek Manor bleiben sollte, wo sie Jahr für Jahr die Ernte genießen konnte.
Es waren nur noch ein paar Bleispäne übrig, als Sylvias Mutter vortrat und einen Versuch unternahm. Ein paar Gäste, die sich von dem Spiel abgewandt hatten und davongeschlendert waren, kehrten zum Kamin zurück, um zu sehen, was die Zukunft für ihre geliebte Gastgeberin bereithielt. Sylvia sah, wie Nachbarn Blicke tauschten, und schnappte ihr Geflüster auf, und vor Stolz schwoll ihr die Brust. Jeder liebte Mama, und alle wollten, dass sie die beste Prophezeiung des Abends erhielt. Sylvia hoffte, dass das Blei die Form einer Kuh annehmen würde, was Heilung bedeutete, und sie beschloss, den Bleiklumpen als Kuh zu bezeichnen, wenn er auch nur im Entferntesten einem vierbeinigen Tier ähnelte. Wenn Elizabeth und Henrys Mutter die Figuren interpretieren konnten, wie es ihnen gerade passte, dann konnte sie das auch.
Sylvias Mutter zögerte, bevor sie das geschmolzene Blei in die Wasserschüssel tropfen ließ. Auf einmal wurde es im Saal mucksmäuschenstill. Sylvias Mutter beugte sich über die Schüssel, dann setzte sie sich auf die Fersen zurück und holte erschaudernd tief Luft. Sylvia drängte sich vor, um besser sehen zu können, und plötzlich krampfte sich ihr vor Angst der Magen zusammen.
Das Metall hatte die Form eines Kreuzes angenommen. Da gab es nichts herumzudeuteln. Und Kreuze bedeuteten Tod.

Jemand brach die Stille mit einem leisen Stöhnen, wurde jedoch sogleich zum Schweigen gebracht. Sylvias Mutter ließ den Blick über die Gesichter ihrer Freunde und Verwandten schweifen und zwang sich zu einem Lächeln. »Vielleicht hätte ich es doch wie Großmutter machen sollen«, stellte sie mit zitternder Stimme fest.

»Es ist doch nur ein albernes Spiel«, sagte Großtante Lucinda. »Das hat doch nichts mit der Wirklichkeit zu tun.«

»Was ist denn los?«, fragte Henry. »Für mich sieht das wie ein gutes Vorzeichen aus.«

Sylvia ballte die Hände zu Fäusten und starrte ihn wütend an. »Weißt du denn nicht, was Kreuze bedeuten?« Er war so dumm, so unglaublich dumm!

»Das ist kein Kreuz.« Henry beugte sich über die Schüssel, um die Form darin genauer zu betrachten, dann richtete er sich wieder auf und schüttelte den Kopf. »Dieser zweite Balken ist zu dünn und nicht gerade genug. Jeder kann doch sehen, dass das eine eingefädelte Nadel ist. Das muss für eine Familie begeisterter Quilterinnen doch ein gutes Zeichen sein.«

»Selbstverständlich. Jetzt sehe ich es auch«, sagte Großtante Lucinda hastig. »Vielleicht bedeutet es, dass du in diesem Jahr viele Quilts machen wirst, Eleanor.«

»Vielleicht hat es auch eine symbolischere Bedeutung«, meinte Elizabeth. »Nadeln sind nützlich und notwendig, genauso notwendig und nützlich, wie du für uns bist. Nadeln können ein Heim wärmer und schöner machen. Nadeln werden … werden verwendet, um Dinge zu flicken.«

Henry schlang den Arm um Elizabeths Schulter, aber sein Blick ruhte auf Sylvias Mutter. »Es sieht so aus, als hätten Sie im kommenden Jahr eine Menge zu flicken, Mrs Bergstrom.«

Sein Tonfall legte den Schluss nahe, dass er damit eher das Heilen meinte, als etwa Socken zu stopfen oder die abgerissenen Kleidersäume der Mädchen wieder festzunähen. Sylvias Mutter holte wieder zitternd tief Luft, aber dann schenkte sie Henry ein warmes, dankbares Lächeln. »Ja, klar, jetzt erkenne ich es auch.« Sie streckte die Hand aus, und Henry und Elizabeth halfen ihr auf die Beine. »Ich hoffe, das bedeutet nicht, dass ich mich meinem Nähkorb zuwenden muss, bevor das Fest hier vorüber ist.«

Die Menge lachte kurz auf, aber Sylvia bemerkte, dass das Lachen doch irgendwie traurig klang. Auch ihre Mutter musste das bemerkt haben, denn sie warf ihren Lieben ein strahlendes Lächeln zu und machte den Musikanten ein Zeichen, dass sie eine neue Melodie anstimmen sollten. Als die ersten fröhlichen Töne erklangen, kam Sylvias Vater auf sie zu und forderte sie zum Tanz auf.

Sylvia war nicht mehr nach Tanzen zumute. Sie wünschte sich, ihr wäre die neue Interpretation der Form, die ihre Mutter im Wasser gesehen hatte, eingefallen. Sie wünschte sich, sie wäre diejenige gewesen, die ihre Mutter vor der düsteren Weissagung bewahrt hätte, diejenige, die sich in der Wärme des dankbaren Lächelns ihrer Mutter hätte sonnen können. Und dennoch war sie Henry seltsamerweise dankbar, dass er das Wort ergriffen hatte, als sie und alle anderen wegen der dunklen Vorahnungen wie gelähmt gewesen waren. Sosehr sie ihn auch hasste, sie war froh, dass er da gewesen war.

Aber jetzt konnte er getrost nach Hause gehen!

Sylvia kuschelte sich in einen Sessel und sah zu, wie die Paare über die Tanzfläche wirbelten, genau wie Schneeflocken in einem Sturm – ihre Mutter hatte die Wange gegen Vaters Brust gelegt, Elizabeth blickte liebevoll zu

Henry auf. Ohne zu wissen, was das neue Jahr für sie bereithielt, tanzten sie weiter, entschlossen, die guten wie auch die schlechten Zeiten gemeinsam durchzustehen.

Sylvias Mutter starb nicht im folgenden Jahr, aber mit ihrem schwachen Herzen wurde es auch nicht auf wundersame Weise besser, wie sie alle insgeheim hofften und worum sie beteten. Sie war immer die Friedensstifterin der Familie gewesen, deshalb bedeutete das Flicken, das die Bleiform vorhergesagt hatte, das Schlichten von Streitereien im Kreis der Familie und das Besänftigen verletzter Gefühle. Vielleicht hatte die Bleiform aber auch eine einfachere, wörtlichere Bedeutung, weil Sylvias Mutter wie wild arbeitete und zusammen mit den anderen Frauen der Familie in diesem Winter für Elizabeth Quilts, eine Aussteuer und ein schönes Hochzeitskleid nähte.

Sylvias geliebte Cousine kam jedoch nicht zur Vernunft, wie Sylvia gehofft hatte, sondern sie heiratete Henry und verließ Elm Creek Manor, um nach Südkalifornien auf ihre Ranch zu ziehen. Ob Elizabeth tatsächlich die Liebe ihres Lebens oder lediglich Orangen und Aprikosen gefunden hatte, sollte Sylvia nie erfahren, denn im Laufe der Jahre wurden die Briefe, die sie von der Triumph Ranch erhielten, immer seltener, bis gar keine mehr in ihrem Briefkasten lagen.

Sylvias Mutter erlebte noch vier Neujahrsfeste, bis sie schließlich zu Hause im Kreise ihrer Lieben friedlich starb. Schon seit ihrer Kindheit hatten die Ärzte ihren frühen Tod vorhergesagt, doch keine Zeit der Welt war genug, um die Familie auf ein Leben ohne sie vorzubereiten. An jenem traurigen Tag dachten sie alle nur an ihren Verlust, und keiner erinnerte sich an das Bleikreuz, das sie in der Wasserschüssel gesehen hatten.

Falls Claudia sich an die düstere Prophezeiung erinnerte, die sie an jenem Silvesterabend erhalten hatte, so sprach sie jedenfalls nie davon. Als hübsche und umschwärmte junge Frau genoss sie die Bewunderung aller jungen Männer des Elm Creek Tals und schien zumindest vorläufig dem unglücklichen Schicksal zu entkommen, das die Bleiform im Wasser ihr vorausgesagt hatte. Die Enttäuschung in Herzensangelegenheiten erlebte sie erst viele Jahre später, nach dem Krieg, nach ihrer Heirat mit einem Mann, dessen Feigheit zum Tod von Sylvias Mann und ihrem jüngeren Bruder führte. Das war der große Verrat, der Bruch, der durch keine Entschuldigung wiedergutzumachen war und der Sylvia zwang, das Elternhaus zu verlassen.

Und was die Brille anbelangte, die Sylvia in der Wasserschüssel gesehen hatte, so erreichte sie tatsächlich ein hohes Alter. Ob sie auch weise wurde – das war eine ganz andere Frage. In jedem Fall erlangte sie diese Weisheit nicht rechtzeitig, um sich mit Claudia vor deren Tod auszusöhnen. Wann immer Sylvia an jenen Silvesterabend zurückdachte, kam sie nicht umhin, sich zu fragen, ob das Beil nicht nur vor Claudias unglücklicher Ehe gewarnt hatte, sondern auch vor dem Bruch der Verbindung der beiden Schwestern.

Wenn Sylvia je Weisheit brauchte, dann jetzt. Sie seufzte und fuhr mit der Hand über den Quilt, hielt inne, um die Veränderungen, die sie an drei Mother's-Favorite-Blöcken vorgenommen hatte, zu begutachten. Bei einem hatte sie einen Hatchet-Block eingefügt, um sich an die Figur zu erinnern, die Claudia an jenem Winterabend vor so vielen Jahren gegossen hatte. Ein True Lover's Knot in der Mitte eines anderen Blocks erinnerte sie an ihre Eltern, die sich so sehr geliebt hatten wie kein anderes

Paar, das Sylvia je gekannt hatte. In einem weiteren Block prangte das Orange-Peel-Muster, das Sylvia zur Erinnerung an Elizabeth und Henry genäht hatte. Sie hoffte, dass sie die wahre Liebe gefunden hatten und all das Schöne hatten genießen können, was das Leben so bereithält. Wie sehr wünschte sie sich, sie wäre nicht so egoistisch und eifersüchtig auf ihre erblühende Liebe gewesen. Hätte sie damals nur begriffen, dass in Elizabeths Herz genug Platz war und sie neben Henry auch sie lieben konnte. Es war immer noch genug Raum für ihre kleine Lieblingscousine übrig. Hätte Sylvia nicht versucht, Elizabeths Liebe ausschließlich für sich zu reklamieren, vielleicht hätte Elizabeth den Kontakt zu ihrer kleinen Cousine aufrechterhalten. Vielleicht wüsste Sylvia dann, was aus ihr geworden war und warum keine Briefe von der Triumph Ranch mehr eintrudelten.
Sylvia und Andrew fuhren weiter und ließen die weiten, bewaldeten Hügel Pennsylvanias hinter sich. Sylvia hatte sich immer für einen rationalen und vernünftigen Menschen gehalten, der nicht dazu neigte, abergläubisch zu sein, und dennoch konnte sie sich die Frage nicht verkneifen, ob Henry etwas mit ihrer aktuellen schwierigen Lage zu tun hatte. Sie konnte die Ähnlichkeit zwischen seiner Situation und ihrer jetzigen gar nicht übersehen, und sie vermutete, dass es ihn, falls er noch lebte, amüsieren würde, Zeuge ihrer aktuellen Notlage zu sein. Jetzt endlich begriff sie, wie er sich angesichts Sylvias albernen Einwänden gegen ihre Heirat gefühlt hatte, wie sich Elizabeth gefühlt hatte. Jetzt – viel zu spät – erkannte sie, wie viel Schmerz es Elizabeth bereitet haben musste, dass Sylvia ihr ihren Segen verweigert hatte.
An jenem Silvesterabend vor so langer Zeit hätte ein vernünftigeres Kind vielleicht den Neujahrsvorsatz gefasst,

sich zu bessern und mit Henry einen Neuanfang zu wagen. Aber nicht Sylvia. Ein paar Tage nach Neujahr führte sie ihre dummen Streiche mit verstärkter Entschlossenheit, die Hochzeit zu verhindern, fort. Sie versteckte Tante Millies Schere, damit sie nicht an Elizabeths Brautkleid nähen konnte, aber Tante Millie lieh sich einfach Großtante Lucindas Schere aus. Sylvia entwendete den Schlüssel von Elizabeths roter Truhe und warf ihn in den Elm Creek, damit ihre Cousine ihre Habseligkeiten nicht zusammenpacken konnte. Sie weigerte sich, ihr Blumenmädchenkleid anzuprobieren, egal, wie sehr die Tanten auf sie einredeten und sie zu überzeugen versuchten, bis sie schließlich gezwungen waren, mithilfe des Kleids, das sie an Weihnachten getragen hatte, ein Schnittmuster herzustellen. Sie ging sogar so weit, Henry zu erklären, sie und alle anderen Familienmitglieder würden ihn hassen, aber Henry glaubte ihr nicht, und er ging auch nicht weg, sondern nahm Elizabeth nach der Hochzeit mit nach Kalifornien.

Genau wie Andrews Kinder Sylvia falsch einschätzten, so hatte sie Henry ihrerseits falsch eingeschätzt. Sie hatte ihn aus dem Blickwinkel eines eifersüchtigen kleinen Mädchens betrachtet und nie in Erwägung gezogen, dass er Elizabeth wirklich lieben und glücklich machen konnte. An jenem Silvesterabend war Sylvia, als er eine düstere Prophezeiung in Hoffnung verwandelte, indem er ihrer Mutter eine andere Zukunft vorhersagte, ein flüchtiger Blick auf jenen Mann ermöglicht worden, der er wirklich war, auf einen freundlichen, selbstsicheren und geistig großzügigen jungen Mann. Wäre sie damals nur so vernünftig gewesen, dankbar dafür zu sein, dass ihre geliebte Cousine einen solchen Partner gefunden hatte.

Konnte sie von Andrews Kindern mehr erwarten, als sie

damals zu geben bereit gewesen war? Sollten Andrews Kinder ihre Ehe nie akzeptieren, war dies dann nicht genau das, was sie verdient hatte – eine gerechte Strafe für ihren einstigen Egoismus?

Möglicherweise. Das konnte sie nicht abstreiten. Aber Andrew hatte nichts Falsches getan. Wenn Sylvia es vielleicht nicht anders verdient hatte – er in jedem Fall.

Zwei Tage in New York lagen vor ihnen, zwei Tage, um die Weihnachtszeit und die Vorfreude auf das neue Jahr in der City auszukosten. Sylvia war entschlossen, ihre Flittertage zu genießen, aber sie wollte sich auch die Zeit nehmen, ihren Quilt fertig zu nähen, bevor sie weiter nach Osten, nach Hartford, Connecticut, fuhren, wo Amy lebte.

Bald würde sie herausfinden, ob Amy die Einsicht besaß, an der es Sylvia selbst als Kind gefehlt hatte.

2

Sylvia nähte weiter den Rand fest, während sie und Andrew durch New Jersey fuhren, doch als sie sich dem Lincoln Tunnel näherten, legte sie den Quilt zur Seite. Bald kamen sie in Manhattan an, wo aus heiterem Himmel ein leichter Schneeschauer auf den Minivan niederging. In kindlicher Freude verschränkte Sylvia die Hände im Schoß, als sie durch Midtown fuhren, am Central Park vorbei und dann auf der Upper East Side in die 62. Straße einbogen. Seit vielen Jahren war sie nicht mehr in der City gewesen, und sie kam ihr zugleich neu und vertraut vor. Sylvia betrachtete es als gutes Omen, dass sie einen Parkplatz nicht weit von ihrer Bed-&-Breakfast-Pension in einem fünfstöckigen Sandsteingebäude, das 1863 House hieß, fanden. Eine der Besitzerinnen war eine regelmäßige Teilnehmerin der Elm Creek Quilt Camps, und sie hatte Sylvia und Andrew jedes Jahr gedrängt, doch bei ihr zu übernachten, wenn sie mal nach New York kamen.

»Das ist das Mindeste, was ich tun kann, um mich für deine Gastfreundschaft zu revanchieren«, sagte sie jedes Mal. »Deine Kurse inspirieren mich, und in Elm Creek Manor kann ich mich erholen. Nicht auszudenken, was aus mir geworden wäre, wenn ich dich nicht gehabt hätte!«

Adele, die sich nach einer erfolgreichen Karriere an der Wall Street mit Mitte Vierzig zur Ruhe gesetzt hatte, um sich mit dem Quilten zu beschäftigen und ihren anderen künstlerischen Interessen nachzugehen, machte häufig solch dramatische Feststellungen, deshalb war Sylvia sich zunächst nicht sicher gewesen, ob sie das Angebot wirklich ernst nehmen sollte. Aber als Adele die Einladung auf ihrer Weihnachtskarte wiederholte, die Sylvia erhalten hatte, unmittelbar nachdem sie und Andrew beschlossen hatten, den Termin ihrer Hochzeit vorzuverlegen, nahm sie diese schließlich an.

Da die Frischvermählten ihren Hochzeitstermin erst eine Woche vor Weihnachten festgelegt hatten, erwarteten sie nicht, dass Adele und ihr Mann, Julius, so kurzfristig noch ein Zimmer frei haben würden. Andrew schlug sogar vor, lieber in einer der großen Hotelketten abzusteigen, als Adeles Gastfreundschaft tatsächlich in Anspruch zu nehmen, aber Sylvia vertraute Adele und meinte, dass sie sich zumindest erkundigen sollten. Ein Bed & Breakfast in einer der besten Gegenden der Stadt wäre doch so viel netter als ein unpersönliches Hotelzimmer, und Sylvia konnte den Gedanken nicht ertragen, die Gelegenheit zu verpassen, das historische Gasthaus, über das Adele im Laufe der Jahre bei den Quilt Camps viele amüsante Geschichten erzählt hatte, einmal mit eigenen Augen zu sehen.

Obwohl das 1863 House, wie Adele ihnen versicherte, normalerweise über die Weihnachtszeit komplett ausgebucht war, war durch einen glücklichen Zufall wegen einer kurzfristigen Stornierung eines der schönsten Zimmer frei geworden. »Nehmt euch für euren Aufenthalt nicht zu viel vor«, warnte Adele. »Ich habe den Angestellten von City Quilter versprochen, mit dir vorbeizuschauen, falls du je in die Stadt kommst.« Sylvia schlug eine Einladung, zwischen Stoffballen zu stöbern und raffinierte neue Quiltutensilien zu bewundern, nur äußerst selten aus, deshalb sagte sie ohne zu zögern zu, viel Zeit für den Besuch im besten Quiltgeschäft Manhattans einzuplanen.

Als sie ankamen, war Adele gerade auf dem Markt, aber Julius begrüßte sie und führte sie in den Garden Room auf der ersten Etage hinauf. Der ehemalige Salon besaß eine dreieinhalb Meter hohe Decke und nach Süden ein großes Erkerfenster mit Spitzenvorhängen, die den winterlichen Sonnenschein voll zur Geltung brachten. Verandatüren führten auf einen privaten Balkon, der jetzt, Ende Dezember, mit einer dünnen Schneeschicht bedeckt war, und neben einem offenen Kamin aus Marmor mit einem elegant geschnitzten Holzsims stand ein Mahagonischrank. Ein verblüffender bunter Scrap-Quilt zierte das große Himmelbett. Schnell stellte Sylvia ihren Koffer ab und begutachtete den Quilt. »Das ist kein Werk von Adele«, stellte sie fest, als sie die alten Stoffmuster und die Farben betrachtete. Das Design der Blöcke ähnelte dem Muster Thousand Pyramids, mit vier aus jeweils sechsunddreißig kleineren Dreiecken bestehenden Dreiecken in der Ecke, die, durch rechteckige Einfassungen voneinander getrennt, um einen kleinen dunkelgelben Sawtooth Star arrangiert waren.

»Es ist eine der Entdeckungen, auf die Adele besonders stolz ist«, erklärte Julius. »Sie hat darauf bestanden, ihn eigens zu Ehren eurer Hochzeit hervorzuholen. Adele sagt, sie kenne niemanden, der ihn mehr zu schätzen wüsste.«

Erfreut strich Sylvia über die leuchtend bunte Flickenoberfläche. Adele hatte tatsächlich etwas ganz Besonderes entdeckt. Die Stoffe ließen den Schluss zu, dass der Quilt aus dem letzten Drittel des neunzehnten Jahrhunderts stammte, aber sein hervorragender Zustand wollte so gar nicht zu seinem hohen Alter passen. Die Vorbesitzer mussten diesen Quilt sehr geschätzt haben, denn sie waren äußerst vorsichtig damit umgegangen und hatten ihn sehr geschont.

»Ich kann mir vorstellen, dass dieser Quilt eine lange Geschichte zu erzählen hat«, murmelte sie und dachte an die unbekannte Quilterin, die Monate, vielleicht Jahre damit zugebracht hatte, die winzigen Dreiecke von Hand zusammenzunähen.

»Ich wette, das trifft auch auf dieses Haus zu«, sagte Andrew voller Bewunderung und legte die Hand auf den geschnitzten Kaminsims.

»Die Herkunft des Quilts ist ungewiss, wie es bei so vielen Antiquitäten der Fall ist«, stellte Julius fest. »Aber Adele und ich, wir erzählen euch heute beim Abendessen gerne, was wir über das Haus wissen – es sei denn, ihr habt schon etwas anderes vor?«

Sie hatten Karten für ein beliebtes Broadway Musical, die einer von Andrews alten Kumpels aus der Armeezeit für sie hatte organisieren können. (»Seine Tochter hat Beziehungen«, hatte Andrew erklärt, als Sylvia schwärmte, wie viel Glück sie hatten. »Sie geht mit einem Typen, der am Verkaufsschalter arbeitet.«) Ein frühes Abendessen mit ihren Gastgebern passte ihnen also bestens ins Konzept. Sie verabredeten, sich am späten Nachmittag zu treffen, und Julius wandte sich wieder seiner Arbeit zu, während Sylvia und Andrew auspackten.

Da sie bis zum Abendessen noch ein paar Stunden Zeit hatten, beschlossen Sylvia und Andrew, die Museum Mile entlangzuschlendern, um sich nach der langen Fahrt die

Beine zu vertreten und den Anblick der Stadt und ihre Geräusche zu genießen – und um Pläne für den Rest ihres Aufenthalts zu schmieden. Die Luft war frisch, aber nicht unangenehm kühl, und der Wind wehte nur schwach, sodass Sylvias wollener Mantel, Schal und Handschuhe sie ausreichend vor der Kälte schützten. »Sollen wir uns in den nachweihnachtlichen Schlussverkauf stürzen?«, fragte sie zum Spaß und hakte sich bei Andrew unter, als Leute mit Tüten von Bergdorf Goodman und FAO Schwarz an ihnen vorbeihasteten. Sie lachte über den irritierten Gesichtsausdruck ihres Mannes, während er verzweifelt nach einem guten Vorwand suchte, diesen Vorschlag abzulehnen. Sie wusste, dass der nachmittägliche Einkaufsbummel, den er ihr versprochen hatte, nicht gerade sein Lieblingsprogrammpunkt ihres Aufenthalts hier war.
Um vier Uhr gingen sie zurück und trafen sich mit Adele und Julius vor Mon Petit Café, einem netten Bistro nur wenige Schritte vom 1863 House entfernt. Adele begrüßte Sylvia mit einer herzlichen Umarmung. »So eine hübsche Braut!«, rief sie aus, und sie sagte zu Andrew, dass er sich glücklich schätzen könne. Andrew pflichtete ihr stolz bei, doch die Wehmut in seinem Lächeln machte Sylvia klar, dass er nicht erwartete, bei ihrem nächsten Stopp auf ihrer Reise so viel Zustimmung zu erhalten.
Im Inneren des Bistros umfing sie leises Stimmengemurmel und der Duft von gebratenem Fleisch und Gewürzen. Ihr Tisch beim Fenster bot einen Blick auf die sonnige Lexington Avenue, doch Adeles unbändige Freude lenkte Sylvias Aufmerksamkeit vom Blick nach draußen ab. Sie schien beinahe zu platzen, weil sie allem Anschein nach mit einem Geheimnis hinter dem Berg hielt, doch Sylvia verkniff sich ein Schmunzeln, da sie

wusste, dass ihre redselige, offene Freundin sie nicht lange würde auf die Folter spannen können.
Andrew, der im Prinzip am liebsten Steak mit Pommes frites aß, blickte zuerst misstrauisch auf die Speisekarte, als er all die französischen Gerichte aufgelistet sah. Gerade als der Kellner erschien, hellte sich seine Miene auf, und er bestellte *steak frites* – was, soweit Sylvia es ausmachen konnte, auf Französisch Steak mit Fritten bedeutete. Da einer von ihnen beiden etwas Mut an den Tag legen musste, wählte sie *magret de canard*, gebratene Entenbrust in Himbeercoulis mit Wildreis, obwohl sie in ihrem Leben erst ein einziges Mal Ente gekostet und keine Ahnung hatte, was Coulis eigentlich bedeutete.
»Sagen Sie es nicht«, bat sie, als Julius es ihr erklären wollte. »Ich möchte überrascht werden. Vielleicht sollte ich das zu meinem Neujahrsvorsatz machen: mehr zu riskieren und mich häufiger überraschen zu lassen.«
»Das nehme ich mir jedes Jahr vor«, sagte Adele und hob ihr Weinglas, um sich selbst zuzuprosten.
»Das hat sich bis jetzt für dich auch ausgezahlt«, stellte Julius fest. »Denk nur, was du alles erreicht hast, nur weil du bereit warst, etwas zu riskieren. Wir sollten alle so viel Mut haben wie du.«
»Du stellst mich viel mutiger dar, als ich in Wahrheit bin«, protestierte Adele, aber sie warf ihm ein dankbares Lächeln zu.
Als Sylvia und Andrew sie bedrängten, das zu erklären, erinnerte Adele Sylvia daran, was für eine lukrative Karriere sie sich früher als Börsenmaklerin aufgebaut hatte. »Ich war in den Augen der meisten Leute erfolgreich. Ich hatte ein großes Büro, ein super Gehalt, sämtliche Vergünstigungen – aber ich musste achtzig Stunden in der Woche arbeiten. Ich hatte keine Zeit für meine

Freunde. Ich schlang mein Essen im Laufen hinunter. Die Börsenberichte habe ich auf dem Trimmrad im Fitnessstudio gelesen und mein Handy sogar mit ins Badezimmer genommen. Du lachst, aber es ist mir ernst. Ich habe unentwegt gearbeitet. Das hat nie aufgehört.«

»Es macht mich schon fertig, wenn ich es mir nur vorstelle«, sagte Andrew.

»Es hat auch mich fertiggemacht«, gestand Adele. »Aber wann immer mir der Gedanke in den Sinn kam, etwas zurückzuschalten oder Urlaub zu nehmen, habe ich ihn beiseitegeschoben. Ich hatte mich immer angestrengt, um die Erwartungen der anderen zu übertreffen, und damit aufzuhören wäre einem Zeichen von Schwäche oder, schlimmer noch, einer Art moralischem Versagen gleichgekommen. Ich durfte nicht hinter meinen eigenen Erwartungen zurückbleiben.«

»Ich weiß gar nicht, für wen sie das alles macht«, vertraute Julius dem älteren Paar an. »Bei ihr klingt es so, als stünde sie unter ständiger Beobachtung und Kritik, aber ich war schon immer der Meinung, dass die Leute zu sehr mit ihren eigenen Sorgen beschäftigt sind, um den Kämpfen der anderen groß Beachtung zu schenken.«

»Das scheint leider der Fall zu sein«, pflichtete Sylvia ihm bei, obwohl sie mit vielen persönlichen Anekdoten über das Kleinstadtleben das Gegenteil hätte beweisen können.

»Für den Druck, unter dem ich damals stand, mache ich nur mich selbst verantwortlich, sonst niemanden«, fuhr Adele fort. »Ich hatte Kollegen um mich herum, die die gleiche Verantwortung trugen, viel arbeiteten und Stress hatten wie ich, aber ihnen ging es dabei gut. Sie genossen es, die täglichen Kämpfe auszufechten. Ich habe lange gebraucht, bis ich mir selbst eingestehen konnte, dass ich nicht glücklich war. Aber ich wusste nicht, was ich tun sollte. Ich wusste nicht, wie ich aufhören konnte, ohne klein beizugeben, ohne mir meine Niederlage einzugestehen.«

Sylvia nickte, obwohl sie nicht verstand, wie die Kündigung eines unangenehmen Jobs so dargestellt werden konnte, als ginge es um das Eingeständnis einer Niederlage. Es war weit ehrenhafter, von einem Weg abzubiegen, der eindeutig der falsche war, als weiter eine Straße entlangzutrotten, von der man genau wusste, dass sie zu einem schlimmen Ende führte.

»Deshalb habe ich so getan als ob.« Adele seufzte und spielte mit ihrer Gabel herum. »Und dann kam der elfte September.«

Als sie verstummte, erkundigte sich Andrew mitfühlend: »Hast du liebe Freunde verloren?«

»Ich kenne niemanden, dem es nicht so ergangen wäre. Ich habe an diesem Tag mehrere Freunde verloren, Bekannte, die ich von der Arbeit her kannte, Kunden –« Adele holte tief Luft. »Es ist nicht in Worte zu fassen. Es ist einfach nicht zu beschreiben.«

Ihre Zuhörer nickten.

»Adele hat beim Zusammensturz der Türme darüber hinaus ihr Zuhause verloren«, fügte Julius hinzu.

»Ach, du Arme«, sagte Sylvia. »Ich hatte ja keine Ahnung. Du hast das nie erwähnt.«

»Mein Apartmentblock war unter dem Schutt begraben«, erklärte Adele. »Keiner der Bewohner konnte mehr nach Hause. Ich bin bei einer Freundin untergekommen – habe bei ihr auf dem Sofa geschlafen und mir überlegt, was ich jetzt tun sollte. Erst nach Wochen wurde uns gestattet, ein paar Sachen aus unseren Wohnungen zu holen. Alles, was ich besaß, war von einer dicken weißen Staubschicht bedeckt. Ich warf ein paar Sachen, die zu retten sich lohnte, in eine Tüte und ging, ohne mich noch einmal umzudrehen. Es war schwer, sich über irgendwelche Dinge Gedanken zu machen, wo doch so viele unschuldige Menschen ums Leben gekommen waren.«

Sylvia streckte die Hand aus und tätschelte Adeles. »Ich kann dich so gut verstehen.«

»Ich war schon längst wieder an meinen Arbeitsplatz zurückgekehrt. Nach allem, was passiert war, kam es mir trivial vor, über meine Unzufriedenheit mit meiner Karriere nachzugrübeln. Meine Einstellung hatte sich nicht geändert, ich habe lediglich aufgehört, sie als so wichtig zu betrachten, dass sie mich zum Handeln zwingen würde. Dann, an einem Dezembernachmittag, als ich auf Wohnungssuche war, kam ich zufällig am 1863 House vorbei.«

»Sie ging hinein, besichtigte das Haus und gab innerhalb einer Woche ein Kaufangebot ab, obwohl sie in ihrem Leben noch nie eine Pension geführt hatte«, meldete sich ihr Mann zu Wort und schüttelte ungläubig, aber stolz den Kopf.

»So schnell ist es nun auch wieder nicht gegangen«, entgegnete Adele lachend. »Ich war fleißig, wie es sich gehört. Ich habe einen Geschäftsplan aufgestellt. Aber hätte ich diesen Quilt nicht durchs Fenster gesehen, würde ich womöglich noch immer in der Wall Street schuften.«

Sylvia wollte unbedingt hören, welche Rolle der Quilt in Adeles Geschichte spielte, und sie drängte ihre Freundin, mit ihrer Erzählung fortzufahren. Adele erklärte, dass ihr Therapeut ihr nicht lange vor dem Kauf von 1863 House empfohlen hatte, sich ein kreatives Hobby zu suchen – etwas rein zum Vergnügen, was gar nichts mit ihrem Job zu tun hatte. Da ihre Großmutter einst gequiltet hatte und weil sie sich an diesem Tiefpunkt in ihrem Leben zu warmen und behaglichen Dingen hingezogen fühlte, meldete sie sich bei City Quilter zu einem Anfängerkurs an.

»Ich war blutige Anfängerin, aber so eifrig wie jeder frisch Bekehrte«, erzählte Adele. »Als ich an jenem Tag an dem braunen Sandsteingebäude vorbeiging, erhaschte ich durch das Fenster einen flüchtigen Blick auf einen Quilt, einen Crazy-Quilt, der über das Sofa drapiert war. Ich wollte ihn mir genauer ansehen, deshalb klopfte ich an die Tür und fragte die Besitzerin, ob ich hereinkommen und ihn mir genauer anschauen dürfe.«

Die Besitzerin war selbst Quilterin und über Adeles Interesse so erfreut, dass sie ihr anbot, ihr sämtliche antiken Quilts der Pension zu zeigen. Einen ganz besonderen Quilt hob sie bis zuletzt auf, sie holte ihn aus einem handgefertigten, mit Musselin ausgekleideten Einbauschrank in den Privaträumen der Familie im fünften Stockwerk.

»Es war der Quilt, den ich auf das Bett in eurer Suite gelegt habe«, sagte Adele und bestätigte damit, was Sylvia bereits vermutet hatte. »Kannst du dir vorstellen, alle diese winzigen Dreiecke von Hand zusammenzunähen? Und diese Stoffe – es ist buchstäblich ein Katalog sämtlicher Drucke, die Mitte bis Ende des neunzehnten Jahrhunderts erhältlich waren. Die Besitzerin breitete den Quilt mit solcher Ehrfurcht aus, dass mir der Grund klar sein musste. Sie erzählte mir, dass dieser Quilt zum Inventar des Hauses gehörte, als sie und ihr Mann es vor vierzig Jahren kauften. Die früheren Besitzer hatten ihr mitgeteilt, dass der Quilt schon im Haus war, als sie es erworben hatten. Fasziniert hatte sie versucht, seine Herkunft so weit wie möglich zurückzuverfolgen, und war schließlich zu dem Schluss gekommen, dass der Quilt wahrscheinlich schon den ursprünglichen Erbauern des Hauses gehört hatte.

Als sie den Quilt wieder in den Schrank räumte, sagte sie, dass der Quilt und das Haus schon so lange zusammengehörten, dass es unverzeihlich wäre, sie zu trennen. Sie hoffe nur, dass derjenige, der das Haus kaufen würde, beides – Quilt und Gebäude – ebenso zu schätzen wisse wie sie.« Adele lächelte. »Und da wusste ich, dass ich ein Angebot machen musste.«

»War es der Quilt oder das Haus, was du haben wolltest?«, fragte Andrew.

»Ich konnte das eine nicht ohne das andere haben«, antwortete Adele lachend. »Ich wollte den Quilt, das steht fest, aber ich wollte das Haus und das Leben darin mindestens ebenso sehr. Man könnte es als Überheblichkeit betrachten, aber ich hielt es für ein Kinderspiel, eine Pension zu führen. Hin und wieder Betten beziehen, Reservierungen entgegennehmen, Kaffee und Bagels servieren –« Adele verdrehte die Augen. »Ich dachte, wenn ich an der Wall Street zurechtkomme, könnte ich wohl auch ein kleines Bed & Breakfast führen. Ich will es mal so sagen, ich hatte jede Menge zu lernen. Aber ich habe es nie bereut. Am Silvesternachmittag schloss ich den Kaufvertrag ab. Als ich die Papiere unterschrieb, sagte ich mir, dass das Jahr 2002 mein Neuanfang sein würde. Ich würde nicht länger an einem sicheren Arbeitsplatz ohne Überraschungen bleiben, der mich deprimiert. Vorhersagbarkeit ist eine Falle und Sicherheit eine Illusion. Liebe und Glück dagegen sind real, aber die findet man nicht, ohne Risiken einzugehen.« Sie lächelte Julius an. »Die Liebe zu meiner Arbeit hat schließlich zu einer Liebe anderer Art geführt.«

Nachdem sie die Pension übernommen hatte, erklärte sie, wollte sie so viel wie möglich über die Geschichte des Hauses herausfinden. Die Vorbesitzer berichteten ihr, was sie wussten, aber Adele vermutete, dass das Herrenhaus, in dem früher nur eine Familie gewohnt hatte, eine umfangreichere und faszinierendere Geschichte zu erzählen hatte. Da das Hunter College nicht weit entfernt lag, wandte sie sich Rat suchend an dessen Institut für Geschichte. Dieser Telefonanruf führte zu einem Treffen mit Julius, einem Professor, der mehrere Bücher über die Geschichte New Yorks verfasst hatte. Sie verliebten sich, und im Jahr darauf heirateten sie.

Zu dieser Zeit hatte sich Adele bereits in ihrem neuen Beruf eingearbeitet. Sie liebte alles an ihrem neuen Leben – Menschen aus aller Welt kennenzulernen, ihre Gäste jeden Morgen nach einem köstlichen Frühstück loszuschicken, ihnen interessante Orte abseits der gewöhnlichen Touristenrouten zu nennen und ihnen das Gefühl zu vermitteln, echte New Yorker zu sein, egal, wie kurz ihr Aufenthalt in der City währte. Wann immer sie Zeit hatte, führte sie die Nachforschungen über die Geschichte des hübschen alten Sandsteingebäudes fort. Mit Julius' Hilfe eignete sie sich so viel über Forschungsmethoden und historisches Wissen an, dass sie, wäre sie am College offiziell eingeschrieben gewesen, einen Masterabschluss hätte ablegen können.

Sylvia, die bereits einige von Adeles Geschichten beim Elm Creek Quilt Camp gehört hatte, sagte: »Ich hoffe, du erzählst uns einiges davon.«

Adele versprach es, und sobald sie ihr köstliches Mahl beendet hatten, kehrten sie zur Pension zurück. »Wie ihr sicher bereits erraten habt, geht der Name 1863 House auf das Jahr zurück, in dem das Sandsteinhaus erbaut wurde«, erzählte sie ihnen, als sie die Eingangsstufen hinaufstiegen. Drinnen führte sie ihre Gäste durch einen langen, in eine Galerie verwandelten Flur, in dem gerahmte Vergrößerungen schwarz-weißer Illustrationen ausgestellt waren, die politische Karikaturen zu sein schienen.

Sylvia erkannte Scherzzeichnungen von Jefferson Davis und Robert E. Lee in verschiedenen Notlagen und andere eines düsteren, aber edlen Abraham Lincoln in metaphorischen Darstellungen – wie er eine geteilte Nation zusammennäht und seine Rivalen im Süden in ihren Albträumen heimsucht. Weitere Zeichnungen parodierten längst vergessene Politiker und Kontroversen, während eine andere Karikatur das gleichzeitige Bemühen des Nordens und des Südens, befreite Sklaven für ihre Armeen zu rekrutieren, aufs Korn zu nehmen schien.

»Der Mann, der diesen Wohnsitz erbaute, war der Künstler und politische Aktivist John Colcraft«, erklärte Adele. »An seinen politischen Karikaturen ist das nicht zu erkennen, aber er stammte ursprünglich aus South Carolina.«

»Darauf wäre ich nie gekommen«, stellte Andrew fest, während er die Illustration eines besonders entschlossen wirkenden Generals der Union betrachtete, der seine Schuhe an einer Landkarte der Konföderierten abwischte.

»Seine Familie hatte ihr Vermögen mit Baumwolle gemacht, und als zweiter Sohn der Familie unternahm John häufig für seinen Vater Geschäftsreisen nach Norden. Auf einer dieser Reisen lernte er eine Quäkerin namens Harriet Beals kennen, die in Chester County, Pennsylvania, in eine Familie strikter Abolitionisten hineingeboren worden war, jenen Leuten also, die sich für die Abschaffung der Sklaverei einsetzten. 1858 war John bereits zu ihrem Glauben konvertiert, hatte der Sklavenhaltung abgeschworen und sie geheiratet – allerdings nicht unbedingt in dieser Reihenfolge.«

»Ich habe mich immer gefragt, wie ein Mann, der sein Vermögen der Ausbeutung von Sklaven verdankte, es geschafft hat, das Herz einer dezidierten Abolitionistin zu erobern«, stellte Julius fest.

»Er muss ein guter Redner gewesen sein«, sagte Adele mit einem Blick, der den Schluss nahelegte, dass sie einen weiteren Mann kannte, auf den diese Beschreibung zutraf. »Und man darf nicht vergessen, dass er der Sklaverei abschwor. Er bat sogar seinen Vater, seine Sklaven freizulassen, aber sein Vater weigerte sich und enterbte seinen Sohn. Oder der Sohn enterbte den Vater, das ist nicht ganz klar. John Colcraft schrieb später, dass er an jenem Tag zwar sein Geburtsrecht verlor, aber seine Seele wiedergewonnen habe.«

»Schön ausgedrückt«, stellte Sylvia fest, obwohl es ihr ihre eigenen Erfahrungen unmöglich machten, ohne Bedauern und ohne sich zu fragen, wie die Geschichte vielleicht anders hätte laufen können, von irgendeinem Familienzwist zu hören.

»Das Paar ließ sich für eine Weile in Philadelphia nieder, wo John seine künstlerische Karriere begann.« Adele führte sie so langsam durch den Flur, dass sie Zeit hatten, die gerahmten Karikaturen eingehender zu betrachten. »Als Quäker und Pazifist kämpfte er lieber mit der Feder als mit dem Schwert gegen das Böse an, das er in der Welt um sich herum sah. Er begann mit harmlosen Illustrationen für eine Lokalzeitung, aber als der Bürgerkrieg unvermeidlich erschien, nahmen seine Bilder eine

schärfere Tendenz an. Als sein Ruhm – beziehungsweise in bestimmten Zirkeln seine traurige Berühmtheit – wuchs, zog er nach New York und arbeitete regelmäßig für *Harper's*.«
»Und das hat sie hierher gebracht«, mutmaßte Sylvia, die das vordere Zimmer des Hauses bewunderte, in das Adele und Julius sie inzwischen geführt hatten und in dem sie jetzt alle Platz nahmen.
Adele nickte. »Ende 1862 erbte John ein beachtliches Vermögen von der mütterlichen Seite seiner Familie – ›vom Makel der Sklaverei unbefleckt‹, wie er es nannte –, und er nutzte es, um dieses Haus für Harriet und ihre beiden Kinder zu bauen. Im Frühjahr 1863 zogen sie schließlich ein, zu einer Zeit, als es in der City zunehmend zu Spannungen kam.«
Damals sei die »Emancipation Proclamation« seit einigen Monaten in Kraft gewesen, erinnerte Adele sie. Organisationen, die für die Sklavenhaltung eintraten, reagierten auf die zunehmende politische Macht der Abolitionisten, indem sie die New Yorker Arbeiterschicht auf die wachsende Konkurrenz auf dem Arbeitsmarkt hinwiesen, zu der es unweigerlich kommen würde, sollten die befreiten Sklaven nach Norden ziehen. Ein neuer, strikterer Gesetzesentwurf fachte die Glut der Unruhen weiter an: Alle männlichen Bürger der Stadt zwischen zwanzig und fünfunddreißig wie auch alle unverheirateten männlichen Bürger zwischen fünfunddreißig und fünfundvierzig galten als für den Militärdienst einberufbar und konnten per Los zum Dienst verpflichtet werden. Doch es waren gewisse Ausnahmen möglich. Konnte ein Mann einen Ersatz engagieren, der seinen Platz einnahm, oder konnte er der Regierung einen Freistellungsbetrag in Höhe von dreihundert Dollar zahlen, dann musste er

nicht zum Dienst antreten. Afroamerikaner wurden nicht eingezogen, weil sie nicht als Bürger betrachtet wurden. Die Arbeiter, die das neue Gesetz am stärksten zu spüren bekommen würden, waren aufgebracht. »Und dann wurde der Konflikt natürlich in der Presse ausgetragen«, erzählte Adele weiter. »John Colcraft spielte dabei eine entscheidende Rolle, er griff seine politischen Gegner hart an und warf beiden Seiten gleichermaßen mit seinen Satiren Rassismus und Heuchelei vor.« Sie deutete auf die Wände. »Hier in diesem Zimmer entstanden seine wichtigsten Werke. Dieser Schreibtisch da ist ein Nachbau desjenigen, an dem er gearbeitet hat, und konnte anhand seiner eigenen Zeichnungen des Originals hergestellt werden.«

In der ganzen Stadt breitete sich zu Beginn des Sommers, als die erste Auslosung unmittelbar bevorstand, Angst und Wut aus, und es kam zunehmend zu Spannungen zwischen den Rassen, erzählte ihnen Adele. Am 11. Juli wurden die ersten Namen gezogen, und in der Stadt, die den Atem anzuhalten und abzuwarten schien, ob die Gefahr vorüber war, blieb es zwei Tage lang ruhig. Doch am frühen Morgen des 13. Juli entluden sich die Spannungen und führten zu Gewalt und Blutvergießen. Zunächst griffen die Aufständischen nur Militär- und Regierungsgebäude an, die ihrer Meinung nach für all das standen, was an diesem neuen Rekrutierungsverfahren unfair war. Menschen wurden nicht angegriffen, solange sie dem Mob und dessen Zerstörungswut nicht Einhalt zu gebieten versuchten. Es dauerte jedoch nicht lange, da nahm der Aufstand eine hässlichere, grausamere Form an, als die schon lange schwelenden Spannungen zwischen den Rassen schließlich ein Ventil suchten. Der Mob fing an, Afroamerikaner, ihre Geschäfte und jedes Sym-

bol der Gemeinschaft, Kultur oder politischen Macht der Schwarzen anzugreifen.
»Nicht einmal Kinder wurden verschont«, stellte Adele fest. »Eine mit Knüppeln und Schlaghölzern bewaffnete Meute überfiel das Waisenhaus für schwarze Kinder Ecke der 5. und der 42. Straße, wo mehr als zweihundert Kinder lebten. Der Mob plünderte alles Verwertbare – Essen, Kleidung, Bettzeug – und steckte das Gebäude dann in Brand.«
»Sie haben ein Waisenhaus angegriffen?«, fragte Sylvia entsetzt. »Sind die denn vor gar nichts zurückgeschreckt?«
»Was ist mit den Kindern passiert?«, wollte Andrew wissen.
»Das Gebäude ist bis auf die Grundmauern niedergebrannt«, erzählte Adele. »Der Oberin, der Leiterin und ein paar freiwilligen Helfern ist es gelungen, alle Kinder unversehrt hinauszuschaffen – doch der Mob war noch immer da, zerstörte Eigentum und griff Afroamerikaner an, die das Pech hatten, ihm in die Hände zu fallen, und einige Schwarze wurden sogar umgebracht. Die Leiterin des Waisenhauses teilte die Kinder in zwei Gruppen auf und versuchte, sie an den Aufständischen vorbei in Sicherheit zu bringen. Mit zweihundertdreiunddreißig Kindern im Schlepptau gelangten die Oberin und die Leiterin zur Polizeistation an der 35. Straße. Die übrigen neunundzwanzig schafften es mithilfe von Harriet Beals Colcraft, hierherzukommen.«
»Dieses Haus war fünf Tage lang ihr Zufluchtsort«, fügte Julius an. »Fünf Tage fanden die Kinder in diesen Zimmern Unterschlupf, während draußen auf den Straßen die schlimmsten Gräuel verübt wurden, die man sich vorstellen kann.«
»Ich möchte sie mir bitte lieber nur vorstellen«, warf

Sylvia ein, als Julius im Begriff zu sein schien, diese Gräueltaten aus der auf Details gerichteten Perspektive des Historikers zu schildern.

»Während sich Harriet um die Kinder gekümmert hat, muss sie vor Sorge fast verrückt geworden sein«, sagte Adele. »Sie hatte die Waisen in ein leeres Haus geführt. John war ausgegangen, möglicherweise in die Zeitungsredaktion, um nachzusehen, ob seine Freunde in Sicherheit waren, möglicherweise, um Augenzeuge der Ereignisse zu sein, damit er später Zeichnungen davon anfertigen konnte. Erst als die Krawalle nachließen, erhielt Harriet die Nachricht, dass ihr Mann im Krankenhaus lag. Er war bewusstlos und übel zusammengeschlagen im Hafenviertel aufgefunden worden, wo weiße Hafenarbeiter schwarze Docker und Seeleute angegriffen hatten. Er musste irgendwie zwischen die Fronten geraten sein.«

»Oder ein politischer Gegner hat ihn erkannt und die Gelegenheit des Aufruhrs und der Verwirrung genutzt, um irgendeine alte Rechnung zu begleichen«, warf Julius ein. »Das ist jedenfalls meine Lieblingstheorie.«

»Ich denke, wahrscheinlicher ist, dass er einem Verletzten zu Hilfe eilen wollte und dann selbst Opfer der Angreifer wurde«, entgegnete Adele. »Er hat sich von seinen Verletzungen nie mehr richtig erholt und hatte für den Rest seines Lebens Schmerzen und Schwierigkeiten beim Gehen. Er betrachtete es jedoch als Segen, dass ihn seine Angreifer am Rücken und an den Beinen getroffen hatten und seine Arme unversehrt blieben, sodass er noch immer zeichnen und so seine Familie ernähren konnte.«

»Schöner Segen!«, stellte Andrew fest. »Hätten sie versucht ihn zu treffen, ihn aber verfehlt – das würde ich als Segen bezeichnen.«

»Adele unterhält ihre Gäste immer mit Geschichten von der Familie Colcraft«, erzählte Julius. »Und fast jedes Mal sagt einer der Zuhörer am Ende ›Sie sollten ein Buch darüber schreiben‹.«

»Diesen Vorschlag wollte ich gerade selbst machen«, stellte Sylvia fest. »Die Colcrafts haben in jedem Fall ein interessantes Kapitel der New Yorker Geschichte miterlebt, und du bist wortgewandt.«

»Ich habe es mir überlegt«, antwortete Adele. »Julius hat zwei Bücher in Universitätsverlagen veröffentlicht, und ich weiß gar nicht mehr, wie viele Artikel er für akademische Fachzeitschriften geschrieben hat, deshalb wusste ich über den Veröffentlichungsprozess Bescheid. Ich wollte die Geschichte der Colcrafts zwar erzählen, aber der Gedanke, ein Buch zu schreiben, war so beängstigend. Ich konnte mir nicht vorstellen, ein so gewaltiges Projekt in Angriff zu nehmen. Und was wäre, wenn ich es nicht fertig bekäme? Oder was wäre, wenn ich es fertig hätte und es keinen interessiert? Was wäre, wenn jeder Verleger der Welt es ablehnen würde? Was wäre, wenn sich das Schreiben als nichts anderes als eine gewaltige Zeitverschwendung erweisen sollte?«

»Sie hat jeden logischen Grund vorgebracht, es nicht zu versuchen«, sagte Julius. »Ich habe mich bemüht, sie zu ermuntern, aber –« Er schüttelte traurig den Kopf. »Warum sollte sie auf mich hören? Ich bin ja nur ihr Ehemann.«

»Und dann hat mir meine Mutter letztes Jahr zu Weihnachten ein Buch über die Geschichte New Yorks geschenkt«, erzählte Adele weiter. »Das scheint ja wohl das perfekte Geschenk für einen Geschichtsfreak zu sein, nicht wahr?«

»Es hat sie traurig gemacht«, fügte Julius an.

»Aber erzählt das bloß nicht meiner Mutter«, warnte Adele sie. »Sie weiß nicht Bescheid. Jedenfalls habe ich nach Weihnachten ein paar Tage lang abwechselnd in dem Buch gelesen und bin dann grübelnd durchs Haus geschlichen. Wann immer die Gäste uns nicht hören konnten, habe ich mich bei Julius beklagt, dass in dem Buch wichtige historische Details ausgelassen seien, dass der Autor andere Quellen hätte nutzen sollen und er zu Schlussfolgerungen gelangt sei, die nicht mit den historischen Berichten übereinstimmten. Immer wieder habe ich ihn gefragt: ›Wie hat es dieser Kerl nur geschafft, dass sein Buch veröffentlicht wurde, und ich kriege es nicht hin?‹
Am Ende muss Julius die Nase vollgehabt haben, denn er gab zurück: ›Wie? Indem er den Mut hatte, sich tatsächlich hinzusetzen und dieses Buch zu schreiben und es in die Welt zu schicken, damit Leute wie du vor Neid kochen und herummeckern können, dass du es besser gemacht hättest.‹«
»Das haben Sie gesagt?«, fragte Andrew Julius. »Wie viele Nächte mussten Sie denn daraufhin auf dem Sofa schlafen?«
»Nicht viele«, antwortete Julius. »Nicht mal eine Woche.«
»Ihr dürft ihm nicht glauben«, entgegnete Adele lachend. »Ich wusste ja, dass er recht hatte. Und ja, mir war gebührend der Kopf gewaschen worden. Aber der Gedanke, mich hinzusetzen und ein ganzes Buch zu schreiben war immer noch zu bedrückend. Dann hatte ich eine Eingebung: Ich musste das Buch ja nicht auf einmal schreiben.«
Alle lachten.
»Das mag für euch und für jeden mit gesundem Menschenverstand selbstverständlich sein«, sagte Adele, »aber das war etwas, was ich zuvor nie in Betracht ge-

zogen hatte. Schließlich wurde mir klar, dass ich nur dann eine Chance hätte, als Schriftstellerin jemals etwas zu veröffentlichen, wenn ich mich hinsetzte und etwas schrieb.«

»Das ist tatsächlich ein entscheidender Teil des Prozesses«, stellte Julius fest, und sein Mund verzog sich zu einem Grinsen.

»Ich musste den Gedanken, dass ich versagen könnte, aus meinem Kopf vertreiben«, erzählte Adele weiter. »Ich habe mir gesagt, dass es, auch wenn mein Buch nie veröffentlicht würde, wichtig sei, alles, was ich über die Colcrafts und die Geschichte dieses wunderschönen Sandsteinhauses in Erfahrung gebracht hatte, festzuhalten. Ich war mir sicher, dass unsere Gäste gern erfahren würden, was meine Nachforschungen hervorgebracht hatten, selbst wenn kein Verleger die Geschichte für interessant genug halten sollte, dass sie es wert sei, in die Regale der Buchhandlungen zu gelangen. Deshalb fasste ich einen Neujahrsvorsatz: Mich jeden Tag hinzusetzen und ein paar Sätze zu schreiben. Ich dachte nicht länger daran, ein ganzes Buch zu schreiben, sondern habe mich auf diese paar Sätze jeden Tag konzentriert.«

»Und, hast du deinen Vorsatz gehalten?«, fragte Sylvia.

»Selbst an den Wochenenden und im Urlaub«, antwortete Julius stolz und warf seiner Frau ein liebevolles Lächeln zu.

»Die Pension zu führen war immer noch meine Lieblingsaufgabe, und ich habe hohe Ansprüche, deshalb war es nicht einfach, die Zeit zum Schreiben zu finden«, erklärte Adele. »Aber ich habe es geschafft. Im Laufe der Wochen habe ich immer mehr Seiten angehäuft, ich schrieb immer länger, und meine Zuversicht wuchs. Es ging voran. Ich schrieb tatsächlich mein Buch, was ich nie für möglich gehalten hätte.«

»Sie hat für jedes Gästezimmer einen Ausdruck gemacht und ihn spiralgebunden«, erzählte Julius. »Unsere Gäste haben die Geschichte gelesen, und sie hat ihnen gefallen, manche haben sogar um eine Kopie mit Autogramm gebeten, die sie mit nach Hause nehmen wollten.«

»Ich habe Julius das Manuskript lesen lassen, bevor ich die Kopien für die Gäste angefertigt habe«, fügte Adele hastig an. »Ich wollte zumindest einen redaktionellen Korrekturdurchgang. Schließlich habe ich ja auch meinen Stolz.«

»Eines Tages fragte einer unserer Gäste Adele, ob es ihr etwas ausmachen würde, wenn er ihr Buch einem Freund zeigen würde, der in einem Verlag arbeitete«, berichtete Julius. »Bis dahin hatte Adele das Manuskript allen möglichen Literaturagenten zugeschickt und es sogar für ein paar Wettbewerbe eingereicht, aber immer nur Absagen erhalten.«

»Das war eine lustige Zeit«, stellte Adele trocken fest. »Das Angebot unseres Gastes war für mich der erste wirkliche Hoffnungsschimmer. Ob es mir etwas ausmachte, wenn er es seinem Freund zeigte? War der verrückt? Ich hätte ihn höchstpersönlich zum Büro seines Freundes gefahren und mich vergewissert, dass er ihm das Manuskript tatsächlich aushändigt, wäre ich nicht der Meinung gewesen, dass das allzu erbärmlich ausgesehen hätte. Hätte ich gewusst, dass sein Freund Cheflektor bei der New York University Press war, wäre ich vielleicht sogar zu beeindruckt gewesen, um dem zuzustimmen, deshalb ist es gut, dass er es nicht erwähnt hat, bis er mit dem Manuskript in seiner Aktenmappe schon auf dem Weg aus dem Haus war.«

»Bitte sag, dass diese Geschichte ein Happy End hat«, forderte Sylvia, weil sie sich daran erinnerte, dass sie, als sie sich mit ihrer Freundin im Restaurant getroffen hatte, des Eindrucks nicht hatte erwehren können, Adele hüte ein Geheimnis. Jetzt war sich Sylvia sicher, worum es dabei ging.
Ein Lächeln huschte über Adeles Gesicht. »Mein Buch kommt nächsten Herbst heraus.«
Sylvia und Andrew zeigten sich hocherfreut und schlossen sie in die Arme, gratulierten ihr und versprachen, das Buch jedem ihrer Freunde zu schenken.
»Das wird bestimmt kein Bestseller«, warnte Adele. »Ich hoffe nur, dass es sich hier vor Ort und in Universitätsbuchhandlungen gut verkauft und dann in Büchereien steht.«
»Spiel deinen Erfolg nicht herunter«, ermahnte Sylvia sie. »Das ist eine großartige Leistung. Ich bin mir sicher, dass die Colcrafts stolz wären.«
»Das war alles Folge eines Neujahrsvorsatzes«, wunderte sich Andrew.
»Eines Neujahrsvorsatzes, den ich eingehalten habe«, betonte Adele. »Vorsätze kann jeder fassen. Die Schwierigkeit liegt darin, sie auch einzuhalten.«
Sie bombardierten Adele mit Fragen über ihr bald erscheinendes Buch, bis Julius auf die Uhr schaute und sie daran erinnerte, wie spät es war. Sylvia zuckte zusammen, als ihr ihre Theaterkarten einfielen. Sie und Andrew hasteten in den Garden Room hinauf, um sich umzuziehen, und kurze Zeit später waren sie schon auf dem Weg zum Broadway.
Sylvia blickte aus dem Taxifenster, genoss die Schönheit der nächtlichen Stadt und dachte über all das nach, was Adele ihnen erzählt hatte. Sylvia bewunderte die Ent-

scheidung und Entschlossenheit ihrer Freundin, ihre Ängste zu überwinden und einen neuen Weg einzuschlagen. Sylvia hatte vor nicht allzu langer Zeit einen ähnlich weitreichenden Entschluss gefasst, als sie sich auf den Vorschlag ihrer jungen Freundin Sarah McClure eingelassen und den Familiensitz in ein Quilt-Zentrum umgewandelt hatte. Der Weg barg Gefahren, es war der riskanteste Entschluss, den sie in den letzten Jahrzehnten gefasst hatte, aber an diesem Punkt in ihrem Leben hatte sie nur wenig zu verlieren gehabt. Sie fragte sich, wie ihr Leben wohl verlaufen wäre, wenn sie schon früher, so wie Adele, Maßnahmen ergriffen hätte, etwas zu verändern, und wenn sie nicht erst nach dem Tod ihrer Schwester nach Elm Creek Manor heimgekehrt wäre. Hätte sie nur an einem jener einsamen Silvesterabende, so wie Adele, einen Vorsatz gefasst und wäre nach Hause gefahren und hätte ihre Schwester um Verzeihung gebeten, anstatt darauf zu warten, dass Claudia sich als Erste entschuldigte.

Nie war ihr der Gedanke gekommen, mit dem Vorsatz in ein neues Jahr zu starten, die zerbrochene Beziehung zu ihrer Schwester wiederherzustellen, dachte Sylvia wehmütig, als das Taxi auf den Broadway einbog. Und selbst wenn, dann hätte Claudia sicher nicht positiv auf diese Geste reagiert. Die Schwestern hatten, was Neujahrsvorsätze anbelangte, schlechte Erfahrungen gemacht, und sosehr Sylvia Claudia die Schuld an diesem speziellen Konflikt zuschieben wollte, tief in ihrem Innersten wusste sie, dass sie unrecht hatte.

Sylvia war sechs Jahre alt gewesen, als ihre Eltern ankündigten, dass sie im nächsten Winter ein Brüderchen oder Schwesterchen bekommen würde. Sylvia war hin und her gerissen zwischen der Freude über die aufregende Nach-

richt und der Sorge um den Gesundheitszustand ihrer Mutter.
Mehr als einmal hatte sie ihren Vater die Mutter freundlich ermahnen gehört, dass sie sich nicht überanstrengen dürfe. Immer forderte er sie auf, sich auszuruhen, sich mit ihrer Quiltarbeit oder einem Buch hinzusetzen, anstatt mit ihren Töchtern herumzutollen. Ihre Mutter versuchte brav, seine Ratschläge zu befolgen, aber Sylvia sah, dass sie den Mund zusammenkniff, während sie ihrem Mann gestattete, sie zu einem dick gepolsterten Sessel zu führen. Sylvia wusste, dass ein Baby schlaflose Nächte und viel Arbeit am Tag bedeutete, und sie beschloss, ihrer Mutter bei der Betreuung des Babys zu helfen, damit sie die Ruhe bekam, die sie, wie Sylvias Vater und der alte Dr. Granger immer behaupteten, so dringend brauchte.
Sylvia würde sogar freiwillig Windeln wechseln, etwas, was Claudia bereits weit von sich gewiesen hatte. »Babys stinken, sind laut und brüllen ununterbrochen«, hatte Claudia sie gewarnt. »Mama und Papa werden sich die ganze Zeit um das Baby kümmern und sich kaum mehr mit uns beschäftigen. Du wirst schon sehen.«
Die Warnungen ihrer Schwester jagten ihr Angst ein, aber sie schob sie beiseite, als ihr klar wurde, dass außer Claudia niemand in der Familie solche Dinge sagte und Claudia ihre düsteren Prognosen nur von sich gab, wenn sie und Sylvia allein waren. Waren die Erwachsenen zugegen, dann lächelte Claudia, war fröhlich und äußerte ihren dringenden Wunsch, sich um das liebe kleine Neugeborene kümmern zu dürfen. Die Tanten und Onkel lobten sie und sagten, sie sei ein braves Mädchen, aber Sylvia, die sich insgeheim einen Bruder wünschte, wusste ja, was ihre Schwester bezweckte: Claudia wollte die

beste große Schwester sein, die es in der Familie Bergstrom je gegeben hatte, weil sie in allem die Beste sein musste, nicht etwa, weil sie wirklich helfen wollte, und ganz bestimmt nicht, weil sie Babys mochte. Soweit Sylvia wusste, konnte sie Babys nicht ausstehen.

Das war einer der Gründe, warum Sylvia so verärgert war, als Claudia den Vorschlag machte, sie könnten für das Baby einen Quilt nähen. Sylvia stimmte zu und wünschte sich, sie wäre als Erste auf diese Idee gekommen. Sylvia konnte besser nähen, aber Claudia war zwei Jahre älter, deshalb erklärte sie, sie sei für dieses Projekt verantwortlich. Als Sylvia aufbegehrte, hob Claudia frustriert die Hände. »Gut«, schnauzte sie. »Dann mache ich eben meinen eigenen Quilt für das Baby.«

Weil sie sich nicht ausstechen lassen wollte, verkündete Sylvia daraufhin, dass sie ebenfalls ihren eigenen Quilt für das Baby nähen würde. Der Streit eskalierte, als sie sich darüber zankten, mit wessen Quilt das Baby zuerst zugedeckt werden sollte, bis sie so laut wurden, dass Mama hereinkam, um nach dem Rechten zu sehen. »Es ist nett, dass ihr dem Baby zur Begrüßung einen Quilt machen wollt«, sagte sie ganz außer Atem und setzte sich vorsichtig auf einen Stuhl. »Aber ihr habt nicht mehr viel Zeit. Ihr werdet zusammenarbeiten müssen, wenn ihr fertig sein wollt, bis das Baby kommt.«

Sie lächelte, um ihre Erschöpfung zu verbergen, aber mit einem Anflug von Schuldgefühlen dachte Sylvia daran, dass ihre Mutter eigentlich Frieden und Ruhe brauchte. Nur ihr zuliebe willigte Sylvia ein, mit ihrer Schwester zusammen einen Quilt zu nähen. Auf den Vorschlag ihrer Mutter hin kamen sie überein, dass Sylvia das Muster aussuchen durfte, Claudia die Farben der Stoffe. Sylvia entschied sich für den Bear's Paw, ein hübsches Muster, das nicht einmal Claudia allzu sehr vermasseln konnte, weil keine Kurven genäht oder Stücke eingesetzt werden mussten. Sie malte sich aus, wie sie Mamas neues Baby in die weiche Decke hüllen würde, doch Claudias nächste Feststellung verdarb ihr alles. »Als Farben möchte ich Rosa und Weiß und ein kleines bisschen Grün.«

Sylvia protestierte, dass diese Farben für ein Schwesterchen passend wären, nicht aber für einen Bruder. »Es ist ein Baby. Das ist ihm gleich«, entgegnete Claudia und verdrehte die Augen über die Dummheit ihrer Schwester.

»Wenn es ein Junge ist, macht es ihm aber etwas aus. Komm, wir wählen etwas anderes.«

»Du hast das Muster ausgesucht. Ich darf die Farben wählen. Du kannst nicht alles bestimmen.«

Mama mischte sich ein, bevor der Streit wieder hitzig wurde. »Schließt einen Kompromiss.«

Ein Blick auf das geliebte Gesicht ihrer Mutter – müde und enttäuscht – zwang Sylvia, ihren Stolz hinunterzuschlucken. »Okay«, sagte sie zu ihrer Schwester. »Du wählst das Muster, ich die Farben.«

Claudia überlegte nur einen Augenblick. »Dann entscheide ich mich für die Turkey Tracks.«

Sylvia traute ihren Ohren nicht. Konnte man für einen Babyquilt überhaupt eine schlechtere Wahl treffen? Nicht nur, dass Claudia mit dem schwierigen Muster höchstwahrscheinlich nicht zurechtkam, schwerer wog, dass jede Bergstrom-Quilterin Großmutters düstere Geschichte über das Muster gehört hatte, das einst unter dem Namen Wandering Foot bekannt war. Ein Junge, der einen Wandering-Foot-Quilt geschenkt bekam, würde nie an einem Ort zufrieden sein, sondern immer rastlos bleiben, in der Welt herumreisen und nie sesshaft werden. Einem Mädchen stand ein noch schlimmeres

Schicksal bevor, ein so schreckliches, dass Großmutter sich weigerte, es näher zu schildern.
»Manche Leute glauben, man könnte dem Unheil ausweichen, indem man den Namen eines Patchworkblocks ändert«, hatte Großmutter einmal gesagt, während sie beobachtete, wie Sylvia einen Nine-Patch zusammensetzte. »Ich weiß, dass das Schicksal nicht so leicht hinters Licht zu führen ist.«
Sylvia wusste, dass es viel besser wäre, einem Jungen eine rosa Decke zu schenken, als irgendeinem Baby einen unheilvollen Quilt zu geben, aber ihre Mutter und ihre Schwester taten ihre Bedenken ab und sagten ihr, sie solle sich nicht von dummem Aberglauben beunruhigen lassen. Sylvia konnte den beiden, die gemeinsam ihre Ansicht vertraten, nichts entgegensetzen, und ihr blieb nichts anders übrig, als ihre Glücksfarben zu wählen, Blau und Gelb, und zu hoffen, dass alles gut gehen würde. Claudias Festhalten an diesem Quiltmuster bewies mehr als alles andere, dass sie keine verantwortungsvolle, liebevolle große Schwester war. Warum hatte sich Claudia auf dieses Unglücksmuster versteift, anstatt einen ihrer Lieblingsblöcke zu wählen? Wollte sie Sylvia damit nur wie so oft ärgern, oder wünschte sie ihrem neuen Geschwisterchen gar absichtlich Unglück?
Trotz Sylvias Widerwillen hatten sie den Quilt in zwei Monaten fertig genäht. Das stolze Lächeln ihrer Mutter, als sie die blaugelbe Decke auf die Wiege legte, erfüllte Sylvia mit einem Gefühl der Wärme und des Glücks und wischte ihre Sorgen beiseite. Wenn Mama sagte, alles sei gut, wenn Mama meinte, man müsse sich vor dem Quilt nicht fürchten, dann war es gewiss auch so.
Die Wochen vergingen, und die schlanke Gestalt ihrer Mutter wurde runder, allerdings nur am Bauch. Ihre

Gliedmaßen waren dünn, sie war blass und hatte dunkle Ringe unter den Augen. Eines Morgens wachte Sylvia auf und stellte fest, dass Dr. Granger in der Nacht gerufen worden war. Mama gehe es gut, versicherte ihr Großtante Lucinda, aber der Doktor hatte angeordnet, dass sie bis zur Geburt des Babys das Bett hüten solle. Großtante Lucinda nahm den Mädchen das Versprechen ab, im Haus keinen Lärm zu machen und ihre Mutter nicht mit irgendwelchen Streitereien zu belasten. »Wenn es je nötig ist, dass ihr beide miteinander zurechtkommt, dann jetzt«, sagte sie mit einem Seufzen. »Versucht, euch nicht zu streiten, und wenn doch, dann bitte ganz leise. Und draußen.«

»Und was ist, wenn es schneit?«, fragte Claudia. »Wenn es dunkel ist?«

»Selbst wenn mitten in der Nacht ein Schneesturm tobt. Wenn du so wütend auf deine Schwester bist, dass du dir Luft machen musst, weil du sonst platzen würdest, dann tu das draußen in der Scheune.«

Nachdem Großtante Lucinda in Richtung des Schlafzimmers ihrer Mutter davongegangen war, sagte Claudia zu Sylvia: »Hast du das gehört? Du solltest dich also lieber benehmen.« Ohne auf eine Antwort zu warten, lief sie hinter Großtante Lucinda her.

Sylvia biss die Zähne zusammen, ballte die Hände zu Fäusten und stapfte ganz krank vor Wut und Sorge ins Kinderzimmer hinauf. Das Baby sollte eigentlich erst Mitte Januar auf die Welt kommen, was bedeutete, dass Mama einen ganzen Monat im Bett bleiben musste. Sie würde Weihnachten und Silvester versäumen. Sylvia wusste nicht, was passieren konnte, wenn Mama sich den Anordnungen des Arztes widersetzte – sie wagte nicht, danach zu fragen –, aber sie malte sich die schlimmsten

Folgen aus. Dieses Mal musste Mama wirklich auf Vater hören und das Bett hüten.
Egal wie sehr Claudia sie auch provozierte, Sylvia würde nicht herumstreiten und schreien. Sie würde Claudia bei jeder Auseinandersetzung ihren Willen und das letzte Wort lassen, auch wenn sie sich den Mund mit beiden Händen würde zuhalten müssen. Bis das Baby auf der Welt war und Mama wieder aufstehen durfte, würde Sylvia die perfekte Tochter sein, die ihre Mutter ja auch verdient hatte.
In den ersten Tagen hielt sich Sylvia so gewissenhaft an ihr Gelöbnis, dass ihr Vater sie fragte, ob alles in Ordnung sei, und Großtante Lydia häufig die Augenbrauen hochzog und Sylvia an die Stirn fasste, als glaube sie, nur eine Krankheit könnte Sylvias Ungezogenheit zähmen. Claudia schaute sie wütend und argwöhnisch an, wollte aber offenbar nicht diejenige sein, die den brüchigen Waffenstillstand aufkündigte. Sylvia versuchte, ihren Gehorsam weniger zur Schau zu stellen, aber sie konnte es sich nicht verkneifen, sich über die Aufmerksamkeit, die ihr braves Verhalten weckte, zu ärgern. Waren tatsächlich alle der Meinung, sie sei gewöhnlich so frech, dass ein paar friedliche Tage dermaßen auffielen?
Zuerst hielt sich Sylvias Mutter klaglos an die Anweisungen des Arztes, aber nach einer Woche begann sie sich zu langweilen und wurde unruhig. Eines Morgens, als Sylvia gerade an der Schlafzimmertür ihrer Eltern vorbeikam, hörte sie, wie ihre Mutter zu Vater sagte, dass sie sich stark genug fühle, um aufzustehen. Sie sehne sich danach, auf der Eingangsveranda zu sitzen, dem Schneefall zuzusehen und die kalte, frische Winterluft einzuatmen. »Solange ich mich nicht anstrenge, sollte es doch egal sein, ob ich im Bett liege oder auf einem Stuhl

sitze«, sagte sie. »Dr. Granger ist sicherlich nicht davon ausgegangen, dass wir seinen Vorschlag so wörtlich nehmen.«

»Das war eine Anweisung, kein Vorschlag, und du kannst ihn bei seinem nächsten Besuch bitten, es dir genauer zu erläutern.« Sylvias Vater stopfte die Bettdecke um seine Frau fest, aber sie schleuderte sie ungehalten zurück. »Bis dahin gehen wir davon aus, dass ›Bettruhe‹ wirklich ›im Bett bleiben‹ bedeutet.«

»Ich gehe gleich wieder ins Bett, wenn ich auch nur den winzigsten Schmerz spüre.«

»Dann könnte es schon zu spät sein. Denk nur an die vielen Stufen. Darling, denk an das Baby.«

Sylvia kannte diesen Tonfall ihres Vaters und wusste, dass ihre Mutter bei dieser Auseinandersetzung schon verloren hatte, bevor sie überhaupt richtig begann. Sylvias Mutter musste das ebenfalls gespürt haben, aber sie bedrängte ihn weiter, bis sie ihren Mann überredet hatte, häufigere Besuche ihrer Töchter zuzulassen. Erfreut akzeptierten die Schwestern sämtliche Bedingungen ihrer Großtanten: keine Streitereien, keine lauten Stimmen, keine schlechten Nachrichten und keine Klagen. Sie durften ihrer Mutter vorlesen, bei ihr etwas nähen, ihr lustige Geschichten erzählen oder ihr das Essen auf dem Tablett hinaufbringen. Sie durften jedoch nicht lange bleiben, und immer nur eine von ihnen durfte sie besuchen, damit sie sie nicht überanstrengten, und sie durften sie unter gar keinen Umständen bitten, das Bett zu verlassen und mit ihnen zu spielen.

Jeden Morgen rannten die Mädchen in die Küche hinunter, um die Erste zu sein, die anbot, Mama ihr Frühstück zu bringen, wohl wissend, dass Mama sie verweilen ließ, bis es Zeit war, zur Schule zu gehen. Gewöhnlich kam Sylvia ein paar Schritte vor ihrer Schwester in der Küche an, aber Claudia erinnerte alle daran, dass sie die Ältere sei und mehr Verantwortungsbewusstsein habe, dass Sylvia eher dazu neige, am Tisch die Milch umzustoßen und durch die Flure zu rennen. Sylvia protestierte, aber an den meisten Tagen setzte sie sich in der Küche schmollend an den Frühstückstisch, während ihre Schwester davonschritt und das Tablett so ruhig hielt, dass nicht einmal das Geschirr klapperte. Sylvia wünschte sich, Claudia möge über eine lose Diele stolpern und die Teetasse und der Haferbrei mögen in hohem Bogen zu Boden fallen, aber ihr Urgroßvater Hans hatte das Haus zu gut gebaut, als dass dies jemals hätte passieren können.

Manchmal durfte Sylvia nach der Schule ihrer Mutter die Post bringen und bei ihr bleiben, um ihr aus einem ihrer Schulbücher vorzulesen oder sich mit ihr darüber zu unterhalten, was am Tag so passiert war. Am letzten Tag vor Beginn der Schulferien rannte Sylvia mit einem Briefumschlag, der einen New Yorker Stempel trug, die Treppe hinauf. Der Brief konnte nur von Großmutter Lockwood kommen, der Mutter ihrer Mutter. Großvater Lockwood war vor Sylvias Geburt gestorben, aber er war ein sehr erfolgreicher Geschäftsmann gewesen und hatte das renommierteste Kaufhaus an der Fifth Avenue gegründet. Keiner der Lockwoods war je nach Elm Creek Manor gekommen, und die Bergstroms fuhren nie nach New York, es sei denn, Vater oder einer der Onkel unternahmen Geschäftsreisen, deshalb hatten die Bergstrom-Mädchen nie ein Mitglied der Familie ihrer Mutter kennengelernt. Wahrscheinlich war die Reise einfach zu weit, mutmaßte Sylvia, oder Mama war zu erschöpft beziehungsweise Großmutter Lockwood zu alt.

Sylvia war sich sicher, dass der Brief die Stimmung ihrer Mutter aufhellen würde, aber anstatt den Umschlag aufzureißen, drehte ihre Mutter ihn in den Händen, fühlte, wie dick er war, und fuhr mit dem Finger über die Briefmarke.

»Willst du ihn denn nicht lesen?«, fragte Sylvia.

»Nicht jetzt.« Mama lächelte kurz und legte den Brief auf den Nachttisch. »Später. Jetzt möchte ich lieber hören, was du heute erlebt hast. Wie war es in der Schule? Hast du etwas Interessantes gelernt? Hat dich irgendjemand zum Lachen gebracht?«

Sylvia setzte sich neben ihrer Mutter auf die Bettkante und erzählte ihr glücklich beinahe bis ins letzte Detail alles, was sie getan hatte, seit sie am Morgen das Haus verlassen hatte.

Ein paar Tage darauf, als sie den Umschlag in ein Buch gesteckt auf dem Nachttisch ihrer Mutter sah, fragte sie sich, was Großmutter Lockwood wohl aus New York geschrieben hatte. Wahrscheinlich nichts sonderlich Interessantes, dachte sie, sonst hätte ihre Mutter es gewiss erwähnt. Großmutter Lockwood arbeitete und quiltete nicht, und obwohl sie früher, als Großvater Lockwood noch lebte, mit ihm immer viel auf Partys gegangen war, schien sie sich in letzter Zeit, soweit Sylvia aus den wenigen Details, die ihre Mutter ihr im Laufe der Jahre mitgeteilt hatte, schließen konnte, für nichts anderes zu interessieren als für das Wetter und ihre Gesundheit. Sie wohnte nicht mehr in dem Haus, in dem Sylvias Mutter aufgewachsen war, deshalb konnte sie auch keinen Klatsch über Nachbarn und ehemalige Freunde verbreiten. Aber immerhin war es ein Brief von ihrer Familie, deshalb musste er doch eine willkommene Abwechslung zu Mutters langweiliger Bettruhe darstellen.

Sylvia konnte es kaum erwarten, dass das Baby endlich auf die Welt kam und alles wieder seinen normalen Gang gehen würde.
Weihnachten stand vor der Tür. Großtante Lydia und Großmutter machten die berühmten Bergstrom-Apfelstrudel als Geschenke für die Nachbarn, und Großtante Lucinda sorgte dafür, dass die Keksdose in der Form eines Nikolaus stets mit ihren köstlichen deutschen Weihnachtsplätzchen gefüllt war – mit Lebkuchen, Anisplätzchen und Zimtsternen. Sylvia sehnte sich danach, ihre Mutter unter den anderen Frauen der Familie in der warmen, duftenden Küche beim Kneten von Strudelteig, beim Schälen von Äpfeln lachen zu sehen, zu hören, wie sie mit den anderen plauderte und von früheren Weihnachtsfesten schwärmte. In diesem Jahr wurde die Unterhaltung gedämpfter geführt, es wurde seltener gelacht, als wäre niemand in Feierstimmung, wenn Mama nicht dabei war. Sie war der freundliche, liebevolle Mittelpunkt eines jeden Familienfests, und auch wenn sie sich nur eine Etage höher aufhielt, wurde sie schmerzlich vermisst.
Am Morgen des ersten Weihnachtsfeiertags ließ Sylvia Claudia, die die Geschenke bestaunte, welche der Weihnachtsmann ihnen unter den Baum gelegt hatte, im Ballsaal stehen und schlich sich in die Küche. Großtante Lucinda spähte durch die Tür, als erwarte sie, dass Claudia ihrer Schwester auf dem Fuß folgte, und als das nicht der Fall war, fragte Großtante Lucinda Sylvia verschwörerisch flüsternd, ob sie Mama das Frühstück hinaufbringen wolle. Mit einem Nicken stimmte Sylvia hastig zu, weil sie fürchtete, Claudia könnte sie hören und angerannt kommen, um ihr das Tablett aus der Hand zu reißen.

Vorsichtig stieg sie die Treppe zum Schlafzimmer ihrer Mutter hinauf, hin und her gerissen zwischen dem Wunsch, keinen einzigen Krümel fallen zu lassen, und der Sorge, dass der Tee, wenn sie sich nicht beeilte, abkühlen könnte, bevor sie oben an der Treppe angekommen war. Zu ihrer Erleichterung fühlte sich die Teetasse noch heiß an, als sie Mutters Schlafzimmer erreichte. Sie holte tief Luft und schob die Tür mit dem Fuß auf.
»Zeit fürs Frühstück, Mama«, sagte Sylvia so fröhlich, wie sie nur konnte, obwohl sie über den Anblick ihrer reglos und blass im Bett liegenden Mutter bestürzt war. Sah sie jeden Morgen beim Aufwachen so aus? Hatte sie überhaupt geschlafen?
Als ihre Mutter lächelte und sich mühsam aufsetzte, stellte Sylvia das Tablett auf den Nachttisch und beeilte sich, ihr zu helfen. »Apfelstrudel und Tee«, sagte sie, obwohl ihre Mutter das natürlich selbst sehen konnte. Um ihre Verlegenheit zu überspielen, lächelte Sylvia, stopfte den Quilt um ihre Mutter fest und stellte ihr das Tablett auf den Schoß.
»Ohne den berühmten Bergstrom-Strudel wäre es kein richtiger Weihnachtsmorgen.« Mama nahm einen kleinen Bissen, schloss die Augen und genoss die würzige Süße und den feinen Teig. »Köstlich.«
»Ich habe geholfen, die Äpfel zu schälen.«
»Das dachte ich mir. Sie scheinen dieses Jahr besonders schön geschält zu sein.« Mama lächelte und klopfte neben sich auf das Bett. »Macht es dir etwas aus, mir eine Weile Gesellschaft zu leisten?«
Sylvia war sich nicht sicher, ob Vater das gutheißen würde, aber sie nickte und kletterte ganz vorsichtig, um das Tablett nicht zu erschüttern, aufs Bett. Sie kuschelte

sich an sie, legte die Hand auf Mamas Bauch und wartete, dass das Baby reagierte. Als Sylvias Hand durch einen besonders starken Kick weggeschubst wurde, lachte Mama. »Ich denke, er weiß, dass seine große Schwester darauf wartet, dass er herauskommt und mit ihr spielt.«

»Glaubst du wirklich, dass es ein Junge ist?«, wollte Sylvia wissen. »Claudia wünscht sich nämlich noch eine Schwester.«

Eine bessere Schwester, hatte Claudia damit eigentlich sagen wollen.

»Ich glaube schon, aber sicher wissen wir es erst, wenn es so weit ist.« Ihre Mutter zog eine Grimasse und rieb sich den Rücken. »Was hoffentlich bald der Fall ist.«

»Nicht zu früh«, sagte Sylvia, die daran dachte, wie oft sie ihren Vater über seinen Kalender gebeugt in der Bibliothek sah, wenn er immer wieder die Wochen zählte, als ob sein Eifer das Baby davon abhalten könnte, zu früh auf die Welt zu kommen.

»Nein, nicht zu früh«, pflichtete ihr ihre Mutter bei. Sie beendete ihr Frühstück und bat Sylvia, das Tablett wegzunehmen, damit sie sich wieder hinlegen konnte. Sylvia stellte das Tablett auf den Nachttisch zurück und kletterte wieder zu ihrer Mutter auf das Bett.

Ihre Mutter strich ihr liebevoll über die Haare. »Darling, ich habe dich vermisst. Es tut mir leid, dass ich nicht mit dir spielen konnte.«

»Das ist schon in Ordnung«, antwortete Sylvia. »Das verstehe ich.«

»Wenn das Baby da ist, bin ich wieder kerngesund. Du wirst schon sehen.«

Sylvia nickte und schlang die Arme um sie. Sie wollte es ja glauben, aber das Haus war so von Besorgnis erfüllt, dass sie an manchen Tagen dachte, die Fenster müssten

gleich bersten und die Düsternis wie eine schwarze Rauchschwade aus dem Haus strömen.
»Alles wird gut, Darling«, sagte ihre Mutter. »Mach dir keine Sorgen.«
»Ich kann nicht anders«, platzte es aus Sylvia heraus. »Alle sagen, dass wir dich nicht aufregen dürfen, und ich versuche es, ich versuche es wirklich, aber was ist, wenn es schon zu spät ist? Was ist, wenn das Pech dem Baby bereits Schaden zugefügt hat? Du hast den Quilt angefasst, und vielleicht reicht das schon aus.«
Sie bedauerte, was sie gesagt hatte, sobald es ihr über die Lippen gegangen war, aber ihre Mutter stieß zu ihrer Überraschung nur ein freundliches Lachen aus. »Ach, ist es das, was dich beunruhigt, Sylvia? Dieser dumme Aberglaube?«
Das war es nicht. Zumindest nicht nur, aber sie brachte es nicht über sich, ihre Mutter über die Besuche des Arztes auszufragen und über das ständige besorgte Stirnrunzeln ihres Vaters und die gedämpften Unterhaltungen der Erwachsenen, wenn sie nicht wussten, dass die Kinder lauschten. Sylvia konnte diese anderen Befürchtungen nicht zur Sprache bringen, deshalb nickte sie. Alles wäre so viel leichter gewesen, wenn sie sich lediglich über den Quilt Sorgen machen müsste.
»Ich verspreche dir, dass der Quilt kein Unglück bringt«, sagte ihre Mutter entschieden. »Wie könnte etwas, was mit so viel Liebe gemacht ist, einem Baby etwas anderes bringen als Behaglichkeit und Glück?«
»Großmutter hat gesagt, dass das Muster –«
»Ich weiß, was Großmutter sagt. Ich kenne die Geschichten der alten Frauen. Du doch auch, oder? Hast du wirklich zugehört, was über dieses Muster gesagt wird?«
»Es heißt –« Sylvia zögerte und versuchte, sich genau an

Großmutters Worte zu erinnern, weil sie sich sicher war, dass es eine Fangfrage war. »Wenn man einem Jungen einen Wandering-Foot-Quilt schenkt, wird er zu rastlos sein, um an einem Ort zu bleiben. Er wird durch die Welt reisen und nie sesshaft werden.«
»Genau, so heißt es«, bestätigte ihre Mutter. »Und obwohl ich nichts von Aberglauben halte, würde ich das, falls unserem Baby dieses Schicksal bestimmt sein sollte, nicht so schlimm finden.«
Sylvia stützte sich auf die Ellenbogen. »Nicht?«
»Überhaupt nicht. Was soll denn an ein bisschen Wanderlust so schlimm sein? Mir gefällt der Gedanke, dass dein kleiner Bruder oder deine Schwester Abenteuer erleben, die Welt sehen und all die Orte besuchen könnte, die ich bloß aus Büchern kenne.« Ihre Mutter streckte den Arm aus und streichelte ihr über die Wange. »Darling, ich war als kleines Mädchen immer zu krank, um zu reisen. Meine Eltern haben meine große Schwester jedes Mal mitgenommen, wenn sie ins Ausland gefahren sind, aber ich bin mit meinem Kindermädchen zu Hause in New York geblieben. Bis ich deinen Vater geheiratet habe und nach Elm Creek Manor gezogen bin, war der exotischste Ort, an den ich je gelangt bin, unser Sommerhaus.«
»Das ist nicht fair. Wenn du nicht mitfahren konntest, hätten sie alle zu Hause bleiben müssen.«
»Ich gebe zu, dass es Zeiten gab, in denen ich meine Schwester beneidet habe, aber als ich älter wurde, beschloss ich, mich für sie zu freuen. Ich kam zu dem Schluss, dass es nicht fair wäre, ihr das Reisen und den Spaß zu missgönnen, nur weil ich für solche Sachen zu kränklich war – das zumindest dachten alle.« Sie runzelte kurz die Stirn. »Alle bis auf mein Kindermädchen. Jetzt,

da meine Schwester gestorben ist, bin ich dankbar, dass sie so viel Schönes erlebt hat, als sie jung war.«

Sylvia musste zugeben, dass es gar nicht so übel klang, durch die Welt zu reisen und Abenteuer zu erleben, jedenfalls nicht, wie ihre Mutter es darstellte, aber eine weitere Sorge beunruhigte sie. »Aber was ist mit dem Teil, in dem es heißt, dass er nie so glücklich sein wird, dass er länger an einem Ort bleiben möchte?«, fragte sie. »Bedeutet das nicht, dass er nicht hier in Elm Creek Manor beim Rest der Familie bleiben will? Was ist, wenn er weit weg geht und wir ihn nie im Leben wiedersehen, so wie Elizabeth?«

»Wir wissen doch gar nicht, ob wir Elizabeth nie wiedersehen«, korrigierte ihre Mutter sie. »Es ist eine weite Reise, aber ich bin mir sicher, dass sie und Henry sie eines Tages antreten werden.«

Sylvia hätte es überhaupt nichts ausgemacht, wenn Henry beschließen sollte, in Kalifornien zu bleiben. »Aber was ist mit dem Brüderchen?«, fragte sie beharrlich weiter. »Entweder verlässt er Elm Creek Manor, oder er bleibt hier, ist aber unglücklich.«

»Na ja –« Mama holte tief Luft, seufzte und schwieg einen Moment. »Na ja, Babys können zunächst einmal allein nirgendwohin gehen, deshalb brauchen wir uns darüber erst in vielen Jahren Gedanken zu machen. Und selbst dann wird er vielleicht viel reisen, aber immer wieder zur Familie nach Hause zurückkommen.« Sie setzte sich ein wenig auf. »Warum reden wir überhaupt darüber? Es ist ein dummer Aberglaube, nichts, was wir zu befürchten hätten, und es ist nicht richtig, am Weihnachtsmorgen so düsteren Gedanken nachzuhängen. Das neue Jahr wird uns ein neues Baby bringen, und das ist Grund zur Freude, nicht für Sorgen.«

Sie kitzelte Sylvia unterm Kinn, bis diese kicherte, und Sylvia beschloss, sich so, wie es ihre Mutter vor so vielen Jahren getan hatte, für ihr kleines Geschwisterchen zu freuen und nur an das Gute zu denken, was der Aberglaube für ihre Familie bereithielt, und sich keine Sorgen über die düsteren Prophezeiungen zu machen, die wahrscheinlich gar nicht eintreten würden. Schon der Gedanke, dass ein Bergstrom in Elm Creek Manor nicht glücklich sein könnte, war einfach lachhaft. Vielleicht würde ihr kleiner Bruder die Welt bereisen, aber gewiss würde er immer wieder zu ihnen nach Hause zurückkehren. Die Glücksfarben, die sie für den Quilt ausgewählt hatte, würden schon dafür sorgen.

Das Weihnachtsfest verlief ruhig, und Neujahr stand vor der Tür. Da Mamas Zustand sich nicht verschlechterte, begann in dem Herrenhaus Hoffnung aufzukeimen. Als beim Abendessen das Thema Silvester zur Sprache kam, stellte Großtante Lucinda fest, dass es eine Schande wäre, ein neues Jahr nicht gebührend zu begrüßen, das gewiss schöner werden würde als das vorige, ein Jahr, das der Familie ganz bestimmt viel Glück brachte. Zu Sylvias großer Freude pflichteten ihr Vater und die anderen erwachsenen Familienmitglieder bei.

Es kam natürlich gar nicht infrage, einen Silvesterball zu veranstalten. Seit jenem Silvesterabend, an dem die Bleiformen Claudia Unglück in der Liebe und Mama den Tod prophezeit hatten, hatte die Familie auf das Bleigießen verzichtet. Auch wenn sich die Vorhersagen nicht bewahrheitet hatten, so konnte keiner darüber lachen, wie sehr sie in die Irre geführt wurden und wie bestürzt sie gewesen waren. Die Familie hatte in stillschweigender Übereinkunft beschlossen, nicht mehr auf diese Weise in die Zukunft blicken zu wollen. Die Kon-

sequenzen dessen, was sie möglicherweise herausfanden, konnten einfach nicht als harmloses Partyspiel abgetan werden.
Schließlich entschieden sie sich, Silvester wie gewöhnlich im Kreis der Familie zu Hause zu feiern, mit einem Essen bestehend aus einem guten Schweinebraten mit Äpfeln, Kartoffelpüree mit Erbsen und Sauerkraut. Vater würde für die Erwachsenen seine Feuerzangenbowle zubereiten, Großtante Lucinda für alle Pfannkuchen backen, und die Mädchen dürften bis Mitternacht aufbleiben, um das neue Jahr mit Silvesterkrachern zu begrüßen und mit Apfelwein anzustoßen.
Sylvia freute sich so auf die Familienparty, dass sie bereitwillig anbot, bei der Zubereitung des Essens zu helfen. »Sie will bloß den Finger in die Marmelade tauchen, wenn Großtante Lucinda gerade nicht hinschaut«, stellte Claudia fest, was die Tanten zum Lachen brachte und Sylvia veranlasste, eine Schnute zu ziehen. Großmutter musste jedoch geglaubt haben, dass Sylvias Angebot ehrlich gemeint war, denn sie sagte: »Na, na!« und meinte, Sylvia könne ihr zur Hand gehen.
Als sie in den Keller hinunterstiegen, um einen Topf Sauerkraut zu holen, das Großtante Lucinda im letzten Sommer eingelegt hatte, erinnerte Großmutter sie, dass das Familienrezept über die Jahre von Gerda Bergstrom, Großvaters Tante, die die beste Köchin der Familie Bergstrom gewesen war, weitergegeben wurde. »Am Anfang mochte ich es nicht«, gestand sie, und ihre Stimme hallte von den kühlen, dunklen Kellerwänden wider. »Der Geschmack war so scharf und stechend, dass ich dachte, Tante Gerda hätte es mir serviert, um mir einen Streich zu spielen. Ich musste mich zwingen, es hinunterzuschlucken, aber was blieb mir anderes übrig? Ich war

mit deinem Großvater verlobt und wollte einen guten Eindruck machen.«

»Hat deine Mutter denn kein Sauerkraut gekocht?«

»Nein, aber wir hatten ebenfalls unsere traditionellen Gerichte, die der Familie Bergstrom vielleicht sehr seltsam vorgekommen wären.« Sie schmunzelte und fügte hinzu: »Ich würde Lucindas Reaktion gerne sehen, wenn ich einen Teller Haggis vor sie hinstellen würde.«

Sylvia mochte sich kein Essen vorstellen, das Großtante Lucinda ablehnen würde. »Habt ihr an Silvester denn nicht Schweinefleisch mit Sauerkraut gegessen?« Großmutter machte stets mehr Aufhebens als jeder andere Sylvia bekannte Mensch darum, was Glück bringe oder Pech bedeute. Sie konnte sich nur schwerlich vorstellen, dass Großmutter sich bewusst eine einfache Gelegenheit entgehen ließ, für Glück in der Familie zu sorgen.

»Das ist eine deutsche Tradition. Meine Mutter war Schottin, was bedeutet, dass auch du zum Teil schottisch bist.« Großmutter machte Sylvia ein Zeichen, dass sie ihr helfen solle, den Steinguttopf von dem niedrigen Regal zu heben. »Mein Vater war Waliser, du hast also auch ein bisschen walisisches Blut. Und du bist über die Familie deiner Mutter zum Teil englisch und von der Seite deines Urgroßvaters ein bisschen schwedisch. Du bist also eine echt amerikanische Mischung, nicht wahr? Kein Wunder, dass du ständig mit dir selbst am Kämpfen bist.«

Darüber hatte Sylvia noch nie wirklich nachgedacht. Sie gehörte zur Familie Bergstrom, und das war schließlich das Wichtigste.

Gemeinsam trugen sie den Topf in die Küche hinauf. Dort wies Großmutter Sylvia an, sich ihre Schürze umzubinden und ihr beim Kartoffelschälen zu helfen. Großmutter sah nachdenklich aus, als sie sich bückte, um eine

Kartoffel aus dem auf dem Boden stehenden Leinensack zu holen, und sie nach schlechten Stellen absuchte. »Meine Mutter hat die Silvesterfeier Hogmanay genannt«, sagte sie und legte die scharfe Klinge ihres Schälers an die dunkle Kartoffelschale.
»Was bedeutet das?«, wollte Sylvia wissen. Es klang so, als habe es etwas mit Schweinefleisch zu tun, mit jeder Menge Schweinefleisch.
Großmutter zuckte mit den Achseln. »Das hat sie mir nicht gesagt. Ich bin mir nicht sicher, ob sie es überhaupt wusste. Sie kannte so viele lustige Wörter für ganz normale Sachen, dass ich nie danach gefragt habe.« Sie lächelte und warf die Kartoffelschalen geschickt in den Abfalleimer. »Ich erinnere mich, dass wir das Haus immer gründlich putzen mussten, bevor wir auch nur daran denken konnten, ein Fest zu feiern. An Silvester mussten die Kamine vor Mitternacht sauber gemacht und die Asche hinausgebracht werden. Und auch alle Schulden mussten bezahlt sein. Manchmal schickte meine Mutter einen meiner Brüder nach dem Abendessen mit einer Münze oder zwei zum Haus eines Nachbarn, um eine Schuld zu begleichen, obwohl die meisten unserer Nachbarn nicht aus Schottland stammten und es ihnen gar nichts ausgemacht hätte, noch einen Tag länger zu warten. Der Sinn war, sich und den Haushalt auf das neue Jahr einzustimmen, reinen Tisch zu machen, damit alle Probleme, Fehler und Ärger des alten Jahres vergessen waren.«
»Das gefällt mir«, sagte Sylvia. Ihre Familie vergaß Sylvias Fehler allem Anschein nach nie. Es wäre schön gewesen, wenn ein Feiertag sie gezwungen hätte, es wenigstens zu versuchen.
»Meine Eltern hatten in ihrer Heimat noch andere Tradi-

tionen gepflegt, die sie nicht mit nach Amerika gebracht haben.« Großmutter legte Sylvia eine Kartoffel in die Hand. »Du kannst auch beim Zuhören schälen. So ist es brav.«

Sylvia schälte die Kartoffel langsam, aus Angst, dass sie sich schneiden könnte. »Was haben sie in Schottland gemacht, was sie in Pennsylvania nicht tun konnten?«

»Es war ja nicht so, dass sie es nicht hätten tun können. Ich denke, das wäre schon möglich gewesen, aber manche Traditionen machen einfach mehr Spaß, wenn alle Bewohner eines Ortes mitmachen.« Großmutter hing ihren Erinnerungen nach und lächelte. »Meine Mutter hat mir von einem Brauch erzählt, der First Footing hieß. Und der besagte, dass der erste Mensch, der über die Schwelle tritt, nachdem es Mitternacht geschlagen hat, das Schicksal eines Haushalts im neuen Jahr bestimmt. Das Jahr würde besonders ertragreich werden, wenn ein großer, dunkelhaariger schöner Mann an Neujahr als Erster das Haus betrat.«

»Wieso musste es ein schöner Mann sein?«, wollte Sylvia wissen, während sie ihre Kartoffel in die Schüssel zu den von Großmutter geschälten legte und sich eine neue nahm. »Warum nicht eine hübsche Frau?«

»Wenn die Frau ein Kind erwartete oder wenn sie frischvermählt war, dann ging man davon aus, dass auch sie Glück brachte«, antwortete Großmutter. »Ein blonder Mann dagegen bedeutete angeblich Pech. Meine Mutter sagte, das läge daran, dass man einen dunkelhaarigen Mann für einen schottischen Landsmann hielt, während ein blonder ein Wikinger sein konnte, der in der Absicht kam, zu rauben und zu plündern. Da natürlich alle Glück haben wollten und keiner sich in seinem Haus einschließen konnte, bis der richtige Mensch vor der Tür stand, hat sich der Brauch verändert. Große, dunkelhaarige schöne Männer wurden engagiert, damit sie in der Nachbarschaft von Haus zu Haus zogen und symbolische Geschenke verteilten wie beispielsweise ein Stück Kohle für das Feuer oder Salz oder eine Köstlichkeit wie ein kleines Früchtebrot oder Shortbread. Keiner durfte zu dem First Footer etwas sagen, bis er das Haus betreten, die traditionellen Geschenke überreicht und einen Segen ausgesprochen hatte: ›Ein gutes neues Jahr wünsche ich euch allen, möget ihr noch viele kommen sehen.‹ Erst danach durfte man zu dem Gast sprechen und ihm einen Whisky anbieten, bevor er aufbrach, um zum nächsten Haus zu gehen.«

»Mein Vater wäre ein guter First Footer«, stellte Sylvia fest. »Er ist groß, er hat so dunkle Haare wie ich, und er ist sehr schön. Alle würden sich freuen, ihn am Neujahrstag vor der Tür zu sehen.«

Großmutter lachte. »Ich fand ihn auch schon immer sehr schön, aber er ist mein Sohn, deshalb kann ich nicht so tun, als sei ich unvoreingenommen. Ach, und da ist noch etwas anderes, was meine Mutter mir erzählt hat und was ich immer so gern mal gesehen hätte. Die jungen Männer ihres Dorfes haben aus Hühnerdraht, Papier, Teer und anderen leicht brennbaren Materialien große Kugeln von etwa einem Meter Durchmesser gebaut. Die haben sie an einer Kette befestigt, die Kugel angezündet, und dann sind sie, den lodernden Feuerball im Kreis schwingend, durch die Straßen des Ortes gezogen. Es muss ein umwerfender Anblick gewesen sein, all die jungen Männer in den Straßen zu sehen, wie sie die Dunkelheit mit den knisternden Feuerkreisen erhellten. Wenn die Feuerbälle beinahe abgebrannt waren oder wenn die jungen Männer genug von dem Spiel hatten und lieber feiern und Whisky trinken wollten, dann zogen sie in einer Prozession zum Fluss und schleuderten die Feuerbälle durch die Luft ins Wasser.«

Sylvia erschauderte fasziniert. Es klang schrecklich schön und schrecklich gefährlich. »Wahrscheinlich würde man mir nicht erlauben, das hier zu versuchen«, überlegte sie laut.

»Auf gar keinen Fall«, antwortete Großmutter. »Es ist ein Wunder, dass diese schottischen Dörfer nicht allesamt in Schutt und Asche gelegt wurden oder dass sich die jungen Männer nicht ernsthaft verletzt haben. Sosehr ich mir wünschte, diese kreisenden Feuerbälle auch nur einmal zu sehen, ich denke, es war gut, dass die Familie meiner Mutter diesen Brauch aufgegeben hat, als sie nach Amerika kam.«

»Vielleicht können wir einmal über Silvester nach Schottland fahren und es uns anschauen.«

Großmutter lächelte sie einen Augenblick liebevoll an, dann griff sie wieder nach ihrem Kartoffelschäler. »Vielleicht machst du das eines Tages, meine Liebe. Ich hoffe, du kannst in deinem Leben viele weite Reisen unternehmen und viele schöne und wunderbare Dinge sehen.«

Sylvia unterdrückte die vorwitzige Frage, die ihr sofort in den Sinn kam: Wieso fürchtete Großmutter dann das Patchworkmuster Wandering Foot so sehr? Brachte ein solcher Quilt nicht gerade das, was Großmutter ihr soeben gewünscht hatte?

Sie wünschte sich beinahe, aber nur beinahe, ihr hätte jemand, als sie ein Baby war, einen Wandering-Foot-Quilt geschenkt. Vielleicht war Claudias Wahl trotz allem doch nicht so schlecht gewesen – nicht etwa, dass Sylvia das ihrer Schwester je sagen würde.

Da Claudia Mama das Frühstückstablett gebracht hatte,

hatte Sylvia die Ehre, ihr das besondere Silvesteressen zu servieren. Sylvia unterhielt ihre Mutter, indem sie ihr Großmutters Geschichten von schottischen Silvesterfesten nacherzählte und sich ausmalte, was wohl passieren würde, wenn sie versuchen sollte, selbst einen Feuerball herzustellen. »Dein Vater würde einen Anfall bekommen, das würde passieren!«, sagte ihre Mutter lächelnd. »Und Großmutter würde dir aus Angst, du könntest es ausprobieren wollen, nie wieder eine Geschichte erzählen.«

»Wie habt ihr Silvester gefeiert, als du klein warst, Mama?«

Ihre Mutter betrachtete sie etwas erstaunt, und Sylvia verspürte einen Anflug von Gewissensbissen. Es stimmte, sie hatte ihre Mutter nur selten aufgefordert, ihr etwas von ihrer Kindheit in New York zu erzählen. Im Gegensatz zu Claudia hatte sie wenig Interesse an der Beschreibung schöner Kleider und schicker Bälle, an Tanzstunden und Kursen in gutem Benehmen. Ihre Mutter erzählte nie von Streichen oder Spielen, sondern immer nur von Regeln und Restriktionen. Großvater und Großmutter Lockwood hatten sie zu einer echten jungen Lady erzogen, und da dies genau jene Sorte von artigen Kindern war, zu der es Sylvia einfach nicht gelang, sich zu entwickeln, kamen ihr die Geschichten ihrer Mutter immer wie langweilige Moralpredigten vor. Schon vor langer Zeit war Sylvia zu dem Schluss gelangt, dass die Familie Bergstrom weit interessanter war als die Lockwoods. Im Gegensatz zu Claudia, die jedem Wort ihrer Mutter gebannt lauschte, hörte Sylvia kaum hin, wenn Mutters Blick auf einmal abwesend wirkte, da sie sich an längst vergangene Ereignisse an weit entfernten Orten erinnerte.

»Ich will es wirklich wissen«, beharrte Sylvia.

»Wir haben kein Schweinefleisch und auch kein Sauerkraut gegessen«, erzählte Mama. »Mein Vater war der Meinung, hartes Arbeiten bringe Glück, und meine Mutter hat darauf vertraut, die richtigen Leute zu kennen. Meine Eltern sind fast immer auf einen Silvesterball im Haus eines ihrer Freunde oder sonst irgendwo in der Stadt gegangen. Als wir älter wurden, durften meine Schwester und ich sie begleiten. Die Männer hatten elegante Anzüge mit Schwalbenschwanz an, und die Damen trugen fantastische Ballkleider und ihren schönsten Schmuck. Das Orchester spielte, wir haben getanzt und getanzt, und um Mitternacht haben wir Luftschlangen geworfen und Champagner getrunken. Meine Schwester und ich waren damals schon so gut wie erwachsen«, fügte sie hastig hinzu.

»Das klingt nach jeder Menge Spaß«, stellte Sylvia tapfer fest.

Mama versuchte, ihr Lächeln zu verbergen. »Wenn du älter bist, wirst du wohl ehrlich dieser Meinung sein. Mein schönstes Silvesterfest habe ich aber viele Jahre, bevor ich auf die schicken Bälle mitgehen durfte, erlebt. Im Jahr 1900 war ich zehn, und die ganze Stadt war wegen der Jahrhundertwende in heller Aufregung. Meine Eltern und meine Schwester sind ins Theater und anschließend auf eine Party im Haus des schärfsten Geschäftskonkurrenten meines Vaters gegangen. Die beiden Männer verstanden sich nicht gut, aber sie verkehrten in den gleichen Gesellschaftskreisen, deshalb mussten sie einander einladen, sonst hätte das nur Klatsch und Tratsch heraufbeschworen. Außerdem waren beide froh, eine Gelegenheit zu haben, dem anderen ihren Reichtum und Erfolg vorzuführen. Hätten meine Eltern die Einladung der Drurys abgelehnt, wäre das als Eingeständnis betrachtet worden, dass sie nicht mithalten konnten, oder schlimmer noch, als Unhöflichkeit.«

»Deine Schwester durfte mitgehen und du nicht?«, rief Sylvia aus. »Wieder einmal?«

»Ich war noch zu jung, und meine Mutter befürchtete, ich könnte mir eine schreckliche Erkältung holen, wenn ich an einem Winterabend so lange ausgehen würde.«

»So ein Quatsch! Du wärst doch fast die ganze Zeit drinnen gewesen. Und du hättest bestimmt einen Mantel angezogen.«

»Das habe ich ihnen auch gesagt. Mein Vater und meine Schwester haben sich für mich eingesetzt, aber meine Mutter wollte nichts davon hören.« Mama lächelte und hob die Schultern, als wolle sie damit sagen, dass das schon so lange her sei, dass es ihr nichts mehr ausmache. »Ich war schrecklich enttäuscht, dass ich daheimbleiben musste. Nachdem sie gegangen waren, bin ich hinaufgelaufen, um an meinem Crazy-Quilt zu arbeiten. Ich hatte ihn beinahe fertig, und das Nähen daran hellte meine Stimmung meistens auf, nicht aber an diesem Abend. In wenigen Stunden brach ein neues Jahrhundert an, und ich würde seinen Beginn durch das Kinderzimmerfenster beobachten.«

Sylvia war über diese Ungerechtigkeit empört. »Ich hätte mich aus dem Haus geschlichen und wäre ihnen nachgegangen.«

»Als ich das letzte Mal etwas Derartiges gewagt hatte, ist mein Kindermädchen gefeuert worden«, erzählte ihre Mutter. »Ich hatte sie so ins Herz geschlossen, deshalb war es auch für mich ein großer Verlust. Aber nachdem sie sie weggeschickt hatten, gab es keine schlimmere Strafe, die sie verhängen konnten, jedenfalls dachte ich das damals. Ich habe gewartet, bis das Dienstmädchen meiner Mutter eingeschlafen war, dann habe ich mir meine wärmsten Sachen angezogen und bin aus dem Haus gegangen.«

Sylvia starrte sie ungläubig an. »Wo bist du denn hingegangen? Was hast du gemacht?«

»Ich bin durch die Stadt spaziert, habe die Lichter und die Feierlichkeiten genossen. Ich hatte ein bisschen Taschengeld dabei, und so habe ich mir in einem kleinen Café, das meine Mutter nie im Leben betreten hätte, eine Tasse heiße Schokolade und einen Zimt-Doughnut gekauft. Ich bin eine lange, lange Strecke gelaufen, bis ich zum City Hall Park in Lower Manhattan kam. Ich hatte Passanten sagen gehört, dass es dort um Mitternacht ein Feuerwerk geben würde, und ich war der Meinung, dass es keine bessere Möglichkeit gab, das neue Jahr zu begrüßen als mit einem Feuerwerk.

Noch nie hatte ich eine solche Menschenmenge gesehen, und ich war fasziniert, mittendrin zu sein. Überall lachten und sangen die Leute, die zu sehr mit ihrem Feiern beschäftigt waren, um ein kleines Mädchen zu bemerken, das ganz allein unterwegs war. Als es schließlich Mitternacht schlug, wurde die City Hall für einen Augenblick ganz dunkel, und dann gingen mit einem Mal all die Lichter an, und das Feuerwerk erhellte den Himmel. Um mich herum jubelten die Leute und küssten sich, und hin und wieder hörte ich in dem ganzen Lärm die Glocken der Trinity Church ein paar Blocks weiter entfernt das neue Jahr einläuten.

Und dann plötzlich spürte ich eine Hand auf meiner Schulter. ›Miss Lockwood?‹, hörte ich einen Mann fragen. Er drehte mich zu sich herum, und ich schaute in ein mir unbekanntes, grobes und ungläubiges Gesicht.

Ich schluckte heftig und sagte kein Wort. ›Du bist die jüngere der Lockwood-Mädchen, nicht wahr?‹, fragte mich der Mann. Ich sah keinen Grund, das zu verleugnen, deshalb nickte ich. Er schaute sich auf der Suche nach meinen Eltern um, aber sie waren natürlich nirgends zu sehen. ›Was machst du denn ganz allein hier?‹, fragte er. ›Das ist kein Ort für ein kleines Mädchen wie dich.‹

Als ich ihm keine Erklärung gab, schüttelte er den Kopf und sagte, dass ich sofort nach Hause gehen müsse. Er erzählte mir, dass er im Lager des Geschäfts meines Vaters arbeitete, und er hatte mich erst wenige Tage zuvor ins Kaufhaus kommen sehen, als ich mir mein Weihnachtsgeschenk aussuchte, so wie meine Schwester und ich es jedes Jahr tun durften. Er packte mich fest an der Schulter und schob mich aus der Menschenmenge. Irgendwie gelang es ihm, eine Droschke anzuhalten, und er gab dem Fahrer die strikte Anweisung, mich nach Hause zu bringen und nicht loszufahren, bevor er mich sicher ins Haus verschwinden sah. Ich habe mich schrecklich geschämt, als der Man in seine Tasche griff und das Geld herausfischte, um meine Fahrt zu bezahlen. Ich wusste, dass er wohl nicht sehr viel verdiente. Die niedrigen Löhne der Angestellten im Kaufhaus meines Vaters waren ein ständiger Streitpunkt zwischen ihm und meinem Kindermädchen gewesen, das für das Recht der Arbeiter eintrat, sich in Gewerkschaften zusammenzuschließen. Ich wollte mich entschuldigen, aber vor Verlegenheit hatte es mir die Sprache verschlagen. Ich konnte nur nicken, als er mich warnte, nie wieder etwas so Gefährliches zu machen, dann schloss er die Droschkentür und gab dem Kutscher ein Zeichen, dass er losfahren sollte.«

»So unhöflich warst du!«, entfuhr es Sylvia.

»Als ob ich das nicht wüsste, aber ich hatte Glück. Ich kroch ins Bett und schlief längst tief und fest, als meine Eltern und meine Schwester nach Hause kamen.«

»Haben sie es je herausgefunden?«

»Zuerst war ich mir nicht sicher.« Mama hatte ihr Abendessen beendet, sie wischte sich mit der Serviette die Lippen ab und stellte das Tablett auf den Nachttisch. »Am Neujahrstag ist mein Vater nicht zur Arbeit gegangen, sondern in seinem Arbeitszimmer geblieben, und ich bekam ihn nur zu den Mahlzeiten zu Gesicht. Ich beobachtete meine Mutter genau, um zu sehen, ob sie vielleicht einen Verdacht hegte, aber sie war zu sehr damit beschäftigt, ihrem Dienstmädchen Harriet jede Einzelheit der Party der letzten Nacht zu schildern. Meine Schwester erzählte mir, dass das Theaterstück langweilig und die Party danach noch schlimmer gewesen sei, aber ich wusste, dass sie das nur erzählte, damit ich dachte, ich hätte nichts versäumt. Nicht einmal ihr sagte ich auch nur ein Sterbenswörtchen über mein Silvesterabenteuer, und ich war erleichtert, dass es offenbar nicht herauskam.

Am nächsten Tag ging mein Vater wieder zur Arbeit und kam, wie gewöhnlich, erst zum Abendessen nach Hause. Meine Mutter, meine Schwester und ich saßen bereits, als er hereinkam und am Kopf des Tisches Platz nahm. ›Habt ihr von der Panik im City Hall Park vorgestern gehört?‹, fragte er uns.

›Selbstverständlich, mein Lieber‹, antwortete ihm meine Mutter. ›Ich lese, wie du weißt, die Zeitung. In der *Times* stand ein langer Artikel darüber. Besonders schlimm ist es direkt vor derem Redaktionsgebäude zugegangen.‹

Ich schwieg, während meine Schwester unseren Vater bat, mehr darüber zu erzählen. Da erfuhr ich, dass ich unbewusst an einer historisch bedeutsamen Versammlung teilgenommen hatte. Erinnerst du dich, dass ich dir erzählt habe, dass ich an der Stelle, an der ich im City Hall Park stand, die Glocken der Trinity Church ein paar Blocks weiter gehört habe? Eine riesige Menschenmenge hatte sich auch in dem schmalen Streifen um die Kirche versammelt, und die Massen schwollen dermaßen an, dass die beiden Menschenansammlungen, Tausende an der Zahl, auf dem Broadway aufeinandertrafen. Bis kurz nach Mitternacht feierten die Leute ausgelassen. Chaos brach aus, als die Menschen in verschiedene Richtungen drängten, weil einige versuchten, zur Brooklyn Bridge zu gelangen, andere sich dagegen den Weg nach Norden bahnten. Familien wurden getrennt, und ein Kind wurde niedergetrampelt, als die Feiernden einander vorwärtsschoben. Es spielten sich schreckliche Szenen ab, und die Polizei konnte wenig unternehmen, um die Lage in den Griff zu bekommen.

Nur ein paar Augenblicke, bevor die Panik ausbrach, war ich in meiner Droschke nach Hause geschickt worden. Ich starrte meinen Vater an und dachte daran, wie knapp ich entkommen war. ›Ist jemand verletzt worden?‹, erkundigte sich meine Schwester.

›Ein Kind wurde verletzt‹, antwortete mein Vater, ›aber es hätte noch viel Schlimmeres passieren können. Gott sei Dank waren meine beiden kleinen Mädchen weit entfernt von dieser mitternächtlichen Katastrophe und in Sicherheit.‹ Und damit sah er mich mit hochgezogenen Augenbrauen an, als fordere er mich auf, ihm zu widersprechen.«

»Der Mann aus dem Kaufhaus hat dich verpetzt!«, sagte Sylvia.

»Wahrscheinlich hat er es für seine Pflicht gehalten, seinem Arbeitgeber zu erzählen, dass seine kleine Tochter sich in große Gefahr begeben hatte«, antwortete Mama. »Ich kann ihm keine Vorwürfe machen. Das kleine Kind, das niedergetrampelt wurde, hätte ich sein können. Ich hatte keine Erwachsenen bei mir, die mich an der Hand hielten oder mich aus der Gefahrenzone gezogen hätten. Hätte ich den City Hall Park nicht gerade noch rechtzeitig verlassen, dann hätte mein neues Jahr einen tragischen Anfang nehmen können.«

»Ich kann nicht glauben, dass du nachts ganz allein aus dem Haus gegangen bist«, überlegte Sylvia laut. »Hat dein Vater dich nicht verprügelt? Hat er es nicht deiner Mutter erzählt?«

»Um Himmels willen, nein. Hätte er das getan, dann hätte sie mich sicher eine Woche lang in mein Zimmer eingesperrt. Ich bin für das, was ich getan habe, nicht bestraft worden, und mein Vater hat nie mehr davon gesprochen.« Mutter lächelte und hatte auf einmal wieder diesen abwesenden Blick. »Es war das Abenteuerlichste, was ich erlebt habe, und die größte Ungehorsamkeit, die ich je begangen hatte – bis ich deinen Vater heiratete.«

»Wieso war es ungehorsam, Vater zu heiraten?«, fragte Sylvia. »Haben deine Eltern ihn nicht gemocht?«

Ihre Mutter zögerte, als bedauere sie, dieses Thema angeschnitten zu haben. »Ach, ich denke, sie haben ihn schon gemocht, aber sie wollten, dass ich einen anderen heirate. Ich hätte ihnen den Gefallen gern getan, aber ich habe deinen Vater geliebt, und deshalb habe ich ihn geheiratet.«

Sylvia schüttelte über diese neue, unglaubliche Enthüllung den Kopf. Es war schon schwierig genug, sich ihre Mutter als unfolgsames kleines Mädchen vorzustellen, aber es war schlicht unmöglich zu glauben, dass jemand von Mama erwarten konnte, einen anderen

Mann als Vater zu heiraten. Sylvia konnte sich nicht vorstellen, dass einer der beiden jemals irgendjemanden sonst lieben könnte.

»Nachdem ich so ungehorsam ins neue Jahrhundert gestartet war, fasste ich den Entschluss, mich meinen Eltern nie mehr aus Wut oder Eifersucht zu widersetzen«, erzählte Mama. »Der Beginn des neuen Jahres war nicht nur eine Zeit zum Feiern, weißt du. Es war auch die Zeit zum Nachdenken und für den Entschluss, sich zu bessern und sein Leben zum Positiven zu verändern.« Sylvias Mutter legte den Arm um sie und drückte ihr einen Kuss auf den Kopf. »Das könntest du auch machen, weißt du. Denk darüber nach, wie du dich im kommenden Jahr bessern möchtest, und fass einen Neujahrsvorsatz.«

Sylvia runzelte nachdenklich die Stirn. »Ich würde gerne schneller rennen«, verkündete sie. »Ich denke, das nehme ich mir vor.«

Ihre Mutter lachte. »Sehr gut. Der Entschluss, sich zu bessern, ist der erste Schritt. Und jetzt, wie möchtest du es anstellen, dass du dieses Ziel erreichst?«

»Mit Training? Wenn ich versuche, jeden Tag ein bisschen schneller zu rennen, dann bin ich nächstes Jahr viel schneller.«

»Das klingt nach einer vielversprechenden Methode. Aber trainiere nur draußen oder im Kinderzimmer«, fügte Mama hastig hinzu. »Ich glaube nicht, dass Großmutter und die Tanten dich gern durch die Flure rennen sehen würden. Ich denke, als erster Neujahrsvorsatz ist das in Ordnung, aber du musst wissen, dass die meisten Vorsätze darauf abzielen, eher den Charakter als die Athletik zu verbessern.«

»Du meinst zum Beispiel, dass … dass man sich nicht mit seiner Schwester herumstreitet?«

»Genau«, antwortete Mama. »Und das ist ein Vorsatz, über den die meisten Menschen in diesem Haus sehr glücklich wären, vor allem, wenn du ihn einhältst.«
Sylvia hatte diesen Vorsatz gar nicht auf sich bezogen, sondern auf Claudia. Dennoch glaubte sie, ihn einhalten zu können, und zwar besser als ihre große Schwester.
Dann erschien Vater in der Tür, deshalb trug Sylvia das Geschirr ihrer Mutter in die Küche hinunter und lief davon, um zu spielen und über Neujahrsvorsätze und das Silvesterabenteuer ihrer Mutter vor so langer Zeit nachzudenken. Wäre Sylvia an der Stelle ihrer Mutter gewesen, dann hätte sie beschlossen, mehr aufregende Eskapaden wie diese zu unternehmen anstatt zu versprechen, weniger unfolgsam zu sein. Es klang so, als sei ihre Mutter nur an diesem einen Abend unartig gewesen, weshalb sollte sie also den Vorsatz fassen, sich zu ändern? Es muss unerträglich gewesen sein, so oft daheimzubleiben und zuzusehen, wie ihre Schwester mit den Eltern in die Stadt aufbrach. Eigentlich hätten sich Großmutter und Großvater Lockwood fest vornehmen müssen, ihre Töchter gerechter zu behandeln. Und bestimmten Mitgliedern der Familie Bergstrom hätte das Gleiche gut angestanden.
Genau genommen, dachte Sylvia, als sie die Stufen zum Kinderzimmer hinaufstieg, wo sie Papier und Stifte aufbewahrte, würde es für jedes Mitglied der Familie von Vorteil sein, wenn sie Neujahrsvorsätze fassten, und sie wusste genau, welche am allernötigsten waren.
Sylvia schrieb bis in den Abend, korrigierte Fehler und kopierte alles in ordentlicher Handschrift auf frische Papierbogen. Sie rollte die Blätter wie Schriftrollen auf, band sie mit Bändern zusammen und hatte sie gerade in ihrem Nähkorb versteckt, als Claudia heraufkam und sie

in den Ballsaal rief. Großtante Lucinda hatte soeben die Pfannkuchen und den Apfelwein hereingetragen, und alle versammelten sich für die Silvesterparty. Vater hatte den ganzen Abend an Mamas Bett verbracht, hatte mit ihr Fotoalben durchgeblättert und ihr vorgelesen, aber als Mama schließlich schlafen wollte, gesellte er sich unten beim Kamin zum Rest der Familie. Die Erwachsenen erzählten Späße und Geschichten vergangener Silvesterabende und sprachen von Familienmitgliedern, die Sylvia nur von Erzählungen her kannte. Urgroßvater Hans und Urgroßmutter Anneke, die von Deutschland nach Amerika gekommen waren und die Elm Creek Farm gegründet hatten. Gerda, die Schwester von Hans, die unverheiratet blieb, die aber gern las, über Politik diskutierte und kochte. Sylvia nickte beim Gemurmel der Stimmen ein, doch Großmama weckte sie fünf Minuten vor Mitternacht vorsichtig auf, damit sie gemeinsam mit den anderen die letzten Sekunden des alten Jahres herunterzählen konnte. Als die Uhr auf dem Kaminsims Mitternacht schlug, hüpfte sie herum, blies in ihre Tröte und rief lauter als alle anderen: »Ein glückliches neues Jahr!« Aber sie quengelte nicht herum, als ihr Vater sie kurz danach ins Bett schickte.

Zuerst wollte sie jedoch ihrer Mutter ein gutes neues Jahr wünschen. Durch den Spalt unter der Schlafzimmertür fiel Licht, deshalb klopfte Sylvia an und rief leise ihren Namen. Als Sylvia keine Antwort bekam, schob sie die Tür langsam auf und stellte fest, dass ihre Mutter fest schlief, ihr Buch aufgeschlagen auf dem Bett.

Auf Zehenspitzen schlich Sylvia durch das Zimmer, beugte sich vor und drückte ihrer Mutter einen Kuss auf die eingefallene Wange, dann griff sie nach dem Buch, damit sich ihre Mutter nicht im Schlaf daraufwälzte. Das

Kuvert mit dem Stempel von New York, den Mama als Lesezeichen benutzt hatte, lag auf dem Nachttisch, aber er war inzwischen geöffnet worden.
Sie warf einen Blick auf ihre schlafende Mutter, dann in Richtung Tür, weil sie damit rechnete, dass ihr Vater jeden Moment darin erscheinen würde, schließlich legte sie das Buch mit den aufgeschlagenen Seiten nach unten aufs Bett und zog hastig das dicke Blatt aus dem Umschlag. Als sie es aufschlug, flatterte ein Zeitungsausschnitt auf den Boden. Sylvia hob ihn schnell auf. Es handelte sich um eine Geschichte aus der Klatschspalte über einen Weihnachtsball in New York, den das elegant gekleidete Paar auf dem Foto offenbar gegeben hatte. Sylvia kannte weder die Gesichter auf dem Foto noch irgendeinen der Namen, deshalb wandte sie ihre Aufmerksamkeit dem Brief zu.
Die mit dunkler Tinte und fester Handschrift auf elfenbeinfarbenes Papier mit schwarzem Rand geschriebene Botschaft begann abrupt: »Mrs Edwin Corville genießt allen erdenklichen Luxus, während du dich auf einer Pferdefarm irgendwo in der gottverlassenen Pampa abrackerst. Deine Wünsche für ein gutes neues Jahr klingen hohl, genauso wie die Nachrichten über deinen Zustand. Es erstaunt mich immer wieder, wie eine willensstarke junge Frau wie du sich den Wünschen eines Mannes beugen kann, der eindeutig keine Rücksicht auf deinen angeschlagenen Gesundheitszustand nimmt.«
Sylvia schluckte heftig und schob den Brief zusammen mit dem Zeitungsausschnitt in das Kuvert zurück, steckte es in das Buch, das sie auf den Nachttisch legte. Mama würde denken, dass Vater es weggetan hatte. Sie würde nie erfahren, dass Sylvia Großmutter Lockwoods grausame Worte gelesen hatte. Plötzlich kam Sylvia ein Ge-

danke: Wusste Vater, was Mamas Mutter von ihm hielt? Mama hatte erzählt, dass ihre Eltern sich gewünscht hatten, sie würde einen anderen Mann heiraten, und allem Anschein nach hatte Großmutter Lockwood ihr nie verziehen.
Sylvia biss sich auf die Lippen, knipste die Lampe aus und verließ hastig das Zimmer. Mit schwerem Herzen ging sie zu Bett. Das konnte nicht der erste unerfreuliche Brief von Großmutter Lockwood sein, sonst wäre irgendwie zu erkennen gewesen, dass Mama schockiert und bestürzt war. All die anderen Briefe, alle Geschichten, die Mama erzählt hatte, mussten eigens für die Ohren eines kleinen Mädchens zurechtgelegt worden sein. War Mama eine Lügnerin? Das war unvorstellbar. Schämte sie sich?
Sylvia fiel in einen unruhigen Schlaf.

Am nächsten Morgen wachte sie spät auf, und der Brief war nur noch eine vage und unerfreuliche Erinnerung, die wie ein Traum verblasste. Sie hastete hinunter und kam gerade noch rechtzeitig an, um Großmutter davon abzuhalten, den Küchentisch für das Frühstück zu decken. »Heute ist Feiertag. Warum frühstücken wir nicht im Esszimmer?«, fragte sie. »Ich decke den Tisch.«
Großmama war über ihren atemlos vorgetragenen Vorschlag erstaunt, vielleicht weil Sylvia selten eine Aufgabe übernahm, ohne darauf zu bestehen, dass auch Claudia mithelfen sollte. »Ich denke, das geht in Ordnung«, antwortete sie und gab Sylvia ein Zeichen, dass sie sich an die Arbeit machen konnte. »Nimm das gute Geschirr.«
Das tat Sylvia, aber erst, nachdem sie die zwei Etagen zum Kinderzimmer hinaufgestürmt war und sich die mit Bändern zusammengehaltenen Schriftrollen, die sie am Vorabend vorbereitet hatte, in die Taschen gestopft hatte.

Sylvia legte jeweils eine neben jeden Teller und war gerade mit dem Decken des Tischs fertig, als Großtante Lydia eine Platte mit heißen Würstchen hereintrug. »Was ist denn das?«, fragte sie und lächelte beim Anblick der Schriftrollen. »Das sieht ja so aus, als hätten wir heute ein ziemlich formelles Frühstück mitsamt Tischkarten.«
»Das ist eine Neujahrsüberraschung«, antwortete Sylvia und strahlte vor Aufregung. Sie hastete in die Küche, um beim Auftragen der Platten zu helfen. Claudia hatte das Tablett zu ihrer Mutter hinaufgetragen, aber sie kam gleich wieder herunter und berichtete enttäuscht, dass Mama noch schlafe. Claudia hatte die Teller zugedeckt und das Tablett auf den Nachttisch gestellt.
Sylvias Gedanken wanderten zu Mutters Buch und dem darin steckenden Brief. Sie musterte Claudias Gesicht, aber deren Miene verriet weder Bestürzung noch Beunruhigung, nur ihre Enttäuschung darüber, dass sie das Neujahrsfrühstück nicht mit ihrer Mutter hatte einnehmen können. Sylvia kam zu dem Schluss, dass Claudia den Brief nicht gelesen hatte, und das überraschte sie nicht, denn Claudia käme im Traum nicht auf die Idee, heimlich in der privaten Post ihrer Mutter herumzuschnüffeln. Sylvia wünschte sich, sie wäre in der letzten Nacht eine ebenso brave Tochter gewesen.
Claudia setzte sich, als Großmama und Großtante Lucinda anfingen, die mit Rührei, saftigen Würsten, Bratkartoffeln mit Zwiebeln und Paprika und vom Vorabend übrig gebliebenen Pfannkuchen beladenen Platten herumzureichen. »Was ist denn das?«, fragte Claudia und nahm die Rolle in die Hand, die Sylvia neben ihren Teller gelegt hatte.
»Das ist Sylvias Neujahrsüberraschung«, antwortete Großtante Lydia.

Großtante Lucinda drehte ihre Rolle misstrauisch zwischen den Fingern. »Ich habe beinahe Angst, sie aufzumachen.«
»Nur zu!« Sylvia nahm sich einen Pfannkuchen von der Platte, legte ihn auf ihren Teller und leckte sich den Zucker von den Fingern. »Kein Grund, Angst zu haben.«
»Serviette, Sylvia!«, ermahnte ihr Vater sie und öffnete das Band um seine Rolle.
Keiner sagte etwas, während sie das lasen, was Sylvia jedem von ihnen geschrieben hatte. Sylvia aß ihr Frühstück, ließ den Blick über den Tisch schweifen und schaute erwartungsvoll in die Gesichter. Mit Entsetzen fiel ihr ein, dass sie ganz vergessen hatte, eine Rolle für ihre Mutter zu machen. Das ist schon in Ordnung, dachte sie. Mama war, so wie sie war, perfekt.
Plötzlich kreischte Claudia los: »Soll das hier etwa lustig sein?«
Großtante Lucinda lachte. »Meins ist es jedenfalls. ›Erstens: Back mehr Plätzchen. Zweitens: Nicht nur an Weihnachten. Drittens: Lass Sylvia das Frühstückstablett genauso oft zu Mama hinaufbringen wie Claudia.‹ Sie hat keinen Platz mehr gehabt, sonst hätte ich wohl noch mehr Vorschläge bekommen.«
»Ich habe nur einen«, stellte Großtante Lydia fest. »Ich bedarf wohl nicht so sehr der Besserung wie du, Schwesterherz.«
»Meiner wird ein bisschen schwierig umzusetzen sein«, sagte Großmama wehmütig. »›Fahr nach Schottland und schau dir die schwingenden Feuerkugeln an.‹«
»Die schwingenden was?«, fragte Großtante Lucinda.
»Das ist ein Geheimnis zwischen mir und meiner Enkelin.« Großmama wickelte ihre Rolle wieder zusammen, legte das Band darum und zwinkerte Sylvia zu.

Sylvias Vater schüttelte den Kopf und verzog den Mund. »›Lass Mama machen, was sie will.‹ Sylvia, wenn du glaubst, mir würde etwas anderes übrig bleiben, dann hast du etwas nicht richtig mitbekommen.«
»Warum lacht ihr?«, rief Claudia aus. »Das ist überhaupt nicht lustig!«
Erstaunt wandten sich alle Erwachsenen ihr zu. »Warum, Claudia, was steht denn auf deiner Rolle?«, wollte Großmama wissen.
»Das muss etwas Gutes sein«, stellte Großtante Lucinda fest.
»Ich lese es nicht vor«, erklärte Claudia. »Es ist gemein.«
»Nein, ist es nicht«, protestierte Sylvia. »Es ist ein Vorsatz.«
»Er könnte trotzdem gemein sein«, sagte Vater mit leicht warnendem Tonfall in der Stimme. »Los, mach schon, Claudia. Sag uns, was darauf steht.«
Mit roten Augen und angespanntem Kiefer holte Claudia tief Luft und las laut vor, was auf ihrer Rolle stand: »›Erstens: Hör auf, so rechthaberisch zu sein. Zweitens: Hör auf, Mama in Beschlag zu nehmen. Drittens: Hör auf, alles in Beschlag zu nehmen. Viertens: Sei nett zu Sylvia.‹ Ich bin doch nett zu dir, du kleines Gör. Viel netter, als du es verdienst.« Sie schleuderte die Rolle auf den Tisch und verschränkte die Arme. »Ich lese diese Beleidigungen nicht weiter vor.«
»Das sind keine Beleidigungen, das sind Neujahrsvorsätze«, erklärte Sylvia. »Das sind Versprechen, sich zu bessern.«
»Ich weiß, was ein Vorsatz ist«, schnauzte Claudia. »Die macht man nicht für andere Leute. Die fasst man für sich selbst.«
»Ich habe auch einen gefasst«, erklärte Sylvia und holte die letzte Rolle aus ihrer Tasche.

Großtante Lucinda zog die Augenbrauen hoch. »Und was besagt er?«
»›Streite nicht mit deiner Schwester herum.‹«
Die Erwachsenen brachen in Gelächter aus. Sylvia schaute sich verwirrt in der Runde um. Großmama wischte sich Tränen aus den Augen, Vater schnäuzte in sein Taschentuch, Claudia kochte vor Wut und blitzte sie böse an. Sylvia hatte den Eindruck, sie würde gleich ersticken. Keiner hatte ihr jemals ausdrücklich gesagt, dass sie nur für sich selbst Vorsätze machen sollte, aber jetzt kam ihr das so offensichtlich vor, dass es ihr unerklärlich schien, wie sie es hatte missverstehen können. Selbstverständlich war es unhöflich, anderen Leuten zu sagen, was sie falsch machten und wie sie sich ändern sollten. Und es war besonders unhöflich, wenn ein Kind das einem Erwachsenen sagte. Was war schlimmer: zuzulassen, dass die Familie sie für ein gedankenloses kleines Mädchen hielt, oder die Wahrheit preiszugeben, dass sie so dumm war und nicht wusste, wie man Neujahrsvorsätze fasste?
Sie kam zu dem Schluss, dass es ihr lieber war, für unhöflich als für dumm gehalten zu werden, deshalb zuckte sie mit den Schultern, starrte stur auf ihren Teller und unterdrückte die aufsteigenden Tränen. »Ich wollte nur behilflich sein.«
»Und wie behilflich du bist!«, fuhr Claudia sie an und schob ihren Stuhl zurück. »Du hast deinen Neujahrsvorsatz schon gebrochen, und dabei ist es nicht einmal neun Uhr!«
Niedergeschlagen sank Sylvia auf ihrem Stuhl zusammen, während Claudia aus dem Zimmer ging und wahrscheinlich auf dem Weg zu Mamas Schlafzimmer war, um ihr brühwarm zu erzählen, was Sylvia getan

hatte. Sylvia wünschte sich, sie könnte ihrer Schwester nachlaufen und sie bitten, stehen zu bleiben, aber Claudia würde davon ausgehen, Sylvias Sorge bestünde lediglich darin, der Missbilligung ihrer Mutter zu entgehen. Claudia wusste nichts von dem Brief von Großmutter Lockwood und wie traurig ihre Mutter bestimmt war, egal wie gut sie das verbarg. Jetzt hatte Sylvia alles nur noch schlimmer gemacht. Der Doktor hatte gesagt, unerfreuliche Nachrichten seien nicht gut für Mama und das Baby, und wegen Sylvias Gedankenlosigkeit würde Mama gleich nach dem Aufwachen erfahren, dass ihre Töchter einen guten Anfang des neuen Jahres bereits verdorben hatten.

Aus den Augenwinkeln sah Sylvia, dass ihr Vater verzweifelt den Kopf schüttelte, während Großtante Lucinda das Kinn auf die Hand stützte und zur Tür blickte, durch die Claudia verschwunden war. Großtante Lydia seufzte und rührte den Zucker in ihrem Kaffee um, als ob das dem Morgen seinen bitteren Geschmack nehmen könnte. Nur Großmama schien nicht besorgt zu sein. Ihr Blick wirkte abwesend, als stelle sie sich vor, wie Feuerbälle in leuchtenden Bogen vor einem dunklen Sternenhimmel loderten.

Neun Tage später brachte Sylvias Mutter einen kräftigen, munteren Jungen zur Welt. In der Aufregung und Freude über seine Geburt vergaßen alle Sylvias von Bändern zusammengehaltene Schriftrollen – alle bis auf Claudia, die eine Beleidigung niemals vergaß. Wann immer die Mädchen darüber debattierten, wer an der Reihe war, ihr liebes kleines Brüderchen in den Schlaf zu wiegen oder zu singen, erinnerte Claudia Sylvia an ihren Vorsatz, sich nicht mit ihr zu streiten. Was blieb Sylvia da anderes übrig als nachzugeben? Claudia führte bis ins Frühjahr hinein

eine Strichliste, wie oft Sylvia ihren Vorsatz brach, bis sie sich verzählte und das Interesse daran verlor, weil sie neue Wege fand, Sylvia zu ärgern.
Obwohl Sylvia Baby Richard mit Claudia teilen musste, so wie sie alles andere zu teilen hatte, war sie ganz vernarrt in ihn. Sie beschloss von Anfang an, dass sie ihre Fehler als kleine Schwester wiedergutmachen würde, indem sie die liebevolle und beschützende große Schwester war, die er verdiente. Ihr Vorsatz würde nicht weniger bindend sein, nur weil er erst am 10. Januar gefasst wurde anstatt an Neujahr.
Sylvia kam in Anwesenheit ihrer Schwester nie mehr auf Neujahrsvorsätze zu sprechen. Wann immer Sylvia in den folgenden Jahren einen Vorsatz fasste, schrieb sie ihn auf ein Stück Papier, rollte es zusammen und umwickelte es mit einem Band zur Erinnerung an jenen unglücklichen Morgen und daran, dass sie immer zuerst ihre eigenen Fehler und Mängel betrachten sollte, bevor sie versuchte, die der anderen zu korrigieren. An jedem Silvesterabend öffnete sie die Rolle des Vorjahres und las durch, was sie sich vorgenommen hatte. Manchmal stellte sie stolz fest, dass sie ihren Vorsatz eingehalten und die Belohnung für ihre Mühe und Selbstdisziplin geerntet hatte. Häufiger blickte sie jedoch wehmütig auf ihren Optimismus im Vorjahr zurück, wenn die Hoffnung und die Vorsätze zum neuen Jahr hohe Ziele erreichbar hatten erscheinen lassen und sie schwierige Vorsätze für leichter einzuhalten erachtet hatte, als sie es dann in Wirklichkeit waren.
In diesem Jahr war Sylvia durch den Wirbel um die Hochzeit und das Bedauern über die Missbilligung durch Andrews Kinder zu sehr abgelenkt gewesen, als dass sie sich große Gedanken über Neujahrsvorsätze gemacht hätte.

Sie kannte ein paar Vorsätze, von denen sie sich wünschte, dass Andrews Kinder diese fassen würden, aber sie hatte an jenem Neujahrsmorgen nur zu deutlich erfahren, dass sie solche Entscheidungen für niemand anderen, nur für sich selbst treffen konnte. Sollte sie es je vergessen, dann würde der Quilt mit dem Titel ›Neujahrsüberlegungen‹ sie daran erinnern, denn sie hatte die Lektionen, die sie dabei gelernt hatte, in den Quilt eingearbeitet. Ein Wandering-Foot-Block erinnerte an die Gefahren, blind irgendeinem Aberglauben zu folgen, wo doch das, was ein Mensch als Unglück betrachtete, von einem anderen als Segen verstanden werden konnte. Ein Year's-Favorite-Muster zu Ehren der Geburt ihres Bruders, das sie an die Geduld und Ausdauer ihrer Mutter und das große Glück, mit dem sie belohnt wurde, erinnerte. Und ein Resolution-Square-Block ermahnte sie, dass sie sich zwar eine positive Veränderung bei einem anderen Menschen wünschen und diese sogar liebevoll befördern konnte, aber letztendlich nur ihr eigenes Verhalten zu kontrollieren vermochte, und häufig lag ja darin das eigentliche Problem begraben.

Als das Taxi vor dem Theater vorfuhr, stellte Sylvia sich ihre Mutter als kleines Mädchen vor, das kühn in einen festlichen Abend hinaustritt und die Jahrhundertwende neugierig und aufgeregt begrüßt. Sie dachte an ihre Großmutter, die fasziniert war von den Geschichten ihrer eigenen Mutter über die Silvesterfeiern in einem fernen Land und sich wünschte, diese Wunder einmal mit eigenen Augen zu sehen, die es dennoch nie gewagt hatte, diese Reise anzutreten und deshalb nur die Geschichten ihrer Mutter und keine eigenen Erinnerungen hatte, welche sie ihrer Enkelin hätte weitergeben können. Was würden diese beiden geliebten Frauen von der Wendung halten, die Sylvias Leben genommen hatte, von den gefassten und gebrochenen Vorsätzen, den Abenteuern, zu denen sie freudig aufgebrochen war, und jenen, in die sie widerwillig hineingezogen wurde?

Andrew bezahlte den Taxifahrer und half Sylvia beim Aussteigen. »Du warst die ganze Fahrt so in Gedanken versunken«, stellte er fest, während er mit ihr das warme Theaterfoyer betrat. »Adeles Geschichte war faszinierend, nicht wahr? Es ist lustig, sich vorzustellen, wozu ein simpler Neujahrsvorsatz führen kann.«

Sylvia schämte sich zu sehr, wie dumm sie einst als Kind gewesen war, als dass sie ihm den wahren Grund für ihre Träumerei hätte offenbaren wollen. »Adele hat zum richtigen Zeitpunkt die richtige Entscheidung für die richtige Person getroffen«, antwortete sie stattdessen, »und darauf kommt es schließlich an.«

3

Am nächsten Morgen erwachten Sylvia und Andrew im Garden Room in dem eleganten Himmelbett unter Adeles antikem Quilt, und sie waren ausgeruht und ausgeschlafen, obwohl sie nach dem Theaterbesuch am Vorabend spät ins Bett gekommen waren. Nach der Aufführung waren sie Arm in Arm am Broadway entlangspaziert und hatten bei My Most Favorite Dessert Company einen Kaffee und ein Dessert bestellt. »Bei einem Lokal mit diesem Namen kann man ja gar nichts falsch machen«, sagte Andrew, als er Sylvia galant die Tür aufhielt.

Es stellte sich heraus, dass er recht hatte. Die dreischichtige Schokoladentorte, die Sylvia bestellte, war so himmlisch und gehaltvoll, dass sie felsenfest behauptete, beim Frühstück sicher keinen Bissen hinunterzubringen, doch die köstlichen Düfte aus Adeles Küche lockten sie am Morgen aus Andrews Armen. Sie gab ihm einen Guten-Morgen-Kuss, schlug den schönen Quilt zurück, strich liebevoll darüber und verschwand im Badezimmer.

Sie hatten jede Menge Pläne für den Tag geschmiedet, und Sylvia konnte es kaum erwarten, endlich loszuziehen.

Die anderen Gäste nahmen gerade am Tisch Platz, als Sylvia und Andrew in den Frühstücksraum kamen.

Während Adele und Julius das Frühstück brachten, stellten sie sich einander vor und unterhielten sich über ihre Besichtigungstouren durch New York. Die meisten Gäste machten hier Urlaub, einige kamen sogar aus Übersee. Sylvia freute sich, als sie hörte, dass eines der Paare, Karl und Erika, in einem kleinen Dorf unweit von Baden-Baden, der Stadt, aus der die Familie Bergstrom ursprünglich stammte, lebte. »Sie müssen mir alles darüber erzählen«, rief Sylvia erfreut aus.
»Waren Sie noch nie in Baden-Baden?«, fragte Karl.
Es war Sylvia peinlich, eingestehen zu müssen, dass sie nie nach Deutschland gereist war. Sie hatte es immer vorgehabt, aber mit den Jahren war die Wahrscheinlichkeit, dass sie sich dazu aufraffen würde, immer geringer geworden. Erika versprach Sylvia, für sie die persönliche Fremdenführerin zu spielen, sollte sie die Reise je antreten, und unterdessen würde sie Sylvia gerne die Fotos ihrer Heimatstadt zeigen, die sie auf ihrer Digitalkamera gespeichert hatte.
Ein Paar, das aus einem nördlichen Bundesstaat stammte, hielt sich in der Stadt auf, um Verwandte zu besuchen, die in ihrem kleinen Apartment keinen Platz für Gäste hatten. »Ich übernachte sowieso lieber hier«, gestand die Frau. »Meine Schwiegertochter könnte niemals ein so gutes Frühstück zubereiten, selbst wenn sie zwei Tage Zeit und vier Kochbücher zur Hand hätte, und das weiß ich ganz sicher, weil sie es versucht hat.«
Während die anderen Gäste kicherten, lächelte Sylvia höflich und unterdrückte den Wunsch, darauf hinzuweisen, dass die Frau sich glücklich schätzen könne, wenn ihre Schwiegertochter bereit sei, sich für jemanden, der ihre Bemühungen eindeutig nicht zu schätzen wisse, so viel Arbeit zu machen. Sylvia war nie bereit

gewesen, für ein Essen mehr als ein Kochbuch zu konsultieren und ein paar Stunden Zeit aufzuwenden. Doch Sylvia hielt den Mund, weil sie die freundschaftliche Atmosphäre am Tisch nicht trüben wollte. Außerdem wusste sie, dass die Frau ihrer Gastgeberin lediglich ein Kompliment machen wollte – und dass sie selbst sich in jüngster Zeit durch irgendwelche Anzeichen von Missbilligung zwischen Schwiegerleuten einfach zu leicht provozieren ließ.

Dann drehte sich das Gespräch um die Weihnachtszeit und das bevorstehende Neujahrsfest. Sylvia erzählte Karl und Erika von den deutschen Traditionen, die ihre Familie nach Amerika mitgebracht hatte – dass sie Schweinefleisch und Sauerkraut gegessen hatten, weil das Glück verhieß, und Köstlichkeiten wie Pfannkuchen und die über dem Feuer hergestellte Feuerzangenbowle genossen und darüber hinaus versucht hatten, in die Zukunft zu sehen, indem sie Bleiformen in einer Wasserschüssel interpretierten.

»Heute bereiten nur noch wenige Leute Feuerzangenbowle zu«, stellte Karl bedauernd fest. »Es ist so viel einfacher, ein Bier aufzumachen.«

»Meine Onkel machen sie noch immer jedes Silvester«, erzählte Erika. »Aber das Bleigießen ist völlig aus der Mode gekommen. Niemand möchte, dass die Kinder nahe beim Feuer mit Blei spielen und diese giftigen Dämpfe einatmen! Heutzutage benutzt man Kerzenwachs, das man schmilzt, und ich vermute, die Prophezeiungen sind auch nicht zuverlässiger als früher.«

Sylvia lächelte, aber ihr wurde das Herz ein wenig schwer. Sie wusste, dass es albern war, aber sie hatte sich immer vorgestellt, dass im Geburtsort von Urgroßvater Hans die Zeit stehen geblieben und dort alles noch genau

so war wie damals, als er nach Amerika auswanderte, so wie in den Familiengeschichten überliefert. Selbstverständlich war der Ort gewachsen und hatte sich mit der Zeit verändert – genau wie Elm Creek Manor.
»Wir lieben noch immer Silvesterbälle«, erklärte Erika, die vielleicht Sylvias Enttäuschung spürte. »Und ›Dinner for One‹.«
»Das klingt nicht sonderlich festlich«, stellte Andrew fest. »In Amerika will niemand den Silvesterabend allein verbringen.«
»Wir natürlich auch nicht«, antwortete Karl. »Wir setzen uns mit der Familie und mit Freunden zusammen und schauen es uns an.«
Die Schwiegermutter aus dem nördlichen Bundesstaat blickte verwirrt drein. »Sie schauen sich was an?«
»Im Fernsehen«, erklärte Erika. »Oder auf Video, wenn man etwas anderes vorhat und nicht alles um die Sendung arrangieren möchte.«
Sylvia verstand gar nichts mehr. »Also ... Sie essen allein zu Abend, dann treffen Sie sich, um fernzusehen?« Sie wollte ihren neuen Freunden aus Deutschland nicht zu nahe treten, aber sie war der Meinung, dass sie besser an Pfannkuchen, Feuerzangenbowle und Bleigießen festgehalten hätten.
Karl stieß ein lautes Lachen aus. »Nein, natürlich *Dinner for One,* den Fernsehfilm.«
»Natürlich«, wiederholte Andrew, aber sein völlig verwirrter Gesichtsausdruck verriet Sylvia, dass er genauso wenig verstand wie sie.
»Ohne ›Dinner for One‹ wäre es kein richtiger Silvesterabend«, sagte Erika. Sie ließ den Blick über die Tischrunde schweifen. »Das haben Sie doch bestimmt schon gesehen. Schließlich kommt es aus England.«

»Miss Sophie? James?«, fügte Karl hinzu, um ihnen auf die Sprünge zu helfen. »*The same procedure as every year?*« Die einzige Reaktion auf seine Frage waren verständnislose Blicke. Ungläubig nannte das deutsche Paar weitere Namen – Sir Toby, Admiral von Schneider, Mr Pommeroy, Mr Winterbottom –, musste jedoch feststellen, dass ihre englisch sprechenden Tischgenossen keinen einzigen davon kannten. »In Deutschland schaut sich an Silvester *jeder* ›Dinner for One‹ an«, sagte Karl. »Ich habe es mindestens fünfzig Mal gesehen.«
»Es ist ein Sketch«, erklärte Erika. »Er ist in den 1920ern für das britische Kabarett geschrieben worden, aber die Version, die wir in Deutschland am besten kennen, ist Anfang der 1960er bei einem Live-Auftritt in Hamburg aufgenommen worden. Seit den 1970ern wird er in Deutschland immer an Silvester ausgestrahlt.«
»Er läuft auf sämtlichen Kanälen«, fügte Karl hinzu und musterte ihre Gesichter, als könne er noch immer nicht glauben, dass sie von dieser Tradition nichts wussten. »Es ist geradezu unmöglich, ihn an Silvester nicht zu sehen.« Nicht etwa, dass irgendjemand versuchen würde, ihn nicht zu sehen, erklärte das deutsche Paar. Der Schwarz-Weiß-Sketch gehöre einfach zum deutschen Silvesterabend wie wohl das Fallen der Zeitkugel auf dem Times Square für die New Yorker. Die Heldin der Geschichte – Karl und Erika brachen immer wieder in Gelächter aus, während sie erzählten – war Miss Sophie, eine betagte britische Aristokratin, die ihren Geburtstag wie jedes Jahr feiert, und zwar mit einem Dinner mit ihren vier lieben alten Freunden, wobei sie die traurige Wahrheit einfach ignoriert, dass die Herren alle schon vor Jahren verstorben sind. Miss Sophies Butler James, der ihr das Fest nicht verderben will, serviert nicht nur das Essen,

sondern schlüpft auch in die Rolle der abwesenden Herren – er imitiert ihre Stimmen, spricht Toasts aus und leert ihre Gläser. Bei jedem neuen Gang erkundigt sich James: *»The same procedure as last year, Miss Sophie?«*, worauf die Lady antwortet: *»The same procedure as every year, James.«* Mit jedem Gang und Getränk wird James immer betrunkener – er schwankt und stolpert über den Tigerkopf, sodass eine Platte mit Hühnchenfleisch in hohem Bogen davonfliegt. Nach dem Essen verkündet Miss Sophie, dass die Party wunderbar gewesen sei, dass sie sich jetzt aber zurückziehen wolle. James hakt sich bei ihr ein und wiederholt den inzwischen vertrauten Refrain: »The same procedure as last year, Miss Sophie?« Miss Sophie antwortet. »The same procedure as *every* year, James.« James hält sich am Treppengeländer fest und sagt: »Well, I'll do my very best.« Er zwinkert dem Studiopublikum, das der Fernsehzuschauer nicht sieht, ostentativ zu und begleitet Miss Sophie dann nach oben.
Sylvia ertappte sich dabei, dass sie schmunzelte, nicht etwa, weil der Slapstick besonders lustig klang, sondern weil es amüsant war zu sehen, wie begeistert Karl und Erika unerklärlicherweise davon sprachen. »Das am Ende soll wohl eine anzügliche Bemerkung sein, oder?«, fragte sie.
»Ich verstehe sie nicht«, sagte die Schwiegermutter aus dem nördlichen Bundesstaat.
»Ich denke, das ist wohl eine jener Sendungen, die umso lustiger werden, je öfter man sie sich anschaut«, stellte Andrew in seiner typisch diplomatischen Art fest.
»Genau«, pflichtete ihm Erika bei. »Und außerdem ist es lustiger, wenn man sie sich zusammen mit Freunden ansieht. Manche Leute schauen sie sich in Bars an und sprechen jedes Wort mit den Figuren mit. Andere sehen

sie sich zu Hause an und bereiten das gleiche Essen zu, das James Miss Sophie serviert – Mulligatawny Suppe, Schellfisch aus der Nordsee, Hühnchen und Obst. Wieder andere spielen neben der Sendung ein Trinkspiel und leeren jedes Mal, wenn der Refrain kommt, ein Bier – wieder andere trinken die gleichen Getränke, mit denen James, jeweils in der Rolle eines der Gäste, Miss Sophie zuprostet.«

»Das würde ich niemandem empfehlen, es sei denn, man möchte das neue Jahr mit einem schlimmen Kater beginnen«, warnte Karl. »Allerdings behaupten manche, dass der Sketch am lustigsten ist, wenn man genauso betrunken ist wie James.«

»An Silvester zu tief ins Glas zu schauen ist auch hier in Amerika Tradition«, erzählte Sylvia. »Ich habe noch nie verstanden, was daran lustig sein soll.«

Zwar hatten alle Bergstroms die Feuerzangenbowle ihres Vaters immer sehr gern getrunken, doch in ihrer Familie hatte man übermäßigen Alkoholgenuss nicht geduldet, und auch Sylvia tolerierte ihn nicht. Sie hätte Andrew niemals heiraten können, wäre er einer jener Männer gewesen, die man in ihrer Jugend als »Trinker« bezeichnet hatte.

»Wo wollen Sie sich ›Dinner for One‹ in diesem Jahr denn anschauen?«, erkundigte sich Andrew.

Karl und Erika tauschten Blicke aus. »Wir dachten, wir würden es uns in unserem Zimmer ansehen«, antwortete Erika, »aber ich denke, das wird nicht möglich sein.«

»Wir sind davon ausgegangen, dass man es sich auch hier in den Staaten anschaut«, sagte Karl mit einem Achselzucken, das seine Verwunderung darüber verriet, dass dies offenbar nicht der Fall war.

»Ich glaube nicht, dass dieser Sketch hier je ausgestrahlt

wurde«, stellte Adele fest. »Ich werde mich kundig machen und sehen, was ich tun kann.«

»Wir haben ihn schon so oft gesehen, dass wir ihn einmal verpassen und trotzdem gut ins neue Jahr starten können«, erklärte Erika, aber sie klang nicht wirklich überzeugt. »Sie sollten sich keine Umstände machen.«

»Das sind überhaupt keine Umstände«, antwortete Adele. »Jedenfalls nicht im Vergleich zu letztem Jahr, als eine Familie aus Dänemark hier bei uns war. Am Silvestermorgen brauchten sie plötzlich unbedingt Geschirr. Sie wissen schon, Teller und so weiter. Ich habe ihnen ein paar Teile aus unserem Geschirrschrank angeboten, aber aus irgendeinem Grund waren die ihnen nicht recht. Ich bin davon ausgegangen, dass sie ein paar Stücke als Souvenirs mit nach Hause nehmen wollten, deshalb habe ich ihnen den Weg zu Tiffany's und Bergdorf Goodman beschrieben. Doch auch das war nicht das, was sie wollten. Schließlich riet ich ihnen, zum Arthritis Foundation Thrift Shop an der Ecke 3. und 79. Straße zu gehen, wo sie altes, billiges Geschirr fanden. Ich habe niemals Menschen gesehen, die sich so über altes Geschirr gefreut haben, und ich habe das für ein sehr seltsames Souvenir gehalten, aber natürlich nichts gesagt. Später habe ich erfahren, dass es in Dänemark Brauch ist, am Silvesterabend altes Geschirr gegen die Eingangstüren der Häuser seiner Freunde zu werfen. Je mehr Scherben am ersten Januar auf der Schwelle liegen, desto mehr Freunde hat man. Unsere dänischen Gäste hatten sich Sorgen gemacht, unsere Nachbarn könnten glauben, Julius und ich hätten keine Freunde, deshalb haben sie das alte Geschirr vor unserem Eingang zerschlagen. Es war ein Chaos, aber ich wollte sie nicht beleidigen, sondern ihre Tradition respektieren.«

»Zumindest haben sie erklärt, dass es sich um einen dänischen Brauch handelt«, meldete sich Julius zu Wort. »Wir wussten darüber nicht Bescheid. Sie hätten uns ja auch einen Silvesterstreich spielen können.«
»Und wie meinst du sollen wir den Silvesterabend verbringen?«, fragte Sylvia, als sie und Andrew nach dem Frühstück in den Garden Room zurückkehrten.
»Ich bin mir nicht sicher«, antwortete Andrew. »Amy hat sich aus Silvester und Neujahr noch nie viel gemacht. Sie liebt Weihnachten, Thanksgiving, Ostern, Halloween, den Arbor Day –«
»Den Arbor Day?«
»Ja, sie pflanzt gern Bäume«, erklärte Andrew. »Aber Silvester hat sie noch nie sonderlich aufregend gefunden.«
Sylvia hatte Schwierigkeiten zu glauben, dass jemand, der Feiertage mochte – sogar äußerst seltsame –, den Neujahrsfeierlichkeiten gleichgültig gegenüberstehen konnte. »Wie war es, als Amy und Bob noch klein waren? Eure Familie muss doch ein paar Neujahrstraditionen gepflegt haben, die über die Generationen weitergegeben wurden.«
»Ja, klar hatten wir ein paar. Als Amy und Bob Kinder waren, konnten sie nie lange genug aufbleiben, deshalb haben Katy und ich die große Standuhr im Flur vorgestellt, damit sie sie um neun Uhr Mitternacht schlagen hören und wir mit Apfelsaft auf das neue Jahr anstoßen konnten. Das ist natürlich auf der Strecke geblieben, als die Kinder größer wurden. Als Amy ein Teenager war, hat sie für andere Familien in der Nachbarschaft den Babysitter gemacht, damit die Eltern ausgehen und feiern konnten. Am Neujahrstag hat sie sich gewöhnlich mit meiner Frau Videos angesehen, während Bob und ich Football geschaut haben, aber ich weiß nicht, ob man so

etwas als Brauch bezeichnen kann. Falls Amy je einen Neujahrsvorsatz gefasst hat, so hat sie das jedenfalls nie verraten.« Andrew kramte eine Weile in seinem Gedächtnis, aber dann schüttelte er den Kopf. »Falls du eine große Feier möchtest, sollten wir lieber in New York bleiben und uns anschauen, wie am Times Square die Zeitkugel fällt. Ich hoffe, du bist nicht enttäuscht.«

»Ich werde nicht enttäuscht sein, es sei denn, Amy lässt uns mit unseren Koffern vor der Haustür stehen«, versprach Sylvia. Zu ihrem Entsetzen schnaubte Andrew, als halte er das für durchaus möglich.

Bald dachte Sylvia gar nicht mehr an die Silvesterfeiern – und ihre Befürchtung, dass man sie und Andrew nach ihrer Ankunft in Hartford tatsächlich im Schnee draußen stehen lassen könnte –, weil sie mit Andrew zu dem Programmpunkt ihres New York Aufenthalts aufbrachen, der nach Sylvias Überzeugung das absolute Highlight darstellen würde.

Sie hielten ein Taxi an und fuhren im morgendlichen Stoßverkehr in Richtung Fifth Avenue. Als sie am Central Park vorbeikamen und einige Schneeflocken auf die Windschutzscheibe fielen, griff Sylvia nach Andrews Hand und hielt sie fest.

Sie hatte keine Ahnung, warum sie so nervös war. Dieser Besuch im Elternhaus ihrer Mutter war längst überfällig, und sie konnte sich selbst nicht erklären, warum sie bei einem ihrer früheren Besuche in New York nicht wenigstens einmal am früheren Haus der Lockwoods vorbeigefahren war. Nicht etwa mangelnde Neugier hatte sie davon abgehalten. Vielleicht war es eher das Gefühl gewesen, dass ihre Mutter dort nicht glücklich gewesen war und dass sie Sylvia nicht mit ihrem Unglück hatte belasten wollen.

Das Taxi hielt vor einem herrschaftlichen Anwesen mit Blick auf den Park an, und sie stiegen aus. Sylvia betrachtete voll Bewunderung und doch etwas unsicher die Marmorfassade und das kunstvolle Eingangstor. Nichts an diesem eleganten Gebäude hatte für sie etwas mit ihrer Mutter zu tun, auch wenn sie kein bestimmtes Detail hätte benennen können, das nicht mit den Erzählungen ihrer Mutter übereingestimmt hätte.

»Bist du bereit?«, fragte Andrew und nahm sie am Arm, da sie wie angewurzelt auf dem Gehsteig stand, während Geschäftsleute und Touristen an ihr vorbeiströmten. Sylvia brachte ein Nicken zustande und zwang sich, auf die Eingangstür zuzugehen, wo Andrew schließlich klingelte.

Die Frau, die die Tür öffnete, trug einen leuchtend rosafarbenen Sari. »Sie müssen Sylvia und Andrew sein«, sagte sie lächelnd und bat sie einzutreten. »Ich bin Aruna Bhansali. Ich freue mich sehr, dass Sie um diesen Besuch gebeten haben. Es ist so aufregend, die Enkelin des ersten Bewohners unseres Hauses kennenzulernen!«

»Vielen Dank, dass Sie uns empfangen«, antwortete Sylvia. Sie stellte Andrew vor, dann legten sie ihre Mäntel ab und bewunderten die vornehme Eingangshalle. Sie war in sanftes Licht getaucht und wirkte einladend, hatte einen Marmorfußboden, und rechts und links neben der Tür zum Esszimmer stand jeweils ein Mahagonitisch mit einer Vase, in der rote Callas prangten. Bunt bemalte geschnitzte Hindugötter und -göttinnen waren in Bogennischen aufgestellt. Eine elegant geschwungene Treppe führte ins erste Stockwerk hinauf, und Sylvia stellte sich ihre Mutter als kleines Mädchen vor, wie sie diese Treppe vorsichtig heruntersteigt, den Arm ausgestreckt, um sich am Geländer festhalten zu können.

Aruna führte sie in einen Salon, wo sie ihnen Tee anbot und Sylvia aufforderte, ihr alles über ihre Großeltern zu erzählen. Sylvia enttäuschte ihre Gastgeberin nur ungern, aber sie hatte ihr wenig zu berichten. Es war ihr nie in den Sinn gekommen, dass die jetzigen Besitzer des Hauses genauso neugierig auf ihre Familie sein würden, wie Sylvia neugierig war, das Haus zu sehen, in dem ihre Mutter einst gelebt hatte. Zu ihrer Erleichterung schien Aruna sich mit den wenigen Details zufriedenzugeben, die Sylvia ihr über das berühmte Kaufhaus ihres Großvaters, über das Leben ihrer Großeltern in der High Society und über Eleanors Entscheidung mitteilen konnte, all das hinter sich zu lassen und einen Pferdezüchter aus dem ländlichen Pennsylvania zu heiraten. »Wie romantisch!«, sagte Aruna und seufzte wehmütig. »Ich habe schon immer vermutet, dass dieses große, alte Haus eine faszinierende Geschichte hat.«
»Ich wünschte, ich könnte Ihnen mehr darüber erzählen«, gestand Sylvia. »Ich könnte Ihnen beispielsweise nicht sagen, warum mein Großvater diesen Marmor ausgewählt hat oder warum er offenkundig so begeistert war vom klassischen Architekturstil. Ich fürchte, er hat im Leben meiner Mutter keine so große Rolle gespielt und wurde nur selten erwähnt, wenn sie von ihrer Kindheit sprach.«
Aruna lächelte. »Vielleicht hat sie Ihnen mehr erzählt, als Ihnen klar ist. Vielleicht erinnern Sie sich an ein paar dieser Geschichten, während wir das Haus besichtigen.«
Sylvia trank schnell ihren Tee aus und folgte Aruna, als sie sie im Erdgeschoss herumführte, durch Zimmer, die offensichtlich für große Gesellschaften gedacht waren, und in Mr Bhansalis Arbeitszimmer, das früher ein Salon gewesen war. Die leuchtenden Farben und das indische

Dekor waren gewiss nicht das, was die Lockwoods für sich ausgesucht hätten, und dennoch konnte Sylvia sich vorstellen, wie der erfolgreiche Geschäftsmann und die Societylady hier gelebt hatten.

Im Obergeschoss zeigte Aruna ihnen die Schlafzimmer der Familienmitglieder und Hausangestellten und fragte Sylvia, ob sie wisse, welches das Zimmer ihrer Mutter gewesen sei. Sylvia schüttelte den Kopf. »Ich weiß nur, dass ihr Kindermädchen das Zimmer neben dem ihren hatte«, antwortete sie. »Meine Mutter hat die meiste Zeit im Spielzimmer verbracht.«

Arunas Miene hellte sich auf, und sie führte sie noch eine Treppe höher in einen großen Raum mit offenem Kamin und Mansardenfenstern hinauf, in dem der Geruch von Räucherstäbchen in der Luft hing. Gemälde und goldbestickte Seidenbehänge zierten die Wände, und weiche Teppiche und Polster luden die Besucher ein, auf dem Boden Platz zu nehmen. Es sah überhaupt nicht wie das Spielzimmer eines Kindes aus, und dennoch –

»Das muss es sein«, sagte Sylvia und drehte sich um, um jedes Detail zu erfassen. Wie viele Stunden hatte ihre Mutter zwischen diesen Wänden verbracht, hatte gespielt, geträumt und sich nach Abenteuern in der Welt jenseits des Eingangstors gesehnt? Ihre Mutter hatte das Spielzimmer als ihren Zufluchtsort bezeichnet, selbst als sie bereits eine junge Frau war. Hatte sie ihrem geliebten Kindermädchen auf dieser Fensterbank Briefe geschrieben? Hatte sie aus diesem Fenster gespäht und gehofft, Sylvias Vater möge erscheinen?

Andrew ging zu einem der Fenster und schaute hinaus. »Man hat von hier eine tolle Sicht auf den Park.«

»Deshalb habe ich dieses Zimmer für mich reklamiert«, erzählte Aruna. »Das ist mein Rückzugsort von der Welt, derjenige Ort in ganz New York, an dem ich mich am ehesten zu Hause fühle.«

»Ich glaube, meiner Mutter ist es ganz genauso gegangen«, antwortete Sylvia leise und wünschte sich, sie könnte sie fragen, ob das tatsächlich der Wahrheit entsprach.

Als sie innehielt, meinte sie, die leichten Schritte ihrer Mutter auf dem Holzfußboden, ihr leises Lachen zu hören und ihren sanften Kuss zu spüren. Als sie die Augen schloss, hatte sie den Eindruck, ihre Mutter stünde neben ihr und heiße sie in ihrem Elternhaus willkommen.

Es war viel zu lange her, dass Sylvia die Wärme der Umarmung ihrer Mutter gespürt hatte. Was würde sie nicht alles dafür geben, um nur einen jener Tage noch einmal erleben zu dürfen, einen dieser ganz gewöhnlichen Tage, die sie für selbstverständlich gehalten hatte, weil es ihr unmöglich vorgekommen war, dass sie sich nicht endlos fortsetzen würden.

Sylvia war zehn Jahre alt gewesen, als ihre Mutter starb. Später hatte sie sich oft gefragt, ob Großmutters Tod im Jahr 1928 und die Weltwirtschaftskrise nicht zur Verschlechterung von Mutters Gesundheit beigetragen hatten. Gewiss beunruhigten sie die schweren Zeiten, die die Familie durchzustehen hatte, doch noch mehr Sorgen machte sie sich um die weniger wohlhabenden Nachbarn. Aber nach reiflicher Überlegung kam Sylvia immer zu dem gleichen Schluss: Ihre Mutter hatte weit länger gelebt, als es alle für möglich gehalten hatten, und sie betrachtete jeden einzelnen Tag als Geschenk. Mutter hatte ihre Familie so sehr geliebt, dass sie sich, wäre es ihr möglich gewesen, noch länger ans Leben geklammert hätte, um diese harten Zeiten gemeinsam mit ihnen durchzustehen. Tief in ihrem Innersten wusste Sylvia,

dass ihre Mutter bedauerte, sie gerade in einer Zeit solcher Ungewissheit verlassen zu müssen.
Keiner der Bergstroms konnte 1930 den Gedanken ertragen, so kurz nach Mamas Tod, als ihre Trauer und der Schmerz noch so groß waren, das Weihnachtsfest zu feiern. Mit schwerem Herzen gingen sie wie immer zur Messe und packten für Richard, damals fast drei Jahre alt, Geschenke ein, aber während das Fest näher rückte, konnte sich keiner vorstellen, einen Baum zu schmücken oder den berühmten Bergstrom-Apfelstrudel zu backen. Die alten Traditionen, die ihnen früher so viel Freude gemacht hatten, konnten ihnen an diesem ersten Weihnachten ohne Mama keinen Trost spenden.
Die ganze Weihnachtszeit schmerzte Sylvia so sehr, dass sie deren Ende kaum erwarten konnte, damit sie wieder in die Schule gehen und sich mit den Büchern und den Mathematikhausaufgaben beschäftigen konnte. Sie trauerte wegen ihres Verlusts, wegen ihrer Einsamkeit, aber Richard tat ihr noch viel mehr leid als sie sich selbst. Sie hatte neun fröhliche Weihnachtsfeste mit ihrer Mutter verbringen dürfen, während Richard nur drei vergönnt gewesen waren, an die er sich nicht einmal würde erinnern können. Sylvia war sich unschlüssig, ob es ein Segen oder eine weitere Grausamkeit war, dass ihm nie klar sein würde, wie traurig das Leben ohne ihre Mutter war.
Zu Sylvias Überraschung vergaß der Weihnachtsmann jedoch keines der Bergstrom-Kinder und legte für sie Geschenke unter den kleinen Christbaum, der am Weihnachtsmorgen auf wundersame Weise plötzlich im Ballsaal stand. Richard jauchzte vor Freude und spielte fast genauso begeistert mit den leeren Schachteln wie mit seinem neuen Ball und dem Feuerwehrauto, doch die

meisten der Erwachsenen saßen nur schweigend da, schauten zu, wie die Kinder ihre Geschenke auspackten, und rangen sich ein Lächeln ab, wenn Richard sie amüsierte. Nachdem das letzte Geschenk ausgepackt war, zog Vater sich leise und hastig zurück. Großtante Lucinda beobachtete, wie er ging, und ihr stand die Trauer ins Gesicht geschrieben, aber niemand hielt ihn auf. Sylvia wollte ihm nachlaufen – überall war es besser als im Ballsaal, wo sie das Fest begingen, obwohl keinem der Sinn nach Feiern stand, weil das Fehlen ihrer Mutter in dem einst festlichen Herrenhaus geradezu widerhallte. Die Stille der verschneiten Wälder, der starke Geruch in der Scheune, die Wärme im Stall – jeder Ort war besser als der Ballsaal.

Die Weihnachtszeit verging, als hätte man zu lange den Atem angehalten, und Erleichterung füllte die Leere, die sie hinterließ. Die Familie kehrte zu ihrer Alltagsroutine zurück. Vater und die Onkel kümmerten sich um die Pferde, Großtante Lucinda, Großtante Lydia und Onkel Williams Frau führten den Haushalt ihren schwindenden finanziellen Mitteln zum Trotz fast genauso weiter wie früher.

Großtante Lucinda erinnerte die Kinder häufig daran, wie glücklich sie sich schätzen konnten, die Farm zu haben, autark zu sein, während so viele andere Leute arbeitslos oder hoch verschuldet waren. Zwar hatten sie fast ihre gesamten Ersparnisse verloren, als die Waterford Bank nach dem Börsenkrach bankrottging, doch niemand konnte sie von ihrem Land vertreiben, selbst wenn die Bergstrom-Vollblüter keinen Cent mehr einbringen sollten.

Das Geschäft war abrupt eingebrochen, doch die Familie Bergstrom hatte ihr Vermögen mit der Zucht ihrer preisgekrönten Vollblüter aufgebaut, und ihre einst reichen Kunden würden eines Tages wiederkommen, wenn die Wirtschaftskrise vorüber war. Das jedenfalls sagte Sylvias Vater immer, und Sylvia glaubte ihm.

Dennoch konnte die Familie nicht alles, was sie brauchte, selbst anpflanzen oder herstellen – Schuhe für die Kinder, die aus ihren ständig herauswuchsen, Geräte und Werkzeuge für die Farm –, deshalb nahm ihr Vater das erste Mal, soweit Sylvia sich zurückerinnern konnte, Arbeit außerhalb von Elm Creek Manor an. In den Monaten nach dem Tod seiner Frau hatte er erstmals Einladungen angenommen, im ganzen Bundesstaat an Landwirtschafts-Colleges Vorträge zu halten. Manchmal überließ er die Verantwortung für die Farm tagelang Onkel William und reiste von einem College zum anderen, um für ein bescheidenes Honorar sein Wissen über regionale Kulturrassen, Viehhaltung und Feuerschutz weiterzugeben. Wenn er fort war, vermisste Sylvia ihn schrecklich und wünschte sich, er hätte sie aufgefordert, ihn zu begleiten, aber die Einsamkeit der Reisen schien ihm gutzutun. Jede Heimkehr erinnerte ihn allem Anschein nach daran, dass ihn, obwohl die große Liebe seines Lebens ihn für immer verlassen hatte, zu Hause noch immer viel Liebe erwartete, Menschen, die ihn mochten, Kinder, die ihn brauchten – alles Gründe, weiterzumachen. Das Geld, das er verdiente, auch wenn es fast so schnell davonrann, wie er es einnehmen konnte, vermittelte ihnen das Gefühl, nach und nach wieder Fuß zu fassen und durchzuhalten, bis ihre Kunden wiederkamen.

Häufig kehrte Sylvias Vater heim und erzählte Geschichten über die schweren Zeiten in den Städten jenseits des Elm Creek Tals, über Warteschlangen vor Bäckereien und Suppenküchen, über bankrotte Farmen und geschlossene Fabriken. Mit jeder dieser Geschichten spürte Sylvia die Verzweiflung und Angst der Welt draußen näher rücken, bis es den Anschein hatte, als stünde Elm Creek Manor allein und abgeschieden da, in Sonnenlicht getaucht, während um sie herum der Sturm tobte und immer näher kam.

Einmal, im Spätherbst, kam Vater von einer Reise aus Philadelphia zurück, und er war still und nachdenklich. Lange nachdem sie eigentlich ins Bett hätte gehen sollen, stand Sylvia vor der Tür zur Bibliothek und lauschte, wie ihr Vater Großtante Lucinda und Onkel William von einer seltsamen Begegnung mit einem Mann in der Bahnhofshalle berichtete.

»Er kannte meinen Namen, obwohl ich ihn noch nie gesehen habe«, erzählte Sylvias Vater. »Seine Schuhe und sein teurer Mantel verrieten mir, dass er kein Farmer war, und obwohl ich ihn nicht als Besucher einer meiner Vorträge erkannte, schien er eine Menge über mich zu wissen. Er folgte mir auf den Bahnsteig und fragte mich direkt über Elm Creek Manor aus. Unmittelbar bevor der Zug einfahren sollte, kam er schließlich auf den Punkt. ›Ich glaube nicht, dass es in diesen schweren Zeiten einen großen Markt für Vollblutpferde gibt‹, sagte er. ›Es ist gut, dass Sie so viel Land besitzen.‹

›Davon steht kein einziger Hektar zum Verkauf‹, erklärte ich ihm.

Er sagte mir, er sei sehr froh, das zu hören, weil er für einige Männer in der Stadt arbeite – ihre Namen wollte er mir nicht nennen –, die einen Farmer engagieren wollten, damit er für sie bestimmte Pflanzen anbaut. Für das Anpflanzen, Ernten und Liefern würden sie sogar pro Scheffel ganze zehn Dollar über dem Marktpreis bezahlen.«

»Um Himmels willen!«, rief Großtante Lucinda aus. »Welche Feldfrucht kann irgendjemand nur so dringend gebrauchen?«
»Gerste und Hopfen.«
Onkel William stieß leise einen Pfiff aus. »Wer, glaubst du, war das? Mickey Duffy? Einer der Lanzetti-Brüder?«
»Schon möglich«, antwortete Sylvias Vater. »Er hatte sich die Hutkrempe ins Gesicht gezogen und sich vom Schein der Lampen ferngehalten.«
»Du hättest ihn um ein Autogramm bitten sollen – nur für alle Fälle.«
»Diese zwielichtigen Typen haben sich wohl einen Scherz erlaubt«, entgegnete Großtante Lucinda. »Sie haben ihre Hoffnungen auf einen ehrenhaften Mann gesetzt. Fred, du hast, soweit ich weiß, in deinem ganzen Leben noch nie gegen ein Gesetz verstoßen. Warum sollten sie ausgerechnet dich auffordern, dich an ihren Machenschaften zu beteiligen?«
»Das hat er nicht gesagt, aber ich kann es mir denken«, antwortete Sylvias Vater. »Elm Creek Manor liegt abgeschieden, hat aber dennoch eine gute Anbindung an die Stadt. Ich reise herum und halte für Peanuts Vorträge, es ist also offenkundig, dass ich das Geld brauche. Der springende Punkt ist, dass sie mich gefragt haben und wir beschließen müssen, wie wir antworten.«
Großtante Lucinda schnappte so laut nach Luft, dass Sylvia zusammenfuhr. »Willst du damit sagen, dass du das Angebot nicht auf der Stelle abgelehnt hast?«
»Das ist ein Familienbetrieb, deshalb ist es eine Familienentscheidung.«
»Meine Antwort lautet nein«, erklärte Großtante Lucinda. »Auf keinen Fall. Wir sollten uns überhaupt nicht auf irgendwelche Geschäfte mit Speichelleckern und

Schwachköpfen einlassen. Kontakte zum organisierten Verbrechen werden uns nichts als Ärger einbringen.«
»Es ist gutes Geld«, wandte Onkel William ein. »Wir könnten auf dem nördlichen Feld problemlos zur einen Hälfte Futtermais aussäen, zur anderen Hopfen. Denk dran, wie viel Geld wir verdienen könnten. Es würde all unsere verlorenen Einkünfte wettmachen.«
»Ich verkaufe meine Seele jedenfalls zu keinem Preis«, meldete sich Großtante Lucinda wieder zu Wort. »Falls dich dein Gewissen schon nicht plagt, dann bedenke die Konsequenzen, wenn die Sache herauskommt.«
»Es ist nicht gesetzeswidrig, Gerste und Hopfen anzupflanzen«, stellte Sylvias Vater fest.
Großtante Lucinda sagte nichts, aber Sylvia konnte sich den wütenden Blick vorstellen, den sie ihm als Antwort zuwarf.
»Dann lautet die Antwort also nein«, sagte Sylvias Vater. Sie meinte, einen Anflug von Erleichterung in seiner Stimme zu hören.
»Aber du hast gesagt, dass du den Mann nicht kennst«, wandte Großtante Lucinda ein. »Wie willst du Kontakt zu ihm aufnehmen?«
»Er hat gesagt, dass er sich meldet.«
Sylvia verspürte ein Unbehagen, doch Großtante Lucinda blieb hartnäckig. »Vielleicht hören wir ja nie mehr von ihm. Hoffentlich findet er einen anderen, der ihm auf den Leim geht.«
Aus dem Herbst wurde Winter, und falls der Mann aus Philadelphia je Kontakt zu ihrem Vater aufgenommen hatte, so erfuhr Sylvia jedenfalls nichts davon. Mit der Zeit hörte sie auf, darauf zu warten, dass ein unbekanntes Auto die Einfahrt heraufkam und eine düstere Gestalt vor der Tür stand. Obwohl sie gerne mit Sicherheit gewusst

hätte, ob die Gangster tatsächlich das Interesse an der Bergstrom-Farm verloren hatten, konnte sie ihren Vater nicht danach fragen, ohne zu verraten, dass sie an der Tür gelauscht hatte. Und auch Claudia konnte sie kein Sterbenswörtchen davon erzählen.

Am Tag nach Weihnachten schlich Sylvia sich aus den einsamen Mauern des Hauses davon, die Manteltaschen voller Äpfel für ihre Lieblingspferde. Äpfel hatten die Bergstroms im Überfluss, weil die Obstbäume ungeachtet der schweren Zeiten um sie herum, ungeachtet ihres Verlusts und ihrer Trauer auch in diesem Jahr üppig geblüht hatten. Der verharschte Schnee knirschte unter Sylvias Stiefeln, als sie sich den Weg zum Stall bahnte und sich die Kapuze mit einer behandschuhten Hand ganz fest hielt, damit der starke Wind sie ihr nicht vom Kopf wehte.

Plötzlich löste sich wenige Meter vor ihr ein Schatten von der Stallwand. Sylvia, die vor lauter Schreck nicht einmal schreien konnte, blieb wie angewurzelt stehen und starrte die fremde Gestalt eines Mannes an, der auf sie zugeschlurft kam. Unsicher trat sie einen Schritt zurück, und ihr kam ganz automatisch der Gangster aus Philadelphia in den Sinn.

»Keine Angst, Miss«, sagte der Mann mit rauer Stimme und trat zögernd mit erhobenen Händen einen Schritt vor. »Ich wollte Euch keine Angst einjagen. Ich habe mir nur einen Platz gesucht, an dem ich abwarten kann, bis sich der Sturm wieder legt.«

Sie bemerkte seine abgetragenen Kleider, die dunklen Bartstoppeln in dem ausgemergelten Gesicht und wusste sofort, dass das nicht der Mann vom Bahnhof sein konnte. »Sie können nicht in den Stall gehen«, sagte sie

mit leiser, hoher Stimme. »Sonst machen Sie die Pferde scheu.«
»In Ordnung.« Er zog den Kopf ein und trat zurück. »Ich befolge, was Ihr sagt, Miss. Ich möchte keine Scherereien haben. Ich versuche nur, ein warmes Plätzchen zu finden.«
Er drehte sich um und steuerte in Richtung der Brücke über den Elm Creek auf den Wald zu. »Warten Sie!«, rief Sylvia, dann drehte sie sich um und rannte zum Haus, ohne sich umzuschauen, ob der Mann ihrer Aufforderung Folge leistete. Sie stieß die Hintertür auf und rannte durch das Haus, bis sie ihren Vater oben in der Bibliothek fand, der über seinem auf dem Eichenschreibtisch aufgeschlagenen Hauptbuch gebeugt dasaß. »Draußen ist ein Mann«, stieß sie ganz außer Atem hervor. »Ich glaube nicht, dass es der Gangster ist. Ich glaube, es ist ein Landstreicher.«
»Ich wusste ja gar nicht, dass du diese Begriffe überhaupt kennst«, antwortete ihr Vater, während sie seine Hand ergriff und ihn auf die Beine zog. Im Nu waren sie an der Hintertür und schlüpften in ihre Mäntel und die Stiefel. Unmittelbar vor der Tür entdeckten sie den Mann, der sich auf die Stufen gesetzt hatte.
»Guten Tag«, sagte Sylvias Vater und sprach den Mann so mit größtem Respekt an.
»Tag, Sir.« Trotz des kalten Windes lüftete der Mann seinen Hut. »Ich arbeite für eine Mahlzeit. Ich kann die Stallungen ausmisten, Kühe melken, was immer Sie wollen.«
»Die Kühe müssen erst heute Abend wieder gemolken werden«, antwortete Sylvias Vater, und Sylvia wusste, was er dachte, nämlich dass jeder, der sich nicht auskannte, wann Kühe gemolken werden mussten, nicht viel Er-

fahrung mit der Landwirtschaft haben konnte. »Können Sie mit einer Schaufel umgehen?«
»Ich habe einen starken Rücken.«
»Also gut.« Vater machte die Tür weiter auf. »Kommen Sie herein in die Küche und essen Sie etwas. Danach zeige ich Ihnen die Stallungen.«
Bevor Vater es sich anders überlegen konnte, kam der Mann schnell hereingehuscht und zog sich die Stiefel aus. Sylvia wich vor dem Geruch zurück und verzog sich naserümpfend in den Flur. Sie wusste, dass das unhöflich war, aber sie konnte einfach nicht anders.
Sie spähte durch die Küchentür, als der Mann alles, was Großtante Lucinda vor ihn hinstellte, hinunterschlang – Eier und Schinken, Brot, Kaffee, Tomaten-Mais-Relish und getrockneten Apfelkuchen. Er aß jeden Krümel auf, sogar die, die ihm auf den Schoß oder in die Falten seines schmutzigen Schals gefallen waren. Als er fertig gegessen hatte, dankte er Großtante Lucinda höflich und folgte Sylvias Vater ins Freie hinaus.
Beim Abendessen berichtete Vater, dass der Mann gute Arbeit geleistet habe und vielleicht ein ordentlicher Landarbeiter werden könne, obwohl er in seiner letzten festen Anstellung als Schuhverkäufer gearbeitet hatte.
»Wir können ihn nicht einstellen«, erklärte Onkel William, der voraussah, was sein Bruder gleich vorschlagen würde.
»Wir könnten seine Hilfe gut gebrauchen«, beharrte Sylvias Vater.
»Aber wir können uns seinen Lohn nicht leisten«, wandte Großtante Lucinda ein. »Es wäre falsch, von ihm zu erwarten, dass er nur für Kost und Logis arbeitet.«
Sylvia dachte, dass der Landstreicher dieses Angebot wohl liebend gern annehmen würde, aber die Kinder

hatten sich aus Geschäftsdiskussionen herauszuhalten, deshalb behielt sie ihre Meinung für sich. Sie warf ihrer Schwester einen verstohlenen Blick zu, die über die Aussicht, dass dieser schmutzige Mann sich jeden Tag zu ihnen an den Tisch setzen könnte, ganz entgeistert aussah.

»Wir wissen nichts über ihn«, sagte Lydia und schaute nervös aus dem Fenster zur Scheune hinaus, in der der Mann übernachten würde, weil Sylvias Vater es ihm gestattet hatte. »Er sagt, dass er Schuhverkäufer ist, aber welchen Beweis haben wir, dass das der Wahrheit entspricht? Er könnte auf der Flucht vor den Gesetzeshütern sein. Was hat ein Landstreicher überhaupt so weit von der Eisenbahnlinie entfernt zu suchen? Springen die nicht unerlaubt auf Güterwagen auf?«

Vater schwieg eine Weile und ließ den Blick von Sylvia zu Claudia und dann zu Richard schweifen. Er musterte seine Kinder einen Augenblick, als wäge er etwas Schwerwiegendes ab. »Ich glaube, er ist nur ein Mann, der eine harte Zeit durchmacht, aber ihr habt recht, das wissen wir nicht mit Sicherheit. Ich werde ihn für sein Essen und einen Schlafplatz in der Scheune arbeiten lassen, solange es ihm passt, aber er hat sich vom Haus und den Kindern fernzuhalten.«

Claudia sah erleichtert aus, aber Sylvia verspürte einen Anflug von Enttäuschung. Sie hatte bisher noch nie einen echten Landstreicher kennengelernt, und sie wollte mehr über das illegale Fahren mit der Eisenbahn hören.

Der Mann verschwand am nächsten Morgen nach dem Frühstück. Zwei Tage später klopfte ein anderer Mann an die Hintertür. Er habe gehört, sagte er, dass die Familie so freundlich sei und einem Mann eine warme Mahlzeit und einen Schlafplatz im Gegenzug für geleistete Arbeit

gebe. Vater fand für ihn Arbeit in der Scheune, Großtante Lucinda bereitete ihm Eier mit Schinken zu, und der Mann verbrachte die Nacht auf dem Heuboden.
»Wir sind kein Hotel«, murmelte Claudia, während sie und Sylvia den Mann durch das Küchenfenster beobachteten. »Wir hätten diesem ersten Landstreicher erst gar nicht helfen sollen. Jetzt hat er allen seinen Landstreicherfreunden von uns erzählt, und sie werden uns nicht mehr in Ruhe lassen.«
»Vater hätte den Mann doch nicht mit leerem Magen fortschicken können«, antwortete Sylvia.
Am Tag darauf verschwand der zweite Landstreicher, und als zwei Tage vergingen und keine weiteren Fremden an der Hintertür auftauchten, glaubte Sylvia schon, es kämen keine Besucher mehr. Doch am späten Vormittag des Silvestertages ertönte ein Klopfen, als sie gerade Großtante Lucinda beim Schneiden der Karotten für die Suppe half.
»Ich schaue nach«, erklärte Sylvia, wischte sich die Hände an der Schürze ab und hastete zur Hintertür, bevor irgendjemand sie daran hindern konnte. Auf den Stufen standen zwei Jungen, kaum älter als sie und Claudia, und schmiegten sich wärmesuchend aneinander.
Sie war so erstaunt, dass sie nichts anderes tun konnte, als die beiden anzustarren.
»Wir können Arbeiten übernehmen«, sagte der Ältere der beiden. Der Jüngere, dessen Gesicht mit Schmutz bedeckt war, nickte.
Sylvia wartete erst gar nicht auf die Erlaubnis. »Kommt herein.«
Die Jungen tauschten Blicke aus und folgten ihr in die Küche. Großtante Lucinda beeilte sich, ihr Erstaunen zu verbergen, und forderte die Jungen auf, sich zu waschen,

bevor sie sich an den Tisch setzten. Sie schickte Sylvia in den Keller, damit sie Butter und Äpfel holte, und bereitete schnell ein Essen aus Sandwiches mit Butter, Käse und vom Frühstück übrig gebliebenem Schinken zu und gab den Jungen Milch und Äpfel. Die beiden verschlangen das in aller Eile zusammengestellte Essen, als wäre es ein Festmahl.

Als sie alles bis auf den letzten Krümel aufgegessen hatten, wies Großtante Lucinda den Jüngeren an, den Keller zu fegen, und schickte seinen älteren Bruder hinaus, um das Eis von den Stufen zur Hintertür zu kratzen. Sie waren fest bei der Arbeit, als der Rest der Familie zum Mittagessen in die Küche kam.

»Sind die beiden Ausreißer?«, fragte Onkel William seine Tante.

Sylvia, die sich mit den Jungen unterhalten hatte, während die beiden aßen und sie weiter Karotten schälte, meldete sich zu Wort: »Nicht freiwillig. Ihr Dad hat sie fortgeschickt.«

»Warum?«, wollte Claudia wissen. »Was haben sie angestellt?«

»Nichts«, antwortete Sylvia. »Ich glaube, sie hatten nicht genug zu essen im Haus, deshalb haben ihre Eltern die kleineren Kinder behalten und die größeren fortgeschickt.«

»Was ist das für eine Welt!«, rief Großtante Lucinda aus, »wenn Eltern ihre Kinder fortschicken und die sich dann allein durchschlagen müssen? Wir sollten sie umgehend nach Hause bringen.«

»Wer weiß, ob ihre Eltern sie nicht wieder fortschicken?«, fragte Sylvias Vater.

Großtante Lucinda, die sonst nie hilflos war, fuchtelte mit den Händen und wusste keine Antwort.

Sylvias Vater runzelte nachdenklich die Stirn. »Wir können sie auf keinen Fall in der Scheune übernachten lassen.«
»Um Himmels willen, nein«, pflichtete ihm Großtante Lucinda bei.
»Aber wir können sie auch nicht hereinlassen«, wandte Onkel William ein.
»Warum denn nicht?«, fragte Sylvia. »Wir haben genug Platz.«
»Genügend Platz ist nicht das Problem«, stellte Großtante Lucinda fest, als bereite ihr dieses Eingeständnis Schmerzen.
Da begriff Sylvia. Weil das Geschäft so gut wie gar nicht mehr lief, konnten sie es sich nicht leisten, zwei zusätzliche Esser durchzufüttern. Wie sehr musste das ihren Vater geschmerzt haben, der den Wohlstand seiner Familie immer so großzügig mit anderen geteilt hatte. Wie hätte es ihrer Mutter das Herz gebrochen, Not leidende Menschen fortzuschicken.
»Wir könnten sie ins Kinderheim nach Grangerville bringen«, sagte Großtante Lydia. »Die Nonnen werden dafür sorgen, dass sie ein warmes Bett und genug zu essen haben, und sie könnten zur Schule gehen.«
»Das ist die beste Lösung«, erklärte Onkel William.
Ein Erwachsener nach dem anderen nickte zustimmend.
Nach dem Mittagessen forderte Großtante Lucinda die beiden Brüder auf, ein Bad zu nehmen. Sie gehorchten widerwillig, weil sie vielleicht spürten, dass ihr Schicksal mit einem Mal eine neue Wendung genommen hatte. Sylvia und Claudia suchten auf dem Dachboden nach warmer Winterkleidung, aus der Onkel William einst herausgewachsen war, und es dauerte nicht lange, da waren die Jungen sauber und trugen dicke Wollhosen

und weiche Flanellhemden. Sogar ein Paar Stiefel für den jüngeren der Brüder hatten sie auftreiben können.

Onkel William räusperte sich, als er jedem der Jungen ein Zehncentstück »für Notfälle« zusteckte. Großtante Lucinda wickelte Kekse in Servietten ein und schob sie den Jungs in die Taschen. Sie gab jedem einen Kuss auf die Stirn und verschwand dann schnell in der Küche. Die Jungs traten verlegen von einem Bein auf das andere und warfen ängstliche Blicke in Richtung Tür, als Sylvias Vater ihnen erklärte, wohin er sie bringen würde. Um zu beweisen, dass alles in Ordnung war, bat er Sylvia, sie auf der Fahrt nach Grangerville zu begleiten.

Die Brüder sprachen sehr wenig, während sie die Landstraße, die sich durch das Elm Creek Tal schlängelte, entlangfuhren. Sylvia versuchte, ihre Stimmung mit lustigen Erklärungen der Sehenswürdigkeiten, an denen sie vorbeikamen, aufzuhellen – das Zentrum von Waterford, die Four Brothers Mountains, das strudelnde Gewässer bei Widow's Pining, in dem zu schwimmen allen Kindern strikt verboten war, der Wald, in dem man noch immer meilenlang ehemaligen Indianerpfaden von einem Ende des Tals zum anderen folgen konnte.

Als sie an den ersten Häusern von Grangerville vorbeikamen, fiel ihr nichts mehr ein, was sie noch hätte sagen können. Bald darauf hielt ihr Vater vor einem stattlichen, dreigeschossigen roten Backsteingebäude unweit des Stadtzentrums. Der jüngere der beiden Jungs gab ein Geräusch von sich, das sich fast wie ein Winseln anhörte, aber sein Bruder brachte ihn hastig zum Schweigen.

Im Inneren des Gebäudes begrüßte eine ältere Nonne in einem steifen schwarz-weißen Habit die Jungen und schrieb ihre Namen und ihr Alter auf. Sylvia, die gerne glückliche Kinder gesehen hätte, hörte über sich Schritte

und Lachen. Zwei Mädchen in einfachen Schürzenkleidern und mit ordentlich geflochtenen Zöpfen kamen angerannt. Als sie die Schwester sahen, verlangsamten sie ihren Schritt und blieben stehen, um den Jungen zur Begrüßung zuzunicken.
Sylvias Vater drückte der Nonne einen nagelneuen Geldschein in die Hand. »Für das, was sie vielleicht brauchen«, sagte er. »Schreiben Sie mir, wenn mehr vonnöten ist.«
Die Nonne nickte und dankte ihm überschwänglich. Vater fasste Sylvia an der Schulter und führte sie zum Auto hinaus.
»Meinst du, sie werden hier glücklich sein?«, fragte Sylvia ihn, als sie nach Waterford zurückfuhren.
»Ich hoffe es«, antwortete ihr Vater. »Ich hoffe, sie bleiben lange genug, um dem Heim eine echte Chance zu geben. Es kann natürlich auch sein, dass sie wieder davonlaufen und in ernste Schwierigkeiten geraten.«
Sylvia war sich zwar bezüglich des Waisenhauses nicht sicher, aber sie wusste, dass es hier für die Jungs weit besser war als auf irgendwelchen Heuböden und in Güterwaggons. Sie hoffte, dass die Jungen gleicher Meinung waren wie sie. Sie hoffte, sie würden das Essen genauso gut finden wie das von Großtante Lucinda und die Betten so warm und bequem wie die, in denen sie und ihre Schwester schliefen.
»Deine Mutter wäre heute stolz auf dich gewesen«, stellte ihr Vater unvermittelt fest. »Diese Jungen hatten Angst, aber du hast ihnen geholfen, mutig zu sein.«
»Ich habe doch nur mit ihnen geredet.«
»Das war genau das, was sie gebraucht haben«, sagte er. »Sylvia –« Er zögerte. »Sylvia, deine Mutter hat das Beste aus der Zeit gemacht, die ihr auf Erden vergönnt war. Ihre Freundlichkeit und Großzügigkeit leben weiter. Es

macht mich sehr glücklich zu sehen, dass du in dieser Hinsicht genau wie sie sein wirst.«
Er streckte den Arm aus und wuschelte ihr durchs Haar, doch was hatte sie getan, um ein solches Lob zu verdienen? Mama hätte die zwei Brüder aufgenommen. Sie hätte ihnen ein Zimmer mit weichen Betten und warmen Quilts hergerichtet, und sie hätte dafür gesorgt, dass sie nie mehr hätten hungern müssen. Mama hatte immer eine Lösung gefunden.
Sylvia wünschte sich, sie wäre ihrer Mutter ähnlicher. Sie wusste, dass sie es nicht war.
Aber vielleicht könnte sie sich anstrengen, wie sie zu werden. An jenem Silvesterabend vor Richards Geburt hatte ihre Mutter ihr erzählt, dass der Jahreswechsel eine Gelegenheit biete, nachzudenken und sich zu bessern. Warum sollte sie nicht beschließen, ihrer Mutter ähnlicher zu werden?
Als sie nach Hause zurückkehrten, holte Sylvia ihr Nähkörbchen aus dem Kinderzimmer herunter und fragte Großtante Lucinda, ob sie sich ein paar Stücke aus dem Restesack der Tanten nehmen dürfe. »Was willst du denn machen?«, wollte ihre Großtante wissen und kniete sich auf dem Fransenteppich nieder, um den Sack hinter der alten Tretnähmaschine hervorzuziehen, die Urgroßmutter Anneke einst aus Deutschland mitgebracht hatte. Keiner benutzte die Maschine mehr, weil alle das neuere elektrische Modell bevorzugten, das Sylvias Vater für ihre Mutter gekauft hatte. Doch die alte Maschine blieb an ihrem Ehrenplatz im westlichen Wohnzimmer als stolze Erinnerung an ihre sparsame und fleißige Ahnin stehen.
»Ich möchte ein paar Quilts für die Waisenkinder im Kinderheim nähen«, antwortete Sylvia.
Großtante Lucinda hockte sich auf die Fersen. »Oho!

Sylvia, das ist eine wunderbare Idee. Aber es ist für ein Mädchen allein eine gewaltige Aufgabe. Hättest du gern ein wenig Hilfe?«

Sylvia nahm ihr Angebot gerne an, denn Großtante Lucinda konnte doppelt so schnell nähen wie sie. Je mehr Quilts sie machten, desto bequemer und gemütlicher würde es im Waisenhaus sein und desto eher würden die beiden Brüder dortbleiben.

Als sie die Stoffreste durchkramten, entdeckte Großtante Lucinda eine Papiertüte voller Blöcke, die von verschiedenen Projekten vergangener Jahre übrig geblieben waren. »Die hatte ich ja schon fast vergessen«, sagte sie und hielt sie hoch, damit Sylvia sie bewundern konnte. »Die Quilterinnen dieser Familie können einfach nichts wegwerfen. Stoffe waren so schwierig zu besorgen, als die Bergstroms nach Amerika kamen, deshalb haben wir gelernt, jeden Rest aufzubewahren. Meine Mutter und Tante Gerda hätten einen zusammengenähten Block genauso wenig weggeworfen, wie sie eine Nähmaschine draußen im strömenden Regen hätten stehen lassen. ›Spare in der Zeit, dann hast du in der Not‹, haben sie immer gesagt – und heute glaube ich beinahe, dass das eine sehr gute Lektion war.«

Da die hübschen Blöcke sie ihrem Ziel bereits ein ganzes Stück näherbrachten, war auch Sylvia geneigt, das zu glauben. Nachdem sie die Blöcke auf dem Boden ausgebreitet und die Möglichkeiten besprochen hatten, kamen sie und Großtante Lucinda zu dem Schluss, dass sie, wenn sie noch ein paar neue Blöcke nähten, schon genug Material beisammen hatten, um vier Quilts in genau der richtigen Größe für Kinderbetten zusammenzusetzen.

Sie entschieden sich für einfache Blöcke – Four-Patches,

Pinwheels und Bright Hopes – und schnitten die nötigen Dreiecke und Quadrate aus den buntesten, fröhlichsten Stoffen zu, die in dem Restesack zu finden waren. Während sie die Stücke zusammennähten, erzählte Großtante Lucinda ihr Geschichten von längst vergangenen Silvester- und Neujahrsfesten. Die meisten dieser Anekdoten hatte Sylvia bereits mehrere Male gehört, aber ihre Großtante erinnerte sich stets an neue Details, sodass sie selbst durch die vertrauten Geschichten etwas Neues über die ersten Bergstroms, die nach Pennsylvania gekommen waren, erfuhr.

Sie waren bereits eine Stunde konzentriert bei der Arbeit, als Großtante Lydia mit Richard im Schlepptau auf der Suche nach ihrer Schwester hereinkam. Als sie Großtante Lydia von ihrem Projekt erzählten, bot diese an, ebenfalls mitzumachen, und schon bald lagen mehrere Blockreihen über die Sofalehne ausgebreitet da und warteten darauf, mit den schnellen, energischen Stichen der älteren Frauen und Sylvias gleichmäßigen, langsam ausgeführten zusammengenäht zu werden.

Claudia musste sich wohl gefragt haben, wo denn alle steckten, denn schließlich kam auch sie, angelockt vom Geräusch ihrer Stimmen und ihres Lachens, ins Wohnzimmer im Westflügel. Nachdem sie Claudia ihr Vorhaben erklärt hatten, warf diese Sylvia einen skeptischen Blick zu, weil sie nicht recht glauben wollte, dass ihre kleine Schwester von allein auf diese Idee gekommen war. »Du wirst nie genügend Quilts für alle Waisenkinder, die einen brauchen, machen können«, erklärte sie, noch in der Tür stehend.

»Das heißt nicht, dass sie nicht ihr Möglichstes tun sollte«, gab Großtante Lucinda zurück, bevor Sylvia eine passende Antwort einfiel. »Selbst wenn sie nur einen Quilt näht, bedeutet das, dass ein Kind mehr es warm und gemütlich hat und sich geliebt fühlt.«

»Mit unserer Hilfe wird sie mehr als einen nähen«, fügte Großtante Lydia hinzu. »Ich bin sehr stolz auf unseren Plan, wenn ich das sagen darf. Aus zur Seite gelegten und vergessenen Blöcken machen wir etwas Schönes, Warmes und Behagliches. Ich wünschte, ich hätte den Vorsatz gefasst, im kommenden Jahr sparsamer und wohltätiger zu sein, weil das ein Neujahrsvorsatz ist, den ich bereits einhalte.«

Sie und Lucinda brachen in heiteres Lachen aus, so wie es nur Schwestern können, die einander sehr mögen. Sylvia betrachtete sie neidisch und wagte es nicht, zu Claudia aufzublicken, denn sie beide würden sich gewiss nie so gut verstehen.

»Du kannst mitmachen, wenn du willst«, sagte Großtante Lucinda, aber Claudia antwortete, dass sie lieber Tante Nellie bei der Zubereitung des Abendessens helfen wolle. Nachdem sie gegangen war, erklärte Lucinda: »Es ist nie zu spät, wie ihr wisst.«

»Nicht?«, fragte Sylvia.

»Natürlich nicht. Heute ist Silvester. Wir können noch immer den Vorsatz fassen, im neuen Jahr sparsamer und wohltätiger zu sein.«

»Ach.« Sylvia blickte mit einem Stirnrunzeln enttäuscht auf ihre Quiltarbeit hinab. Sie war davon ausgegangen, dass Großtante Lucinda gemeint hatte, es sei nie zu spät, sich mit Claudia anzufreunden, sich so nahe zu sein, wie es bei Schwestern eigentlich der Fall sein sollte und wie es Lucinda und Lydia waren.

Lucinda verzog das Gesicht und legte bei ihrer Arbeit eine Pause ein, um ihre Finger zu strecken. Bei kaltem Wetter machte ihr ihre Arthritis zu schaffen. Zwar halfen warme

Kompressen, doch dann beklagte sie sich, dass sie nichts tun könne, wenn sie die Hände in feuchtwarme Geschirrtücher gewickelt habe. »Ich wüsste nicht, wie wir noch mehr sparen könnten, als wir es ohnehin schon tun«, sagte sie und griff wieder nach der Nadel.

»Wir könnten Teeblätter zweimal aufbrühen, wie es Bitsy uns schon immer geraten hat«, antwortete Lydia schmunzelnd. Sylvia erinnerte sich, dass Großmutter immer alle aufgefordert hatte, auch noch den letzten Tropfen Tee aus den Blättern im Sieb herauszudrücken, und dass Großtante Lucinda, die den Tee gern stark trank, immer ein paar weitere Blätter hinzugefügt hatte, wenn Großmama gerade nicht hinschaute. Plötzlich empfand Sylvia eine Anwandlung von Reue, die so stark war, dass sie ihr Nähzeug zur Seite legen musste. Großmama hatte die Reise ins Herkunftsland ihrer Mutter nie unternommen, so wie es Sylvia ihr Jahre zuvor auf der Schriftrolle nahegelegt hatte. Sie hatte diese brennenden Feuerbälle lediglich in ihrer Fantasie am Himmel der Silvesternacht leuchten sehen.

»Ich vermisse Großmama«, sagte sie.

»Wir auch«, stellte Großtante Lydia leise fest, und Großtante Lucinda nickte.

Großtante Lucinda saß einen Augenblick gedankenverloren da, doch dann lächelte sie, machte einen Knoten in ihren Faden und schnitt ihn mit einem energischen Schnitt ab. »Ich erinnere mich an die Geschichten, die Bitsy uns immer über die Silvesterfeste ihres Vaters erzählt hat«, sagte sie. »Nachdem sie unseren Bruder geheiratet hatte, sehnte sie sich nach den Traditionen ihrer eigenen Familie, und darüber zu sprechen half ihr, sich ihren Eltern näher zu fühlen. Die haben, nach dem, was sie uns erzählt hat, wahrlich wilde Feste gefeiert.«

»Ich weiß«, antwortete Sylvia. »Feuerbälle, die man in Schottland durch die Luft schwingt. Sie hat mir davon erzählt.«
»Das sind die Geschichten von der mütterlichen Seite ihrer Familie«, entgegnete Großtante Lydia. »Ihr Vater – dein Urgroßvater – stammte aus Wales.«
Sofort war Sylvia fasziniert. Sie hatte viele Geschichten über Urgroßvater Hans, den Erbauer von Elm Creek Manor, gehört, aber sie konnte sich nicht erinnern, je etwas über einen walisischen Urgroßvater erfahren zu haben.
»Manche der Bräuche, die dein Urgroßvater in Wales gepflegt hat, ähneln jenen, die deine Urgroßmutter kannte«, erklärte Großtante Lucinda. »Beispielsweise die, dass alle Schulden beglichen werden mussten, aber in Wales gab es noch etwas anderes: Wenn der Schuldner das Geliehene nicht zurückzahlen konnte, hieß es, er würde den Rest des Jahres verschuldet bleiben. Es wurde als sehr schlechtes Omen und Zeichen für Pech betrachtet, an Silvester irgendetwas zu verleihen, und sei es nur etwas ganz Einfaches wie ein Ei oder einen Penny.«
»Ich denke, es müsste andere Möglichkeiten geben, jemandem, der in Not ist, zu helfen«, stellte Großtante Lydia fest, die gerade aufstand, um einen weiteren fertigen Block zu den anderen Gemeinschaftswerken auf das Sofa zu legen. »Man kann es ja als Geschenk bezeichnen. Wenn du nicht beabsichtigst, es zurückzufordern, sollte das vor Unglück schützen.«
»Du klingst genau wie Bitsy und versuchst, ein Geflecht aus Aberglauben zu entwirren«, erklärte Großtante Lucinda lachend. Zu Sylvia gewandt, fügte sie hinzu: »Schulden mussten beglichen und das Haus musste geputzt werden, weil einem das Verhalten an Silvester

voraussagte, wie man sich im Laufe des ganzen neuen Jahres verhalten würde. Wenn man am Neujahrsmorgen früh aufstand und gleich an die Arbeit ging, dann war man auch in den folgenden zwölf Monaten fleißig. Wenn man sich mit der Schwester stritt, zankte man sich höchstwahrscheinlich das ganze Jahr hindurch mit ihr.«

»Das würde eine Menge erklären«, stellte Großtante Lydia fest und warf Sylvia von der Seite einen Blick zu. »Lucinda, vielleicht sollten wir in Erwägung ziehen, die Mädchen ab jetzt an Silvester immer voneinander fernzuhalten. Was meinst du?«

»Einen Versuch wäre es wert.«

Sylvia ignorierte die Neckerei. »Hat die Familie meines Urgroßvaters irgendetwas Besonderes gegessen, was Glück bringen sollte?«

»Nicht dass ich wüsste«, antwortete Großtante Lucinda, »aber sie hatten einen anderen interessanten Brauch, der ›das Einlassen‹ genannt wurde. Dieser Brauch besagte, dass der erste Besucher an Neujahr ein Omen für den Haushalt darstellte – gut oder schlecht.«

»Davon habe ich schon gehört«, sagte Sylvia. »Großmutter hat erzählt, dass das in Schottland First Footing heißt. Ein großer, dunkelhaariger und gut aussehender Mann wie mein Vater brachte am meisten Glück, aber schwangere oder frischverheiratete Frauen waren ebenfalls ein gutes Zeichen.«

»Aber nicht in Wales«, stellte Großtante Lucinda fest. »Ja, ein gut aussehender dunkelhaariger Mann war willkommen, aber eine Frau wollte man am Neujahrstag auf gar keinen Fall als ersten Besuch begrüßen. Sie hätte ja eine Hexe sein können, und eine Schar kleiner Jungen musste dann durch jedes Zimmer des Hauses rennen, um den Zauber zu brechen – nur für alle Fälle.«

Sylvia fühlte sich irgendwie angegriffen. »Und was ist, wenn es sich bei der Frau um eine Nachbarin handelt und sie nur vorbeischaut, um dir ein gutes neues Jahr zu wünschen, und du ganz sicher weißt, dass sie keine Hexe ist? Was ist, wenn es deine Cousine ist, die über die Feiertage zu Besuch kommt? Könnte das nicht auch ein Glückszeichen sein?«

»Dem Brauch nach leider nicht«, antwortete Großtante Lydia.

»Das kommt mir unfair vor.«

»Es ist nicht fair«, stellte Großtante Lucinda fest. »Die walisische Tradition am ersten Weihnachtsfeiertag ist sogar noch schlimmer. Junge Männer und Knaben durften sich Stechpalmzweige nehmen und damit gegen die Arme und Beine ihrer weiblichen Angestellten schlagen, bis sie geblutet haben. Kannst du dir vorstellen, zur damaligen Zeit Dienstmädchen oder Küchenhilfe zu sein? Da musste man sich ja aufgrund dessen, was der nächste Tag bereithielt, vor dem Weihnachtsfest geradezu fürchten.«

»Die Erwachsenen haben ihnen das wirklich durchgehen lassen?«

»Ich denke, die meisten schon, sonst hätte sich dieser Brauch nicht so lange gehalten.«

»Das ist ja schrecklich«, stellte Sylvia fest. Sie konnte nicht glauben, dass man Kindern eine solche Frechheit durchgehen lassen konnte. »Ich hoffe, mein Urgroßvater hat niemanden auf diese Weise verletzt.«

»Ich halte es für höchst unwahrscheinlich, dass unsere Seite der Familie irgendwelche Bediensteten hatte, die sie hätte quälen können«, antwortete Großtante Lydia. »Sie waren eher auf der Seite derjenigen, die einstecken mussten.«

»Vielleicht sind sie deshalb nach Amerika gekommen«, überlegte Sylvia laut.

Ihre Großtanten lachten. »Wahrscheinlich hatten sie noch andere Gründe für ihre Entscheidung als nur die Angst, am ersten Weihnachtsfeiertag verletzt zu werden«, sagte Großtante Lucinda. »Aber ich vermute, die Armut und die Tatsache, dass damals toleriert wurde, wenn die Reichen die unteren Schichten schlecht behandelten, könnten dabei auch eine Rolle gespielt haben.«

»Meine Schwester, die Philosophin«, stellte Großtante Lydia liebevoll fest. »Du kommst ganz nach Großtante Gerda.«

»Wäre nur mein Apfelstrudel so gut wie ihrer!«

»Kein Apfelstrudel wird je so gut sein wie der von Großtante Gerda, aber das soll dich nicht davon abhalten, es weiter zu probieren. Wir essen deine Versuche mit Hochgenuss.«

Beide Schwestern brachen in Gelächter aus. Richard blickte von seinen Spielsachen auf und grinste glücklich, weil er der Überzeugung war, der Grund für ihre Fröhlichkeit zu sein. Das war er gewöhnlich, doch dieses Mal wusste Sylvia, dass die Freude der Großtanten vom Zusammenhalt unter den Schwestern herrührte, von der Zufriedenheit zu wissen, dass sie im Kreis ihrer Lieben Gutes taten. Obwohl sie in den vergangenen Jahren Verluste erlitten und Enttäuschungen hatten hinnehmen müssen, verzweifelten sie nicht, sondern schauten mit Zuversicht und Hoffnung in die Zukunft.

Plötzlich wusste Sylvia, welchen Neujahrsvorsatz sie fassen wollte. »Hat Großmama nicht gesagt, dass es in ihrer Kindheit Brauch war, das Haus zu putzen, damit man frisch und sauber ins neue Jahr starten konnte?«, erkundigte sich Sylvia. »Von jetzt an werde ich immer an

Silvester meinen Nähkorb sauber machen und meine Stoffreste ausräumen, und ich werde mindestens einen nützlichen Gegenstand herstellen und ihn jemandem schenken.«

Ihre Tanten lobten sie für ihren Vorsatz und versprachen, in diesem und in allen Jahren, die sie noch in Elm Creek Manor lebte, alles in ihrer Macht Stehende zu tun, um ihr bei der Einhaltung dieses Plans zu helfen.

»Ihr werdet mir noch lange, lange helfen können«, versprach Sylvia. »Ich werde mein Elternhaus nie verlassen.«

Die Großtanten tauschten Blicke aus und lächelten. »Was ist, wenn du einen netten jungen Mann kennenlernst und heiraten willst?«, fragte Großtante Lydia.

Sylvia war erstaunt, dass sie das fragen mussten. Wenn sie heiratete, würde sie ihren Mann hierher bringen und mit ihm und dem Rest der Familie in Elm Creek Manor leben, genau wie es ihr Vater getan hatte, als er ihre Mutter heiratete. Nur hier in Elm Creek Manor fühlte sie sich zu Hause, nur dieses Haus würde sie je lieben. Welchen Mann sie auch heiratete, das musste er in jedem Fall verstehen.

Da sie für den Abend keine Party geplant hatten, keinen Silvesterball organisieren konnten, keinen Zuckerhut für die Feuerzangenbowle und keinen Puderzucker für Pfannkuchen hatten, versammelten sich Sylvia und ihre Familie zu einem Nähkränzchen. Richard spielte mit seinen Spielsachen auf dem Boden oder kletterte von einem Schoß auf den anderen und bettelte darum, dass man ihm Geschichten erzählte und mit ihm schmuste. Sie legten nur für das Abendessen eine Pause ein, und als die Großtanten Sylvias Vater von ihrem Neujahrsvorsatz und von ihren Plänen erzählten, Quilts für das Waisenhaus zu machen, wuschelte er ihr wieder durch die Haare, wie er es an diesem Tag schon einmal getan hatte, und sagte: »Wir bringen ihnen die Quilts, sobald du damit fertig bist.« Da Sylvia wusste, dass er so wenig wie möglich mit dem Automobil fuhr, um Benzin zu sparen, strahlte sie stolz, weil sie dieses Angebot als Zeichen seiner Zustimmung betrachtete.

Danach konnte Claudia nicht länger außen vor bleiben, während alle anderen halfen. Sie zogen mit ihren ganzen Quiltsachen in den Ballsaal um, dem Schauplatz so vieler glücklicherer Silvesterfeiern, setzten sich neben den Kamin, nähten, erzählten sich Geschichten und erinnerten sich an frühere Zeiten. Da die Männer von der spontanen Party nicht ausgeschlossen sein wollten, leisteten sie den Frauen Gesellschaft und stellten über dem Feuer Popcorn her, erzählten sich Witze und fassten absonderliche Vorsätze für das neue Jahr. »Ich werde über hundert Pferde verkaufen«, versprach Onkel William. »Ich werde zweihundert Scheffel Hopfen und zweihundert Scheffel Gerste anpflanzen.« Alle lachten, als Lucinda ganz empört tat und mit einem Quiltblock nach ihm schlug, aber Sylvia fragte sich, wie es kam, dass so viele der Anwesenden den Hinweis verstanden.

Nachdem Sylvia es sich neben ihrem Vater auf dem Sofa bequem gemacht hatte, erzählte sie ihm, was sie über ihre walisischen Ahnen erfahren hatte. »Deine Großmutter hat mir diese Geschichten erzählt, als ich noch ein Junge war«, sagte er, und Sylvia wurde klar, dass ihr Vater mit dem Tod ihrer Mutter und Großmutter seine eigene Mutter und die Frau, die er über alles liebte, verloren hatte. Sie hatte nur an ihre eigene Trauer gedacht und seine ganz vergessen. Seit seine Frau gestorben war, warf er nur Richard hin und wieder ein Lächeln zu.

An Weihnachten hatten ihn so schmerzliche Erinnerungen an glücklichere Tage überwältigt, dass er eine Feier nicht hatte ertragen können. Aber er beschloss, den Silvesterabend mit seiner Familie am Kamin zu verbringen, die Geschichten der Großtanten über Sylvias Urgroßvater zu ergänzen und von einer Tradition zu erzählen, die man Calennig genannt hatte. Jeweils ganz früh am Neujahrsmorgen beschafften sich Sylvias Urgroßvater und andere Jungen einen frischen Tannenzweig und einen Eimer Wasser. Vom Morgengrauen bis zum Mittag zogen die Jungs durch das Dorf, tauchten den Zweig ins Wasser und bespritzten die Gesichter der Nachbarn, die schon auf den Beinen waren. Im Gegenzug wurden sie mit Calennig belohnt, mit »kleinen Geschenken« in Form von Münzen oder Obst. Wenn sie zu einem Haus kamen, dessen Bewohner noch schliefen, besprenkelten sie stattdessen die Tür, sangen zur Begrüßung des neuen Jahres Lieder oder sagten Gedichte auf.

»Sie sind dafür belohnt worden, dass sie Erwachsene mitten im Winter mit kaltem Wasser bespritzt haben?«, fragte Claudia ungläubig.

»Und was war mit den Mädchen?«, wollte Sylvia wissen. »Du hast gesagt, die Jungs sind durch die Dörfer gezogen. Du hast gemeint, Jungs und Mädchen, oder?«

Ihr Vater schüttelte den Kopf. »Meine Mutter hat Jungs gesagt, nicht Jungs und Mädchen. Ich vermute mal, dass kleine Mädchen kein Interesse an solchen Streichen hatten. Wahrscheinlich sind sie lieber zu Hause geblieben und haben ihrer Mutter bei der Vorbereitung des Frühstücks geholfen.«

Sylvia schnappte die Blicke auf, die die Großtanten einander zuwarfen, jenen wissenden, zur Decke gerichteten Blick, der besagte, dass sie bezweifelten, dass die Wünsche der Mädchen überhaupt irgendeine Rolle gespielt hatten, und sie nicht erwarteten, dass ein Mann das je begriff.

Aber dann zwinkerte ihr Vater ihr vielsagend zu. Sylvia unterdrückte ein Kichern, ihr Herz jedoch tat vor Freude einen Sprung. Wenn ihr Vater scherzen und necken konnte, vielleicht würde er eines Tages auch wieder lachen.

Die Familie nähte und unterhielt sich und sprach von vergangenen Tagen und den verstorbenen Lieben, bis die Uhr Mitternacht schlug. Das neue Jahr hatte begonnen und bot einen Neuanfang. Im Stillen betete Sylvia, das kommende Jahr möge gnädiger mit ihnen sein als das vergangene, der Familie möge wieder Frieden und Wohlstand vergönnt sein und die Zeit den Schmerz und die Trauer lindern.

Am nächsten Tag aßen sie Schweinefleisch mit Sauerkraut, und die Frauen quilteten von morgens bis abends. Bis es für Sylvia – zwei Stunden später als gewöhnlich – Zeit war, ins Bett zu gehen, hatten die Bergstrom-Frauen vier Quilts, jeweils in der richtigen Größe für ein Kind, fertiggestellt.

Sylvias Vater hielt Wort und fuhr mit ihr am nächsten Tag zum Waisenhaus nach Grangerville. Sylvia übergab der Oberin die Quilts und versprach, noch mehr Patchworkdecken zu nähen, so viele, wie sie benötigten, allerdings würde sie dafür vielleicht ein paar Jahre brauchen. Als ihr Vater sich nach den beiden Brüdern erkundigte, hielt Sylvia den Atem an, weil sie fürchtete, die Nonne würde traurig den Kopf schütteln und erzählen, dass die Jungen, um es gelinde auszudrücken, so unglücklich gewesen seien, dass sie das Weite gesucht hätten. Aber stattdessen berichtete sie, dass sie sich gut eingewöhnt hatten, dass sie mit den anderen Kindern gut zurechtkamen, die Regeln befolgten und ihre Aufgaben erledigten. Sie hatte einen Brief an die Eltern der Jungen – postlagernd an den Heimatort – geschickt, machte sich jedoch keine großen Hoffnungen, eine Antwort zu erhalten. »Manchmal sind die Eltern schon weggezogen, bis die Kinder bei uns ankommen«, erklärte sie mit einer sanften Geste, die sowohl Trauer als auch Vergebung verriet. »Manchmal sind sie zu verängstigt oder beschämt, um zu antworten, denke ich, oder sie können gar nicht lesen und schreiben. Einmal vorausgesetzt, sie erhalten unser Schreiben überhaupt. Ich bin mir nicht sicher, ob die Kinder immer ehrlich sind, wenn sie uns sagen, woher sie kommen. Außerdem haben viel zu viele allen Grund, sich davor zu fürchten, dass ihre Eltern sie finden könnten.«

Die Nonne blickte Sylvias Vater fest in die Augen und warf Sylvia einen verlegenen Blick zu, wie es die Erwachsenen so häufig taten, wenn sie sich hatten hinreißen lassen und vor Kindern über Angelegenheiten sprachen, die nur Erwachsene etwas angingen.

»Ich hätte die Jungen aufgenommen, wenn es mir möglich gewesen wäre«, sagte ihr Vater. »Meine Frau ist vor wenigen Monaten gestorben, und mit meinem Betrieb geht es bergab. Ich habe selbst drei Kinder. Es – es ist mir unmöglich, zwei weitere aufzunehmen.«

Die Nonne senkte den Blick und nickte. »Selbstverständlich. Ich verstehe.«

Er kramte in seiner Manteltasche und zog einen zusammengefalteten Geldschein hervor. »Für die Jungen«, sagte er und drückte ihr den Schein in die Hand. »Wenn ich mehr tun kann, werde ich es tun.«

»Sie haben bereits eine ganze Menge getan.« Dieses Mal warf die Nonne Sylvia ein Lächeln zu und tätschelte die zusammengefalteten Quilts. »Sie beide. Gott segne Sie für

Ihre Großzügigkeit. Ich weiß, dass Sie unsere Kinder nicht vergessen werden.«

Sylvias Vater nahm sie bei der Hand und führte sie zum Auto zurück. Als sie aus Grangerville herausfuhren, nahm sie ihren ganzen Mut zusammen. »Vater?«

»Ja, Sylvia?«

»Du hast gesagt, mit dem Betrieb geht es bergab.« Sie biss sich innen auf die Lippe, um nicht gleich loszuweinen. »Stimmt das?«

Ihr Vater schwieg eine ganze Weile. »Wir sind noch nicht bankrott.«

Ihr ganzes Leben vergaß Sylvia die Jungen nicht, die sie an diesem Tag zurückgelassen hatten, beziehungsweise die anderen davongelaufenen und verlassenen Kinder und die Nonnen, die sich um sie kümmerten. Als die Wirtschaftskrise anhielt, schluckte sie, wann immer sie das Selbstmitleid überkam, wann immer sie sich über die ausgebesserten, vererbten Kleider ärgerte und enttäuscht war, dass sie auf all die Leckereien und Vergnügungen verzichten mussten, die sie in ihren ersten Lebensjahren genossen hatten, ihre Klagen hinunter und zwang sich, daran zu denken, um wie vieles schlechter sie hätte dran sein können, hätte sie nicht die Familie gehabt, die sie liebte, hätte ihre Familie nicht die Farm besessen.

Noch Jahre später, als die Nation sich wieder aufgerappelt hatte und die reichen Kunden wieder zurückgekehrt waren, genau wie ihr Vater es immer vorausgesagt hatte, hielt Sylvia noch immer an ihrem Neujahrsvorsatz fest. Jeden Winter nähte sie mehrere Quilts für das Waisenhaus, jedes Jahr fuhr ihr Vater sie nach Grangerville, um die Patchworkdecken zu überreichen und sich nach den Jungen zu erkundigen. Eines

Tages kamen sie an und stellten fest, dass das Waisenhaus von einer anderen Nonne geleitet wurde, weil ihre Vorgängerin gestorben war. Ein andermal erfuhren sie, dass der jüngere der beiden Brüder großes Geschick für das Tischlerhandwerk gezeigt und bei einem ortsansässigen Schreiner eine Lehre angetreten habe. Im Jahr darauf wurde ihnen berichtet, dass der ältere der beiden fortgegangen war, um sich beim Militär zu melden.
Noch lange, nachdem Sylvia Elm Creek Manor verlassen und es sich als weit praktischer erwiesen hatte, jedes Jahr anstelle der Quilts einen Scheck zu schicken, erinnerte sie sich an die beiden Brüder und fragte sich, was wohl aus ihnen geworden war. Am Silvesterabend, wenn sie ihre unfertigen Werke hervorholte und zumindest ein nützliches Geschenk für einen Notleidenden machte, stellte sie sich vor, dass die beiden gesund und glücklich waren, dass sie eigene Familien gegründet hatten und all die Freuden eines Zuhauses genossen, die ihnen als Kinder verwehrt geblieben waren.

Nachdem Aruna Sylvia und Andrew durch das ganze Haus geführt hatte, bedankten sich die Frischvermählten und gingen. Während sie durch den Central Park schlenderten, hakte sich Sylvia bei Andrew unter und streckte das Gesicht dem grauen Himmel und den sanft auf ihre Lider fallenden Schneeflocken entgegen. Dieses Jahr würde der Quilt ›Neujahrsüberlegungen‹ das Nützliche sein, das sie für jemanden herstellte. Hatte sie damals, als sie die ersten Stücke zuschnitt, irgendwie gewusst, dass sie den Quilt nicht für sich selbst nähen würde? Hatte sie die Four-Patches, Pinwheels und Bright Hopes als Mahnung an den Neujahrsvorsatz aus ihrer Kindheit in die Mitte der Mother's-Favorite-Blöcke gesetzt? Sylvia glaubte noch immer an die von Großtante Lucinda sehr direkt ausgesprochene Wahrheit, dass man alles in seiner Macht Stehende tun sollte, um Notleidenden zu helfen und ihre Hoffnung zu wecken, auch wenn die Anstrengungen des Einzelnen, wie Claudia so unverblümt angemerkt hatte, nicht ausreichen würden, um alles in Ordnung zu bringen. Der Jahreswechsel war die ideale Zeit, um sowohl in sich hinein als auch nach außen zu blicken, denn bei den Vorsätzen musste es ja nicht notgedrungen nur darum gehen, sich selbst zu bessern. Sie konnten ebenso gut den Wunsch zum Ausdruck bringen, die Welt zu verbessern – wenn auch nur geringfügig, wenn auch nur für einen einzigen Menschen.

Falls Sylvia Amy erreichen konnte, falls das Friedensangebot ihre Schwiegertochter veranlassen konnte, ihre Verärgerung zu überwinden und sich mit ihrem Vater auszusöhnen, wäre dies das größte Geschenk, das Sylvia Andrew machen konnte. Und auch für Amy, die nicht begriff, dass ihre Sturheit nicht nur ihren Vater verletzte, wäre es ein Geschenk. Ärger und Uneinigkeit konnten eine Familie von innen heraus zerstören, wenn der Konflikt jeden zwang, Stellung zu beziehen. Selbst die Weigerung, eine Seite der anderen vorzuziehen, würde als Parteinahme betrachtet, bis selbst diejenigen, die sich eigentlich heraushalten wollten, in den Konflikt hineingezogen würden. Sylvia hatte das in ihrer eigenen Familie miterlebt, und sie würde, wenn sie es verhindern und Amy einen anderen Weg weisen konnte, nicht zulassen, dass Andrew das Gleiche zustieß.

Als Sylvia und Andrew ins 1863 House zurückkehrten, erzählte Sylvia Adele – aufgewühlt von ihren Emotionen – von ihrem Besuch im ehemaligen Wohnsitz der

Lockwoods. Nicht einmal die Besichtigung des Hauses hatte es vermocht, ein flüchtiges Gefühl der Verbindung zur Vergangenheit ihrer Mutter herzustellen.

»Nur im Kinderzimmer«, erzählte sie. »Da konnte ich mir vorstellen, wie meine Mutter auf der Fensterbank sitzt, an ihrem Crazy-Quilt näht, in den Central Park hinausschaut und sich nach irgendetwas sehnt. Oder nach irgendjemandem. Ich weiß es nicht.«

Adele lächelte mitfühlend und verständnisvoll. »Vielleicht ist es für dich, weil du solch unauslöschbare Erinnerungen an deine Mutter in Elm Creek Manor hast, so schwierig, sie dir irgendwo sonst vorzustellen.«

»Vermutlich.«

»Wir haben einen Quilt der Colcrafts entdeckt, als wir dieses Haus gekauft haben«, erinnerte Adele sie. »Hat deine Mutter in ihrem Elternhaus irgendeinen ihrer Quilts zurückgelassen?«

»Ich habe keinen gesehen.«

Die Patchworkarbeit ihrer Mutter wäre zwischen dem ganzen indischen Dekor sicher aufgefallen.

»Ich bin mir sicher, dass Aruna das erwähnt hätte. Aber ich bin nicht davon ausgegangen, irgendwelche Habseligkeiten meiner Mutter dort zu sehen. Nicht einmal die Bergstroms konnten ihre Quilts in ihrem Besitz halten. Ich habe in den letzten Monaten intensiv nach einigen ihrer Quilts gesucht, die meine Schwester vor Jahrzehnten verkauft hat.«

»Hast du welche gefunden?«

»Ich habe ihren Crazy-Quilt, in für sein Alter ausgezeichnetem Zustand, ausfindig gemacht, und die neue Besitzerin hat ihn mir zu dem Preis, den sie damals bezahlt hat, verkauft – plus ein einwöchiges Quilt Camp für ihre Schwiegertochter. Der Quilt, den meine Mutter

zum Hochzeitstag meiner Eltern gemacht hat, ist in Stücke geschnitten worden, um daraus Patchworkjacken zu nähen. Andrew hat mir die letzte, die es noch gab, in einem Kunsthandwerksgeschäft in Sewickley gekauft.«
Auf ihre Weise war die Jacke zwar schön, aber der Quilt war ein Meisterwerk gewesen. Sylvia konnte nicht begreifen, was sich die Frau, die sie zerschnitt, dabei nur gedacht hatte. »Erst vor wenigen Tagen haben Andrew und ich den lange verschollenen Hochzeitsquilt meiner Mutter in einer Wanderausstellung des New England Quilt Museums entdeckt. Wir hatten in Quiltgeschäften und Museen im ganzen Land gesucht und waren im Internet auf einige Spuren gestoßen, aber letztlich war es der Tipp einer Quilterin, die ebenfalls in der Pension übernachtete, in der wir zuletzt abgestiegen waren, und die uns den richtigen Ort genannt hat.«
»Man stelle sich den Zufall vor, einen einzelnen Quilt nach so vielen Jahren ausfindig zu machen!«, schwärmte Adele. »Habt ihr den Hochzeitsquilt mitgenommen?«
»Um Himmels willen, nein«, antwortete Sylvia. »Auch wenn meine Mutter diesen Quilt genäht hat, gehört er mir nicht mehr. Meine Schwester hat ihn vor Jahren verkauft. Ich weiß nicht genau, wie er in den Besitz des Museums gelangt ist, aber ich kann ihn denen nicht einfach wegnehmen.«
»Du könntest ihn kaufen.«
»Falls das Museum bereit wäre, ihn zu verkaufen, dann schon.«
Wie fantastisch wäre es, den New York Beauty Quilt nach Elm Creek Manor zurückzubringen! Sylvia würde ihn immer als Erinnerung an ihre Mutter in Ehren halten, und sie würde ihn voller Stolz allen Teilnehmerinnen der Quilt Camps zeigen. Aber sollte sie das wirklich tun? Als

Exponat der Museumssammlung konnten weit mehr Menschen den Hochzeitsquilt ihrer Mutter sehen und bestaunen. Im Museum würde er fachgerecht aufbewahrt und für zukünftige Generationen erhalten werden. Vielleicht wäre es egoistisch, ihn zur Freude einiger weniger nach Hause zu nehmen, und gewiss wäre es der Wunsch ihrer Mutter gewesen, ihn aller Welt zugänglich zu machen.

»Ich werde darüber nachdenken«, sagte Sylvia.

Adele griff nach ihrer Tasche. »Ich kenne einen Ort, der dich, während du darüber nachdenkst, vielleicht inspirieren wird. Du wirst in jedem Fall einige Quilterinnen treffen, die dir ihre Meinung kundtun werden, ob du sie hören willst oder nicht.«

Während Andrew es sich neben dem Kamin mit einem Exemplar von Adeles Manuskript bequem machte, fuhren Sylvia und Adele mit dem Taxi zu City Quilter, einem Quiltgeschäft in Chelsea, das, wie Adele behauptete, das beste in ganz New York war. Sylvia war geneigt, ihr beizupflichten, denn sie hatte dieses Geschäft bei der Eröffnung schon einmal besucht und war von der Stoffauswahl und der fachkundigen Beratung begeistert gewesen. Zu ihrer Überraschung begrüßten die Angestellten und Kundinnen, als sie und Adele das Geschäft betraten, sie fast wie eine Berühmtheit. »Mir hat Ihr Quilt Sewickley Sunrise so gut gefallen«, schwärmte eine Frau, die mit Einkaufstüten beladen dastand. »Ich halte ihn für Ihre beste Arbeit.«

»Danke«, sagte Sylvia und verbarg ihr Unbehagen. Sie wusste, dass die Frau es nicht böse meinte. Sewickley Sunrise hatte Sylvia mehrere Auszeichnungen eingebracht und gehörte jetzt zur Sammlung des Museums der American Quilter's Society, deshalb war er zweifellos ihr bekanntester Quilt. Aber sie hatte ihn vor so langer Zeit genäht, dass es ihr immer wehtat, wenn jemand ihr sagte, das sei ihr bestes Werk. Glaubten die Leute tatsächlich, dass sie seit damals keine Fortschritte gemacht, sich als Künstlerin nicht weiterentwickelt hatte? Sewickley Sunrise würde immer einer ihrer Lieblingsquilts bleiben, aber sie hielt ihre jüngsten Werke für weit besser, und die besten würden ja erst noch kommen.

Sylvia und Adele stöberten in den an den Wänden aufgestapelten Stoffballen, die in allen Farben des Regenbogens leuchteten, und nachdem sie ihre Wahl getroffen hatten und ihre Stoffe abgeschnitten und zusammengelegt waren, suchte Sylvia in der Vitrine nach einer Garnspule in einem bestimmten Blauton. Als sie den Quilt ›Neujahrsüberlegungen‹ aus ihrer Einkaufstasche hervorzog, um die Farbe des Fadens mit dem Randstoff zu vergleichen, scharten sich rasch mehrere Neugierige um sie, um einen Blick auf ihre aktuelle Arbeit zu werfen. Und als die Ladenbesitzerin ihr vorschlug, den Quilt im Schulungsraum auf einem Tisch auszubreiten, willigte Sylvia gerne ein. Sie hoffte, Amy würde auf den Quilt ebenso begeistert reagieren wie diese Quilterinnen und ihre Interpretation des Mother's-Favorite-Musters, die harmonischen Farben und die exakte Näharbeit genauso bewundern.

Als eine der Kundinnen sich erkundigte, wie sie zu dem Entschluss gekommen sei, welches Muster sie jeweils in die Mitte der größeren Mother's-Favorite-Blöcke einsetzen wollte, antwortete Sylvia, dass jedes davon sie an ein Neujahrsfest aus ihrer Vergangenheit erinnere – an gefasste und aufgegebene Neujahrsvorsätze, an Chancen für Neuanfänge, die entweder dankbar genutzt oder stur ignoriert wurden.

Während sich die Quilterinnen über Sylvias Werk beugten, schob sich Adele näher heran und flüsterte ihr ins Ohr: »Deine Dreiecke sind so perfekt genäht, dass keiner je auf die Idee kommen würde, dass du einen Schlaganfall hattest. Du solltest stolz sein. Ich weiß, dass es nicht einfach war.«

Entsetzt fragte Sylvia sich plötzlich, ob das der Grund war, warum sie sich gezwungen gesehen hatte, Amy ausgerechnet diesen Quilt von den vielen, unter denen sie hätte wählen können, zu schenken. Hatte sie im Unterbewussten gehofft, er würde ihrer neuen Schwiegertochter beweisen, dass sie absolut gesund war, dass sie sich von ihrem Schlaganfall völlig erholt hatte und Andrew nicht zur Last fallen würde? Sylvia hoffte, dass dies nicht der Fall war, zumindest hoffte sie, Amy würde das nicht glauben, weil dies die Schönheit ihres Geschenks mindern würde.

Außerdem hatte sie die meisten dieser Blöcke lange vor ihrem Schlaganfall zusammengesetzt, deshalb konnte er wahrlich nicht als Beweis ihrer jetzigen Geschicklichkeit und geistigen Gesundheit herhalten.

Sylvia lächelte, damit Adele nicht bemerkte, wie sehr ihr großzügiges Lob ihre Freundin beunruhigte. Sie faltete den Quilt zusammen und steckte ihn wieder in ihre Einkaufstasche, dankte den Zuschauerinnen für ihre freundlichen Worte und erinnerte sie daran, die Website des Elm Creek Quilt Camps zu besuchen, wo sich Informationen über die Quilt Camps im nächsten Jahr fanden. »Ich hoffe, Sie im nächsten Sommer zu sehen«, sagte sie, als sie und Adele sich an der Kasse anstellten. Mehrere Kundinnen versprachen ihr, dass sie damit fest rechnen könne.

Die Sonne war zwischen den Wolken hervorgekommen,

und obwohl der Wind noch immer frisch war, versicherte Sylvia Adele, dass sie gerne zu Fuß gehen würde. »Gut«, antwortete Adele. »Ich muss dir nämlich etwas zeigen.«
Verwundert schlenderte Sylvia neben ihrer Freundin die Fifth Avenue Richtung Midtown hinauf. Sicher hatte Adele nicht gemeint, dass sie ihr das Empire State Building, das Rockefeller Center oder irgendeine der anderen Sehenswürdigkeiten zeigen wollte, auf die Adele nur im Vorübergehen hinwies. Gerade als Sylvia ihre Neugier kaum mehr zügeln konnte, blieb Adele an der Ecke eines großen Gebäudes in einem geschäftigen Einkaufsviertel stehen. »Da sind wir.«
Unsicher, was diesen Ort von anderen in der City unterschied, schaute Sylvia sich um. Die Eleganz der klassischen Architektur war faszinierend, aber darin unterschied sich dieses Gebäude nicht von vielen anderen, an denen sie unterwegs vorbeigekommen waren. »Was soll denn hier nun genau sein?«
Adele deutete auf eine Gedenktafel aus Marmor. »Du wirst es nicht erkennen – im Gegensatz zu deiner Mutter, die es wohl gleich erkennen würde.«
Als Sylvia näher herantrat, um die Inschrift zu lesen, begann ihr Herz schneller zu schlagen. »Das Lockwood Building. 1878.« Sie schnappte nach Luft und wandte sich ihrer Freundin zu. »Du meinst –«
»Das war die Stelle, an der das Kaufhaus deines Großvaters stand«, bestätigte Adele. »Das Lockwood's hat einmal den ganzen Block eingenommen. Der Innenbereich wurde seit damals mehrfach unterteilt und weiterverkauft, aber das Äußere ist bis auf Reparaturen und Instandhaltungsmaßnahmen seit der Zeit deines Großvaters nicht verändert worden.«
»Ich kann kaum fassen, dass es wirklich existiert.« Sylvia

fuhr mit der Fingerspitze über die Inschrift. »Das Lockwood's ist mir immer als nichts anderes als eine Kulisse für eine Geschichte erschienen, genau wie …«

»Genau wie das Elternhaus deiner Mutter?«

Sylvia nickte. »Bis heute Vormittag jedenfalls.« Sie trat ein paar Schritte zurück und starrte in die Höhe, um das gesamte Gebäude, das ihr Großvater erbaut hatte, zu betrachten, und es war ihr ganz egal, wenn sie auf die ortskundigen Passanten wie eine staunende Touristin wirkte. »Meine Mutter hat sich zu dieser Jahreszeit immer ganz besonders gern daran erinnert, wie sie mit ihrem Vater ins Kaufhaus gekommen ist und sich als Weihnachtsgeschenk so viele Spielsachen aussuchen durfte, wie sie nur wollte.«

»Vielleicht ist dieses Foto bei einer dieser Gelegenheiten aufgenommen worden.« Adele griff in ihre Tasche und zog einen großen wattierten Umschlag heraus. »Das ist der zweite Teil meiner Überraschung. Nachträglich frohe Weihnachten. Und verfrüht ein gutes neues Jahr!«

Sylvia presste die Hand an ihre Lippen, dann stellte sie ihre Einkaufstaschen auf dem leicht verschneiten Gehsteig ab und nahm das Kuvert mit zitternder Hand entgegen. Sie hob die Klappe und erspähte den Rand eines Fotos, das von zwei stabilen Stücken Karton geschützt wurde. Vorsichtig zog sie eine Schwarz-Weiß-Aufnahme einer New Yorker Straßenszene heraus, die wohl Anfang des 20. Jahrhunderts aufgenommen worden sein musste. Ein Mann und eine Frau in für die Jahrhundertwende typischen Mänteln und Hüten standen mit zwei kleinen Mädchen vor einem Schaufenster, über dem in eleganter Schrift Lockwood's Department Store geschrieben stand. Das ältere Mädchen, das etwa zwölf Jahre alt sein musste, hielt die Hand ihres Vaters und strahlte in die Kamera, als wäre sie überrascht worden, freudig überrascht worden. Die Mutter stand ein wenig abseits ihres Mannes im Vordergrund, während das kleinere Mädchen sich auf ihre Zehenspitzen stellte und neugierig zum Fotografen hinaufschaute. Sie trug einen dunklen Mantel mit Pelzkragen und dazu einen weißen Pelzmuff, und ihre dünnen Beinchen steckten in dicken schwarzen Wollstrümpfen.

Sylvia studierte das Gesicht des jüngeren Mädchens. An den feinen Gesichtszügen erkannte sie die Frau, zu der ihre Mutter heranwachsen sollte. »Ich habe keine Fotos von meiner Mutter als Kind«, sagte sie. »Keines, nur dieses.«

»Kein einziges?«, fragte Adele. »Ich hätte vermutet, dass die Familie Lockwood recht häufig Aufnahmen hat machen lassen. Sie galten damals doch als Berühmtheiten …«

Vielleicht hatte die Familie früher tatsächlich viele Fotos gehabt, aber Sylvias Mutter hatte kein einziges nach Elm Creek Manor mitgebracht. Allmählich vermutete Sylvia, dass hinter der Geschichte ihrer Mutter über ihre Entscheidung, Sylvias Vater zu heiraten, mehr steckte, als sie preisgegeben hatte. »Wo in aller Welt hast du denn dieses Foto aufgetrieben?«

»In den Archiven der *New York Times*. Eine Freundin von mir arbeitet dort. Dieses Foto ist damals in der Klatschspalte erschienen. Ich habe auch einen Nachdruck der Zeitungsseite in den Umschlag gesteckt, falls du dich lange genug von dem Foto losreißen kannst, um nachzusehen.«

Sylvia starrte die Familie ihrer Mutter an, und mit einem Mal hatte sie einen Kloß im Hals. »Adele, wie kann ich dir dafür nur danken?«

»Das ist nur ein Nachdruck, nicht das Original«, antwortete Adele fast entschuldigend. »Das wollen sie natürlich nicht herausrücken. Aber da es nicht das Originalfoto ist, brauchst du dir auch keine Sorgen zu machen, dass es auseinanderfällt, bevor du zu Hause ankommst. Außerdem brauchst du es nicht wie ein Museumsstück zu behandeln und es auf Filz hinter Panzerglas zu legen.«

Das musste Sylvia nicht, aber sie würde es tun. Ob Kopie oder nicht, dieses Foto der Familie Lockwood war das einzige, das sie besaß, und sie würde es nicht gegen ein Dutzend Museumsstücke eintauschen.

4

Am nächsten Morgen berichtete Adele beim Frühstück, dass sie – einfallsreich wie immer – ›Dinner for One‹ im Internet aufgetrieben habe. Erfreut lud das deutsche Ehepaar die anderen Gäste ein, sich mit ihnen gemeinsam am Silvesterabend um den Computer zu versammeln.

Nur Sylvia und Andrew lehnten mit leichtem Bedauern ab, weil sie New York noch an diesem Tag verlassen würden.

Sie sagten ihren Mitgästen Lebewohl und wünschten ihnen ein gutes neues Jahr. Mit herzlichen Umarmungen und dem Versprechen, sich bald wiederzusehen, verabschiedeten sie sich von Adele und Julius. Sie verbrachten den Vormittag mit einem Museumsbesuch und Einkäufen und genossen ein köstliches Mittagessen, dann packten sie ihre Sachen in den Elm Creek Quilts Minivan und fuhren weiter in Richtung Hartford, Connecticut, Amys Wohnort.

Da Andrew fuhr, konnte Sylvia erneut zur Nadel greifen, um den Rest des Rands an Amys Quilt zu nähen. Während ihres Aufenthalts in New York war sie nicht so gut vorangekommen, wie sie erwartet hatte, aber sie hoffte, dies während der zweieinhalbstündigen Fahrt wieder aufholen zu können.

»Meinst du, dass du ihn bis Silvester fertig kriegst?«, fragte Andrew, als sie auf die I-95 abbogen.

»Falls nötig, arbeite ich auch noch an Silvester daran«, antwortete sie, »und ich hoffe, es wird mir niemand übel nehmen, wenn ich mich hin und wieder von der versammelten Familie zurückziehe, um weiter daran zu arbeiten.«

Vielleicht war es Amy ja sogar lieber, wenn Sylvia die Familie allein ließ. Es fiel ihr schwer, sich von der plötzlichen Ablehnung seitens der jungen Frau nicht verletzt zu fühlen. Amy hatte Sylvia recht gern gehabt, als sie und Andrew nur als Freunde miteinander ausgegangen waren. Amy war eine gute Gastgeberin gewesen, wann immer das Paar zu Besuch gekommen war, und sie hatte Sylvia sogar gebeten, ihr das Quilten beizubringen. Aber mit Amys Freundlichkeit war es in dem Augenblick vorbei gewesen, als sie von ihrer Verlobung erfuhr. Andrew hatte dies vorhergesehen und beschlossen, seinen Kindern die Nachricht persönlich zu übermitteln. Zuerst war das Paar nach Südkalifornien gereist, und sein Sohn Bob sowie dessen Frau hatten überrascht und besorgt auf die Nachricht reagiert. Obwohl der Besuch so negativ verlaufen war, hatte Bob zugesagt, seiner Schwester nichts zu erzählen, damit Andrew derjenige sein konnte, der es ihr beibringen würde. Andrew hatte jedoch vergessen, dieses Versprechen auch Bobs Frau abzunehmen, und so kam es, dass Amy sie schon erwartete, als Sylvia und Andrew nach Elm Creek Manor zurückkehrten.

Andrew runzelte die Stirn und spreizte die Finger um das Lenkrad. »Das soll mir recht sein, solange du dich nur davonstiehlst, um zu quilten, und nicht etwa, weil irgendjemand dir das Gefühl vermittelt, nicht willkommen zu sein.«

»Ich erwarte keine herzliche Begrüßung«, erklärte Sylvia. »Und bitte, du musst nicht den Eindruck haben, mich bei jeder Kleinigkeit verteidigen zu müssen, so wie in Kalifornien.«

»Du bist meine Frau und ich erwarte von meinen Kindern, dass sie dich mit Respekt behandeln.«

»Das tun sie aber wahrscheinlich eher, wenn du es sie von allein machen lässt, und nicht, indem du es ihnen befiehlst.«

»Ich denke, du hast recht. Höchstwahrscheinlich.« Nachdenklich klopfte Andrew aufs Lenkrad. »Vielleicht sollten wir uns einen Plan ausdenken. Wie sollen wir ihr die Nachricht beibringen?«

»Ich glaube nicht, dass wir uns Sorgen machen müssen, wie Daniel es aufnimmt.« Amys Mann hatte ihre Verlobung von Anfang an begrüßt. Sylvia und Andrew zählten auf ihn, dass er ihnen helfen würde, Amy umzustimmen. »Ich denke, es ist am besten, es ihr direkt, aber mit Feingefühl zu erzählen. Wir sollten auf ihre Gefühle Rücksicht nehmen, aber gleichzeitig muss sie wissen, dass es keinen Zweck mehr hat, uns die Ehe ausreden zu wollen.«

»Dafür ist es eindeutig zu spät«, sagte Andrew und griff nach ihrer linken Hand, um sie an seine Lippen zu drücken. Dabei fiel ihr Fingerhut in seinen Schoß, und sie lachte, als sie ihn wieder an sich nahm. Andrews Lächeln verschwand, und er stieß einen Seufzer aus. »Ich verstehe diese Kinder einfach nicht. Warum wollen sie nicht, dass wir heiraten? Wir lieben uns. Sie sollten sich für uns freuen.«

»Ja, das sollten sie«, pflichtete ihm Sylvia bei. »Leider stolpern Verliebte meiner Erfahrung nach fast immer über Hindernisse, die ihnen von der einen oder anderen Seite der Familie in den Weg gelegt werden. ›Rann nie der

Strom der treuen Liebe sanft‹, wie es bei Shakespeare heißt.«
»Ich würde nicht ›fast immer‹ sagen«, entgegnete Andrew.
»Bist du wirklich dieser Meinung?«
»Gegen fast jede Eheschließung, von der ich weiß, hat irgendjemand etwas einzuwenden gehabt«, antwortete Sylvia. »Und ich spreche dabei nicht von eifersüchtigen Verflossenen, sondern von Freunden und Familienangehörigen, denen das Wohl des Paares eigentlich hätte am Herzen liegen müssen. Denk nur an Sarah und Matt McClure.«
Als Antwort zuckte Andrew nur mit den Schultern. Die Antipathie, die Sarahs Mutter gegen ihren Schwiegersohn empfand, war in den Elm Creek Quilts Kreisen allseits bekannt und stieß auf absolutes Unverständnis, weil Matt ein wirklich netter junger Mann war. »Gut, das ist *ein* Paar.«
»Meine Eltern«, sagte Sylvia. »Agnes und mein Bruder.«
»Wer hatte etwas gegen ihre Hochzeit?«
»Die Eltern von Agnes«, antwortete Sylvia. »Erinnerst du dich nicht? Und ... und ich ebenfalls, das gebe ich zu.«
Andrew grinste. »Das lag daran, dass du deinen geliebten kleinen Bruder mit niemandem teilen wolltest.«
»Das ist nicht der Grund. Sie waren noch zu jung.«
»Richard stand im Begriff, mit dem Truppentransporter nach Europa verschifft zu werden«, protestierte Andrew.
»Es war Krieg. Damals haben viele junge Paare überstürzt geheiratet.«
»Stimmt.« Sylvia wusste, dass er recht hatte, und hätten Agnes und Richard diese Gelegenheit damals nicht genutzt, dann hätten sie nie geheiratet. »John Colcraft und Harriet Beals.«
»Wer?«

»Das Ehepaar, das das 1863 House erbaut hat.« Andrew lachte.

»Okay, das sind vier – über einen Zeitraum von zwei Jahrhunderten. Ich würde das kaum als Trend bezeichnen.«

»Meine Cousine Elizabeth und Henry Nelson.« Sylvia wollte nicht zugeben, dass sie der einzige Mensch gewesen war, der gegen diese Verbindung Einwände erhoben hatte. Aber Andrew hatte genug Geschichten aus ihrer Kindheit gehört, dass er selbst darauf kommen konnte. »Meine Schwester und Harold Midden.«

Andrew blickte missmutig drein, weil er allen Grund hatte, Harold nicht zu mögen. Er war entsetzt gewesen, als er erfuhr, dass Claudia ihn geheiratet hatte. »Manchmal ist es aber richtig, gegen eine Eheschließung zu sein.«

»Dein Sohn und deine Tochter glauben, dass das hier ein solcher Fall ist.«

»Da täuschen sie sich.«

»Das weiß ich, Schatz. Mir brauchst du das nicht zu sagen.«

Andrew schwieg gedankenverloren, und Sylvia wandte ihre Aufmerksamkeit wieder dem Quilt ›Neujahrsüberlegungen‹ zu.

Auch wenn Andrew keinen Trend entdecken konnte, Sylvia tat es sehr wohl, und sie konnte dies nicht einfach ignorieren. Es hatte den Anschein, als wären beinahe alle verheirateten Paare in ihrer Bekanntschaft auf Missbilligung ihrer Eheschließung gestoßen, und in manchen Fällen war Sylvia selbst die Betreffende gewesen. Sie würde ihre Meinung, dass Harold Midden eine absolut unpassende Wahl gewesen war, niemals ändern, aber im Nachhinein wünschte sie sich, sie wäre Agnes und Richard sowie Elizabeth und Henry gegenüber groß-

mütiger gewesen. Sie konnte sich die Frage nicht verkneifen, ob ihr ihre damals so entschiedene Ablehnung jetzt heimgezahlt wurde.
Dieser Meinung wäre sie vielleicht gewesen, hätte sie nicht eines zu bedenken gehabt: Von allen Paaren, die sie in ihrem Leben gekannt hatte, war eines mit einer Ehe gesegnet gewesen, die auf beiden Seiten der Familie auf einhellige Zustimmung gestoßen war.
Bei diesem glücklichen Paar hatte es sich um Sylvia selbst und ihren ersten Mann, James, gehandelt.
Sie hatten sich auf dem Jahrmarkt des Bundesstaates Pennsylvania kennengelernt, als Sylvia sechzehn und James achtzehn Jahre alt waren. Zwar war der Vater von James ein Geschäftskonkurrent ihres Vaters, aber die beiden Männer respektierten einander und hatten nichts dagegen einzuwenden, als James begann, Sylvia den Hof zu machen. Als sie heirateten und James nach Elm Creek Manor zog, so wie es Sylvia seit ihrer Kindheit geplant hatte, freute sich Mr Compson über ihr Glück, obwohl das bedeutete, dass sein Sohn nun im Familienbetrieb seines schärfsten Konkurrenten mitarbeitete. Stets behandelte die Familie Compson Sylvia wie eine geliebte Tochter und Schwester, und die Bergstroms brachten James die gleiche Liebe und Anerkennung entgegen.
Die ersten Ehejahre waren so glücklich, wie es sich ein Paar nur wünschen konnte, und der einzige unerfüllte Wunsch war ein Kind gewesen. Aber sie hatten jede Menge Zeit, hatten sie sich immer wieder gesagt – viele Jahre, in denen sie mit etwas Glück ein Baby bekommen könnten.
Dann kam der Krieg. Richard und Andrew, in dem Sylvia damals nichts anderes sah als den Freund ihres Bruders, brachen die Schule ab und gingen zur Armee. In der Hoff-

nung, sich um die beiden zu kümmern, meldete sich auch James prompt beim Militär, genauso wie Harold, Claudias langjähriger Verehrer, der sich damit vielleicht dem Druck seiner Verlobten beugte. Wenige Wochen, nachdem die Männer ihren Einsatz im Südpazifik angetreten hatten, stellte Sylvia fest, dass sie schwanger war.

Sylvia, Claudia und Agnes verbrachten die einsamen, sorgenvollen Monate zusammen in Elm Creek Manor. Sylvia und ihr Vater, der sich eigentlich gerade aus der Bergstrom-Vollblutzucht zurückgezogen hatte, nachdem er James sein ganzes Wissen vermittelt hatte, hielten den Familienbetrieb so gut sie konnten am Laufen. Der Winter kam, und die Zurückgebliebenen konnten, obwohl das schwierig war, weil ihre Lieben in der Ferne so unvorstellbaren Gefahren ausgesetzt waren, aus der Weihnachtszeit Freude und Hoffnung schöpfen und dem neuen Jahr zuversichtlich entgegenblicken.

Im Jahr 1945 würde der Krieg zu Ende gehen und die jungen Männer wieder nach Hause zurückkehren, versicherten sie einander, als sie auf das neue Jahr anstießen, doch ihre Stimmen klangen wehmütig. 1945 war das Jahr, in dem Sylvias Kind zur Welt kommen und Claudia heiraten würde. Ihre Neujahrsvorsätze bestanden darin, den Mut nicht zu verlieren, für den Frieden zu beten und jedes Opfer, das dazu beitragen konnte, das Ende des brutalen Krieges schneller herbeizuführen, auf sich zu nehmen.

Doch 1945 wurden alle ihre Hoffnungen zunichtegemacht. Ein paar Monate nach Weihnachten kam James bei dem Versuch ums Leben, Richard nach einem entsetzlichen Angriff auf einen Strand im Südpazifik zu retten. Der Schock über diese Nachricht löste bei Sylvia vorzeitige Wehen aus. Ihre Tochter starb, nachdem sie drei Tage lang um ihr Leben gekämpft hatte. Sylvias Vater erlitt durch den Schock dieser großen Verluste einen tödlichen Schlaganfall.

Sylvia konnte sich kaum an diese düsteren Tage erinnern. Sie erinnerte sich lediglich, dass sie von Trauer am Boden zerstört in einem Krankenhausbett lag, den kleinen, leblosen Körper ihres Babys in den Armen hielt und weinte. Sie wusste, dass sie die Ärzte anflehte, sie zu entlassen, damit sie an der Beerdigung ihres Vaters teilnehmen konnte. Sie erinnerte sich, dass sie immer wieder nach James rief und dass sie, als er nicht kam, Agnes anbrüllte, bis ihre Schwägerin in Tränen ausbrach.

Schließlich wurde Sylvia aus dem Krankenhaus entlassen. Zuerst bedeutete die Benommenheit durch den Schockzustand einen gewissen Schutz, aber dieser ließ allzu bald nach und machte unerträglichem Schmerz Platz. Ihr geliebter James war tot, und sie wusste noch immer nicht, wie er ums Leben gekommen war. Ihre Tochter war tot. Sie würde sie nie wieder in den Armen halten. Ihr geliebter kleiner Bruder war tot. Ihr Vater war tot. Endlos drehten sich diese Gedanken in ihrem Kopf, bis sie glaubte, verrückt zu werden.

Der Krieg ging zu Ende. Andrew kehrte zu seiner Familie nach Philadelphia zurück, während Harold hagerer, verängstigter und weit mehr gealtert in Elm Creek Manor auftauchte, als es die wenigen Monate, die er beim Militär gewesen war, erklären konnten.

Als wolle Claudia sich von dem Kummer und der Trauer befreien, die das Zuhause verdüsterten, stürzte sie sich in die Planung ihrer Hochzeit. Sylvia hätte ihr als ihre Brautjungfer eigentlich helfen sollen, aber obwohl sie ihrer Schwester gerne den Gefallen getan hätte, vergaß sie häufig, die ihr von Claudia aufgetragenen Aufgaben zu erledigen. Sylvia stand der Sinn nicht nach Feiern. Mit James und ihrer Tochter hatte sie ihren ganzen Lebenswillen verloren.

Wenige Wochen vor der Hochzeit stattete ihnen Andrew auf dem Weg von Philadelphia nach Detroit, wo er eine neue Anstellung antreten wollte, überraschend einen Besuch ab. Sylvia freute sich, ihn zu sehen. Wie Harold hatte sich auch Andrew verändert. Er hinkte beim Gehen und saß steif auf seinem Stuhl, als sei er noch immer beim Militär. Er verhielt sich den trauernden Frauen gegenüber freundlich und mitfühlend, aber er ging Harold bewusst aus dem Weg, der Andrew seinerseits allem Anschein nach nur allzu gern mied.

Sylvia, die davon ausgegangen war, dass die gemeinsamen Kriegserlebnisse die Männer hätten zusammenschweißen müssen, kam zu dem Schluss, dass das Aufeinandertreffen vielleicht unerträgliche Erinnerungen heraufbeschwor.

Andrew fiel die Aufgabe zu, Sylvia zu berichten, wie ihr Bruder und ihr Mann ums Leben gekommen waren, allerdings warnte er sie, dass sie in der Wahrheit sicher keinen Trost finden würde. Weil ihm jedes Wort schwerfiel, beschrieb er stockend die schreckliche Szene, deren Zeuge er von einer Klippe oberhalb des Strandes geworden war. Er schilderte, dass Richard unter den Beschuss der eigenen Leute geraten war, dass James losgerannt sei, um ihn zu retten, und dass er es auch geschafft hätte, wäre ihm nur ein Mann zu Hilfe gekommen, dass Harold aber lieber in Deckung geblieben war, als sein Leben aufs Spiel zu setzen.

Andrew bat sie um Verzeihung. Er war von der Klippe direkt auf den Strand hinuntergerannt, wo seine Freunde im Sterben lagen, wohl wissend, dass er es nicht mehr rechtzeitig schaffen würde. Sylvia hielt ihn in den Armen, als er weinte, und ihr Herz, das sie glaubte, verloren zu haben, versteinerte sich. Sie sagte Andrew, dass sie ihm verzeihe, dass es aber eigentlich nichts zu verzeihen gebe. Er trage ja keine Schuld. Andrew hatte versucht, ihrem Bruder und ihrem Ehemann das Leben zu retten. Er hatte sein eigenes Leben aufs Spiel gesetzt, obwohl er wusste, dass er es wohl nicht schaffen würde. Harold dagegen hatte es nicht einmal versucht.

Am nächsten Vormittag reiste Andrew von Elm Creek Manor ab, und Sylvia grübelte über die Last nach, die Harolds Geheimnis darstellte. Als die Tage verstrichen und die Hochzeitspläne Gestalt annahmen, wurde Sylvia schließlich klar, dass sie unmöglich zulassen konnte, dass ihre Schwester Harold heiratete, ohne zu wissen, welche Rolle er bei James' und Richards Tod gespielt hatte. Aber zu Sylvias Entsetzen beschuldigte Claudia ihre Schwester, aus Eifersucht und Bosheit zu lügen, und bestand darauf, dass die Hochzeit wie geplant stattfand. Noch am gleichen Tag verließ Sylvia Elm Creek Manor, weil sie den Anblick des Mannes nicht ertragen konnte, der zugelassen hatte, dass ihr Mann und ihr Bruder ums Leben kamen, und weil sie nicht mit einer Schwester zusammenleben konnte, die an einer Lüge festhielt.

In zwei Koffern packte sie alles zusammen, was sie tragen konnte – Fotos, Briefe von Richard und James und den Nähkorb, den sie im Jahr vor dem Tod ihrer Mutter zu Weihnachten geschenkt bekommen hatte. Alles andere ließ sie zurück – geliebte Schätze aus der Kindheit, Lieblingsbücher, unfertige Quilts. Alles außer Erinnerungen und Trauer.

Sie verließ ihr Elternhaus, ohne zu wissen, wo sie hingehen konnte. Sie lief die zwei Meilen bis zur Bushaltestelle nach Waterford, wo sie sich eine Fahrkarte nach Harrisburg kaufte. Die Nacht verbrachte sie im Hotel von Tante Millie und Onkel George und war sich durchaus bewusst, wie überrascht die beiden über ihr unerwartetes Auftauchen und wie besorgt sie über ihren schlechten Gesundheitszustand waren. In ihr brodelte Wut und Trauer, aber sie erzählte ihnen nichts von Andrews niederschmetterndem Bericht über Harolds Verrat an der Familie Bergstrom, der Familie, in die einzuheiraten er wahrlich nicht verdiente.

Zum Glück gaben sich ihre Tante und ihr Onkel mit ihrer Erklärung zufrieden, dass sie dem Manor einmal für eine gewisse Zeit den Rücken kehren müsse, und bohrten auch nicht allzu hartnäckig nach, wohin sie denn zu reisen gedenke. Stattdessen zeigten sie ihr die letzten Briefe von Elizabeth, die fröhliche Berichte über Henry und die Kinder sowie die Triumph Ranch enthielten. Sylvia konnte sich gar nicht vorstellen, dass in einer Welt ohne Richard und James, ohne ihre Tochter und ihren Vater in Südkalifornien die Sonne strahlend vom Himmel schien und eine warme Brise wehte.

Während Sylvia an diesem Abend in den Schlaf driftete, überlegte sie, ob sie mit dem Zug nach Westen fahren sollte, so wie es Elizabeth vor so vielen Jahren getan hatte. Ihre Cousine würde sie bestimmt aufnehmen. Sylvia könnte auf der Ranch bis zur völligen Erschöpfung schuften und jeden Abend in einen traumlosen Schlaf fallen. Die Liebe zu ihren kleinen Nichten und Neffen könnte die Leere in ihrem Herzen füllen.

Aber als sie am Morgen erwachte, wusste Sylvia, dass sie bei keinem Bergstrom Zuflucht suchen konnte, nicht einmal bei einem Familienmitglied, das so weit entfernt wohnte wie Elizabeth. Ein Bergstrom würde Claudia benachrichtigen und Sylvia drängen, nach Hause zurückzukehren, und den Gedanken daran konnte sie einfach nicht ertragen.

Am nächsten Tag dankte sie ihrer Tante und ihrem Onkel für ihre Freundlichkeit und kaufte sich eine Fahrkarte nach Baltimore.

Sie hatte sich telefonisch angekündigt, deshalb erwartete ihre Schwiegermutter sie bereits am Bahnsteig – schwarz gekleidet, die Handtasche ängstlich umklammernd. Sylvia stieg aus und fiel ihr beinahe in die Arme. »Da bist du ja, meine Liebe«, murmelte Mrs Compson und tätschelte ihr den Rücken. »Es ist alles in Ordnung. Du brauchst dir keine Gedanken zu machen. Wir bringen dich nach Hause.«

Der Vater von James wartete im Auto, aber er sprang sogleich heraus, um ihr mit ihrem Gepäck zu helfen. Als sie ihn erblickte, die große Ähnlichkeit mit ihrem James, groß und dunkelhaarig, mit blauen Augen und einem Lächeln, das sie bis ins Innerste hinein wärmte, hatte sie auf einmal einen Kloß im Hals. Doch jetzt lächelte Mr Compson nicht, und sein Gesicht war hager und sorgenvoll. Seit der Beerdigung hatte sie ihre Schwiegereltern nicht mehr gesehen. Sie schienen in wenigen Monaten um Jahrzehnte gealtert zu sein.

Mrs Compson nahm neben Sylvia auf der Rückbank des Packard Platz, während Mr Compson sie zu ihrer Pferdefarm an der Chesapeake Bay, etwa fünfundzwanzig Meilen südöstlich der Stadt, fuhr. »Wir haben Marys Zimmer für dich hergerichtet«, sagte sie. »Wir hoffen, dass es dir gefällt.«

Sylvias Schwägerin hatte wenige Monate nach dem Angriff auf Pearl Harbor ihren Abschluss an der University of Maryland abgelegt. Während ihre Brüder im Krieg

waren, hatte sie einen Kongressabgeordneten geheiratet und war nach Washington gezogen. Bei James' Beerdigung hatte sie still getrauert, sich an den Arm ihres Mannes geklammert und in die Ferne gestarrt.
»Ganz bestimmt.« Sylvias Stimme klang hohl und fremd. Bei ihrem letzten Besuch auf der Compson-Farm hatten sie und James in seinem ehemaligen Zimmer geschlafen. Sie war dankbar, dass Mrs Compson so viel Feingefühl besaß, sie nicht gerade in diesem Zimmer unterzubringen.
Die Compsons fragten sie mit keinem Wort, warum sie gekommen war und wie lange sie zu bleiben gedachte. Als die weißen Zäune und die grünen Weiden der Farm in Sicht kamen, spürte Sylvia, dass sich so etwas wie Friede auf ihre Seele senkte, die Zuversicht, dass sie eines Tages in der Lage sein würde, sich an James' Lächeln und an seine Berührung zu erinnern, ohne sogleich das Gefühl zu haben, ihr Leben sei mit dem seinen ausgelöscht worden.

Die Farm Compson's Resolution, sechshundert Hektar ordentlich eingezäunten Weidelands, sanfter bewaldeter Hügel und kultivierten Farmlands, befand sich seit dem achtzehnten Jahrhundert im Besitz der Familie Compson. Der Name der Farm ging auf die Schlichtung von Grenzstreitigkeiten mit dem Farmer zurück, dem das nordwestlich an den Compson-Hof angrenzende Land gehörte. Die Compsons wohnten noch immer in dem zweihundert Jahre alten Sandsteinhaus mit Mansardendach, das der Vorfahr, der sich einst in Maryland niederließ, errichtet hatte. Im Gegensatz zu den Bergstroms, die, als sich der Wohlstand der Familie vermehrt hatte, einen ganzen Gebäudeflügel an das ursprüngliche

Wohnhaus angebaut hatten, hatten die Compsons zwar im Inneren Modernisierungen vorgenommen, den Grundriss des Hauses aber im Wesentlichen unverändert gelassen.

Sylvia war an das Leben auf einer Pferdefarm gewöhnt und passte sich schnell dem Tagesablauf im Haushalt der Compsons an. Sie stand früh auf, um Mrs Compson bei der Zubereitung des Frühstücks für die Familie und die Angestellten zur Hand zu gehen, sie wusch die Wäsche und putzte das Haus, fütterte die Hühner und Schweine und kümmerte sich um den Küchengarten. Ihre Schwiegermutter wusste Sylvias Hilfe zu schätzen, denn da Mary fort war, lastete die gesamte Hausarbeit auf ihren Schultern. »Und noch mehr freue ich mich über deine Gesellschaft«, sagte sie und strich Sylvia mit ihrer weichen, fleischigen Hand über die Wange. Ihre Freundlichkeit trieb Sylvia Tränen in die Augen. Wie konnte Mrs Compson, die vor Trauer über den Verlust ihres Sohnes und ihrer Enkelin zutiefst erschüttert sein musste, nur so fröhlich und heiter herumwuseln? Vielleicht gab das Wissen, dass zwei ihrer Söhne gesund aus dem Krieg in Europa heimgekehrt waren und dass Mary ein Kind erwartete, ihrem Leben einen Sinn.

Ohne James, ohne Elm Creek Manor fühlte Sylvia sich ohne jeden Halt, und nur die Liebe und Freundlichkeit von James' Eltern stellten für sie noch eine Verbindung zu dieser Welt her.

Am liebsten hielt sie sich im Freien auf und half Mr Compson mit den Pferden. Obwohl er und die Stallburschen sehr wohl ohne ihre Hilfe zurechtgekommen wären, fand ihr Schwiegervater, wann immer Sylvia an der Koppel erschien, stets ein Pferd, das dringend bewegt werden musste. Wenn sie dann die Wege entlangritt, die kreuz und quer durch Compson's Resolution führten, und bei der alten Werft anhielt, um die Schiffe auf dem Chesapeake zu beobachten, vergaß Sylvia ihre Trauer und sog die Schönheit des edlen Pferdes, des blauen Gewässers und des fruchtbaren Landes in sich auf. Doch nachts träumte sie von James und wachte schluchzend auf. Ein weiterer Tag ohne ihn war angebrochen.

Der Herbst tauchte die Farm in verschiedene Goldtöne, und die Sonnenaufgänge waren herrlich. Jeden Morgen weinte Sylvia etwas weniger, jeden Tag hatte sie weniger den Eindruck, bei der geringsten Berührung in Tränen auszubrechen. Eines Nachmittags, als sie gemeinsam mit Mrs Compson Äpfel für einen Kuchen schälte, dachte Sylvia an den Apfelhain von Elm Creek Manor und fragte sich, wie Claudia und Harold das Einholen der Ernte wohl bewältigt hatten.

Ihr war nicht klar, dass sie laut vor sich hin gesprochen hatte, bis Mrs Compson leise sagte: »Du könntest ja nach Hause fahren und es herausfinden.«

»Das kann ich nicht.« Sylvia schüttelte den Kopf. »Ich kann nie mehr zurück. Das verstehst du nicht.«

»Vielleicht doch«, antwortete Mrs Compson, »wenn du mir erzählen würdest, warum du gegangen bist.«

Sylvia zögerte. War es grausam, James' Mutter mit der Wahrheit über den sinnlosen Tod ihres Sohnes zu belasten? Mrs Compson hatte sie freundlich und bedingungslos aufgenommen. Sylvia fand den Gedanken unerträglich, ihr noch mehr Kummer zu bereiten.

Mrs Compson legte ihr Schälmesser zur Seite und nahm Sylvias Hand. Ihr Griff war ruhig und fest. »Nichts, was du mir vielleicht über James erzählen könntest, kann schlimmer sein, als ihn zu verlieren«, sagte sie. »Wenn ich das überlebt habe, dann halte ich es auch aus, wenn ich höre, was so schrecklich war, dass es dich aus deinem geliebten Elternhaus getrieben hat.«

Mit geschlossenen Augen erzählte Sylvia Andrews Geschichte, aber das konnte nicht verhindern, dass die in ihrem Gedächtnis eingebrannten Bilder immer wieder auftauchten, als sei auch sie Zeugin der entsetzlichen Szene gewesen. Dann erklärte sie, dass sie Claudia mit ihrem Wissen konfrontiert habe und dass ihre Schwester sich anstatt für ihre Familie für Harold entschieden habe und sie, Sylvia, deshalb nie mehr in ihrem Leben in das Haus zurückkehren könne, in dem sie so viel Glück mit jenen Männern erlebt hatte, die Harold nicht hatte retten wollen.

Als Sylvia dies alles ausgesprochen hatte, tastete Mrs Compson nach dem Küchenhocker, ließ sich daraufsinken und weinte still vor sich hin. Plötzlich holte sie schluchzend tief Luft. »Du hast nur Andrews Bericht über die Ereignisse an diesem Tag.«

»Ich kenne Andrew von klein auf«, antwortete Sylvia. »Er hat Richard wie einen Bruder geliebt. Er hat keinen Grund, mich anzulügen, und ich vertraue ihm bedingungslos.«

Mrs Compson betrachtete eine ganze Weile schweigend ihre Hände, die sie im Schoß gefaltet hielt. »Du weißt nicht, ob Harold sie wirklich hätte retten können«, sagte sie. »Du weißt nicht mit Sicherheit, ob James in der Lage gewesen wäre, Richard zu retten, wenn nur Harold ihm zu Hilfe gekommen wäre. Vielleicht wäre Harold, wenn er ihnen zu Hilfe geeilt wäre, in die zweite Explosion geraten, so wie mein Sohn.«

»Andrew hat mir erzählt, was James Harold zugerufen hat, bevor er umkam.« Sylvias Stimme zitterte. »James hat geglaubt, dass er Richard mit Harolds Hilfe würde retten können. Auch Andrew war dieser Meinung. Aber du hast recht, wir werden es nie mit Sicherheit sagen können, weil Harold es erst gar nicht versucht hat.«

»Vielleicht hat er gewusst, dass es vergeblich war«, stellte Mrs Compson fest. »Vielleicht hat er das zweite Flugzeug kommen sehen und wusste, dass es reiner Selbstmord gewesen wäre, die Deckung aufzugeben. Wir können unmöglich wissen, was in seinem Kopf vorgegangen ist.«

»Wie kannst du nur entschuldigen, was er getan hat?«, fragte Sylvia. »Und vor allem, was er nicht getan hat? Dein Sohn ist gestorben, weil Harold so feige war.«

Tief betrübt ließ Mrs Compson die Schultern hängen. »Vielleicht war es keine Feigheit. Und vielleicht wäre mein Sohn ohnehin umgekommen.«

Sylvia glaubte, ihren Ohren nicht zu trauen. »Wie ist es nur möglich, dass du nicht wütend bist? Wie ist es möglich, dass du ihn nicht hasst?«

»Weil es mir nichts nützen würde.« Mrs Compson schaute mit entschlossenem Blick zu ihr auf. »Es würde an dem, was geschehen ist, nichts ändern. Wut und Hass bringen mir meinen Sohn nicht zurück. Sie würden mich nur zerstören, so wie sie eindeutig dich zerstören.«

Sylvia schüttelte den Kopf, brachte aber keine Antwort heraus. Mrs Compson war eine gute Frau, vielleicht zu gut, um zu begreifen, wie sehr sie sich täuschte. Harold verdiente Sylvias Hass, und Wut war das Einzige, was sie auf den Beinen hielt.

Obwohl Sylvia ihrer Schwiegermutter gesagt hatte, dass sie nie mehr nach Elm Creek Manor zurückkehren würde, musste Mrs Compson wohl der Meinung gewesen sein, eine leise Sehnsucht nach ihrem Elternhaus

aus ihrer Stimme herauszuhören. Ein paar Tage nachdem Sylvia ihr Andrews Geschichte erzählt hatte, fing Mrs Compson nämlich an, Anspielungen auf Elm Creek Manor in ihre Gespräche einfließen zu lassen, wohingegen sie das Thema zuvor stets gemieden hatte. Während sie Tomaten einmachten, erkundigte sie sich nach den Lieblingssorten der Bergstroms und nach ihren Zubereitungsrezepten. Als Mr Compson ein preisgekröntes junges Pferd verkaufte, fragte sie sich laut, ob die Bergstroms wohl einen höheren Preis verlangt hätten. Gewöhnlich reagierte Sylvia mit knappen Antworten, aber die Bergstrom-Vollblüter und Elm Creek Manor waren zu lange Teil ihres Lebens gewesen, als dass sie jetzt Gleichgültigkeit hätte vortäuschen können. Sie ertappte sich dabei, dass sie sich danach sehnte, etwas Neues vom Familienbetrieb und dem Anwesen zu erfahren, von dem sie einst angenommen hatte, dass es für immer ihr Zuhause sein würde, doch ihre Neugier war nicht so groß, dass sie sich hätte überwinden und Claudia schreiben können. Sie wusste, dass sie nicht mit ihrer Schwester würde sprechen können, ohne sie des Verrats zu bezichtigen. Schon allein der Gedanke, dass Harold unter dem Dach von Elm Creek Manor schlief, während James, Richard, ihr Vater und ihre Tochter tot waren, erfüllte sie mit einer solchen Abscheu, dass sie nicht einmal versucht war, einen Stift in die Hand zu nehmen.

Den ganzen schönen Herbst hindurch arbeitete Sylvia mit der Familie Compson zusammen. Nach und nach empfand sie den Alltag, die Gesellschaft, den Tagesablauf als beruhigend und die Erntearbeit als zufriedenstellend. Dann erklärte Mrs Compson eines Tages, sie und Sylvia hätten sich mal einen freien Tag verdient, und sie lud

Sylvia ein, mit ihr zum Essen zu einer Freundin nach Baltimore zu fahren. »Es wird dir gefallen«, beharrte Mrs Compson, als Sylvia zögerte, die friedliche Zuflucht zu verlassen, die Compson's Resolution für sie darstellte. »Meine Freundinnen sind sehr unterhaltsam, und unsere Gastgeberin besitzt ein paar Familienerbstücke, die dich sicher sehr interessieren werden.«

Sylvia war trotz allem neugierig, deshalb stimmte sie dem Ausflug zu. An einem Mittwochvormittag Anfang November saß sie schließlich neben Mrs Compson in dem schwarzen Packard auf dem Weg nach Nordwesten in die Stadt. Die Freundin, Mrs Cass, hatte mehrere Damen in ihr großartiges Haus in einem Viertel von Baltimore eingeladen, das, wie Sylvia vermutete, wohl eines der vornehmsten der Stadt war. Die Frauen hießen Mrs Compson und Sylvia herzlich willkommen und sprachen Sylvia im Flüsterton ihr Beileid aus, als handele es sich bei diesem Trauerfall um ein sorgsam gehütetes Geheimnis. Sylvia war bei Weitem die jüngste unter den Anwesenden und die einzige Witwe zwischen den Frauen von Ärzten, Rechtsanwälten und Geschäftsmännern.

Als die anderen Frauen sich über ihre Probleme mit ihren Ehemännern, den Kindern und den Schwierigkeiten mit dem Haushalt unterhielten, fühlte Sylvia sich immer unbehaglicher, denn sie hatte ihren Mann verloren, kein Kind großgezogen und ihr Elternhaus verlassen. Wann immer sie antworten musste, versuchte sie, zu nicken und einen angemessenen Satz zu murmeln, doch unbeabsichtigt vermittelten die anderen Frauen Sylvia das Gefühl, ein verwöhntes Kind zu sein, das man in einem gestärkten Ballettröckchen in eine Tanzschule geschickt hatte, um dort die Nachahmung der Eigenarten von Erwachsenen zu erlernen. Die Lauchsuppe schmeckte sehr gut, die Krabbentörtchen waren etwas ganz Neues und Überraschendes, doch obwohl Sylvia lächelte, plauderte und ihr Unbehagen so gut sie konnte verbarg, konnte sie es kaum erwarten, dass das Essen vorüber war. Sie sehnte sich nach der Zuflucht in den Stallungen der Compsons, nach den Reitwegen durch die Wälder, nach den beruhigenden Leuchttürmen, die an der Chesapeake Bay standen.

Nach dem Essen führte Mrs Cass ihre Gäste in einen Salon, wo der Kaffee serviert und weiter geplaudert wurde. Sylvia wäre gern einen Moment mit Mrs Compson allein gewesen, um sie zu bitten, sie nach Hause zu bringen, aber sie wusste, dass Mrs Compson diese Bitte freundlich, aber bestimmt ablehnen würde. Ihre tadellosen Manieren würden es ihr nicht gestatten, ihre Gastgeberin zu beleidigen, außerdem war sie der Überzeugung, dass Sylvia ein Tapetenwechsel nur guttat. Ein neuer Reitweg auf dem Compson-Anwesen war jedoch der einzige Tapetenwechsel, den Sylvia sich wünschte. Die mitfühlenden Blicke und freundlichen Worte der Damen aus Baltimore waren für sie eine einzige Qual.

Mrs Cass sprach im Salon kurz mit ihrem Dienstmädchen, das verschwand und schon kurz darauf mit einem Bündel wiederkam, das in ein Baumwolltuch eingeschlagen war. »Sylvia, Ihre Schwiegermutter hat mir erzählt, dass Sie über Quilts sehr gut Bescheid wissen«, erklärte Mrs Cass, als sie dem Dienstmädchen gedankt und das Bündel in die Hand genommen hatte.

»Meine Mutter hat mir das Quilten beigebracht, als ich noch ganz klein war«, antwortete Sylvia. »In meiner Jugend habe ich meine Tanten und meine Großmutter immer zusammen quilten gesehen.«

»Leider ist das Quilten etwas, was die Frauen in meiner

Familie nie gelernt haben«, sagte Mrs Cass, »aber ich habe das Glück, ein paar schöne Beispiele der Kunstfertigkeit meiner Ahninnen zu besitzen. Ich möchte ja nicht prahlen, aber ich glaube, dass man diesen Quilt hier mit Fug und Recht als Meisterwerk bezeichnen kann.«

Sylvia und zwei andere Damen halfen Mrs Cass, das Bündel zu entfalten. Ein erstauntes Raunen ging durch den Raum, und alle scharten sich um den Quilt. Er war tatsächlich ein Meisterwerk – fünfundzwanzig verschiedene Applikationsblöcke mit Sträußen aus Frühlingsblumen, die von wunderschön gebundenen Schleifen zusammengehalten wurden, Obstschalen mit auf die Früchte aufgestickten Samenkörnern, symmetrisch angeordnete puterrote Blumen mit grünen Stängeln und Blättern sowie Szenen aus dem Leben des neunzehnten Jahrhunderts, die so detailgenau dargestellt waren, dass sie den Beobachtungen der Quilterin entsprungen sein mussten.

»Sylvia, Sie werden diese Bauten nicht kennen, da Sie heute zum ersten Mal in Baltimore sind.« Mrs Cass deutete der Reihe nach auf mehrere Blöcke. »Das ist ein berühmter Klipper, der in den 1840ern in der Chesapeake Bay kreuzte. Das ist ein Zug der Baltimore and Ohio Railroad, und das ist die Basilika von Baltimore Ecke Mulberry und Cathedral Street.«

»Und das ist das Peale Museum zu seinen Glanzzeiten«, fügte eine andere Dame hinzu und deutete auf einen der Blöcke. »Bevor dieser grässliche Stuck angebracht wurde.«

»Das ist wirklich ein wunderschöner Quilt«, sagte Sylvia. Sie hatte schon früher in diesem Stil genähte Quilts gesehen, doch die Bergstrom-Frauen hatten, soweit sie wusste, nie solche angefertigt. Sie trat näher heran, um besser sehen zu können. »Es sieht so aus, als wären die Blöcke mit brauner Tinte von Hand signiert worden ... ja, jeder Block trägt eine andere Handschrift. Ist das ein Gemeinschaftsquilt?«

»So heißt es jedenfalls in den Familiengeschichten«, antwortete Mrs Cass. »Meine Großmutter hat mir einmal erzählt, dass es ein Freiheitsquilt sei, den die Frauen der Familie für einen meiner entfernten Großonkel zum einundzwanzigsten Geburtstag genäht haben. Seit Generationen sind wir davon ausgegangen, dass jeder Block von der Quilterin signiert wurde, die ihn gemacht hat, aber ich habe herausgefunden, dass der Stammbaum in unserer Familienbibel diesen Behauptungen widerspricht.« Sie deutete auf einen Block in der unteren Reihe. »Hettie Cass war zu der Zeit, als der Quilt entstand, gerade einmal fünf Jahre alt, und ich kenne kein Kind, das in diesem Alter eine Lyra und einen Blumenstrauß so perfekt nähen könnte wie diese da in ihrem Block.«

»Ist es denkbar, dass eine ältere Verwandte bei einem solch wichtigen Familienprojekt Hettie nicht hatte ausschließen wollen und deshalb den Block für das Mädchen genäht hat?«, fragte Sylvia.

»Das könnte ich mir schon vorstellen«, antwortete Mrs Cass nachdenklich. »So etwas würde wohl eine Mutter oder eine Tante tun.«

»Ich besitze einen ähnlichen Quilt, ebenfalls ein Familienerbstück«, erklärte eine andere Dame. »Die Blöcke sind natürlich nicht gleich, aber der Stil ist ganz ähnlich. Ich stelle mir gerne vor, dass unsere Urgroßmütter miteinander befreundet waren und gemeinsam gequiltet haben«, sagte sie und lächelte Mrs Cass an.

»Man stelle sich nur vor, wie viele Stunden diese Frauen an ihren Meisterwerken gearbeitet haben müssen!«, gab eine andere zu bedenken. »Wie haben sie nur die Zeit gefunden, noch etwas anderes zu machen?«

Die Frauen lachten, und Mrs Cass sagte: »Sie hatten nicht die Vergnügungen und Ablenkungen, die wir heutzutage kennen. Mit Freundinnen zusammen zu quilten war vielleicht die einzige Unterhaltung, die sie hatten.«

Der in dieser Feststellung mitschwingende Gedanke, dass die Frauen nur deshalb gequiltet haben, weil sie nichts Interessanteres zu tun hatten, missfiel Sylvia. »Wer immer diesen Quilt genäht hat, war eine echte Künstlerin. Ich denke mir, dass sie sich darauf gefreut hat, daran zu arbeiten, wann immer es ihre Verpflichtungen im Haushalt zuließen. Es würde mich nicht wundern, wenn sie Einladungen ausgeschlagen hätte, nur um mit ihren Stoffen und der Nadel allein zu sein.«

»Es ist schade, dass heutzutage niemand mehr Quilts macht«, stellte eine der Damen seufzend fest.

»Manche Frauen tun es noch«, sagte Sylvia, die erstaunt war, dass die Frau das nicht wusste. »Vielleicht nicht genau in diesem Stil, aber auf ihre Art ebenso kompliziert und schön.«

»Vermutlich ist das auf dem Land noch üblich«, pflichtete ihr eine andere Dame bei. »Wir hier in der Stadt sind zu beschäftigt, um zu quilten, und wir haben so viele schöne Geschäfte, in denen man gut gefertigte Tagesdecken zu vernünftigen Preisen kaufen kann.«

»Ich glaube nicht, dass die Städterinnen beschäftigter sind als die Frauen auf dem Land«, stellte Mrs Cass schmunzelnd fest.

»Selbst die Geschäfte im Elm Creek Tal bieten Decken an«, sagte Sylvia. »Ginge es nur darum, eine wärmende Decke zu haben, dann würden auch wir unsere Tagesdecken kaufen. Die Frauen meiner Familie quilten –

haben gequiltet –, weil sie sich bewusst dafür entschieden haben, nicht etwa, weil es notwendig war. Jede von uns hatte ihren eigenen Stil, ihre Lieblingsfarben und bevorzugten Muster, unsere ganz eigene Art, die Stücke zu arrangieren – selbst wenn zwei von uns das gleiche Muster ausgewählt und die gleichen Schablonen verwendet haben, waren die Quilts am Ende so einzigartig wie unsere Gesichter und unsere Stimmen. Die Quilts meiner Mutter sind für mich der Inbegriff von ›Heimat‹, wie es keine Decke aus einem Laden je sein könnte.«
»Ich weiß nicht, ob meine Töchter etwas so von Herzen Kommendes über irgendeines der Dinge sagen könnten, die ich ihnen geschenkt habe«, stellte Mrs Cass fest.
»So betrachtet«, sagte die Frau, die einen ähnlichen Quilt besaß, »klingt es nach einem wunderbaren Zeitvertreib. Hätte mir meine Großmutter doch bloß das Quilten beigebracht!«
»Ich könnte es Ihnen zeigen«, meldete sich Sylvia zu Wort. Zum ersten Mal schauten die Frauen sie ehrlich interessiert und nicht mehr nur mitfühlend an. »Tatsächlich?«, fragte eine der Damen, eine Arztfrau. »Es sieht so schrecklich kompliziert aus.«
»Wir würden ja nicht gleich mit einem so schwierigen Quilt wie diesem hier anfangen«, antwortete Sylvia und deutete auf das Erbstück von Mrs Cass. »Wir könnten mit etwas Einfachem beginnen – zum Beispiel mit einem Sampler aus verschiedenen Blöcken mit zunehmendem Schwierigkeitsgrad. Die Arbeit an jedem Block würde zur Beherrschung eines bestimmten Quiltmusters führen, sodass Sie, wenn Ihr Sampler fertig ist, in der Lage wären, allein andere Muster in Angriff zu nehmen.«
Die Damen bombardierten sie mit Fragen, doch dann übertönte Mrs Cass das Stimmengewirr: »Und wie häufig

wären Sie bereit, nach Baltimore zu kommen, um es uns beizubringen?«

Sylvia warf Mrs Compson, die Sylvia mit hochgezogenen Augenbrauen genauso neugierig wie die anderen ansah, einen fragenden Blick zu. Sie würde nicht an Sylvias Stelle antworten, deshalb holte Sylvia tief Luft und sagte: »Zweimal im Monat, wenn das Mrs Compson recht ist.«

»Ach, das ist ihr sicher recht«, stellte die freimütigste der Damen fest. »Nicht wahr, Josephine?«

»Ich denke, ich kann in dieser Zeit auf ihre Hilfe verzichten«, sagte Mrs Compson schmunzelnd. »Und ich glaube, ich möchte ebenfalls zu den Quilttreffen kommen.«

Sylvia einigte sich mit den Frauen, sich jeden zweiten Mittwoch zum Mittagessen und anschließenden Quiltstunden zu treffen, wobei jede Frau abwechselnd die Gastgeberin sein sollte. Sylvia erklärte ihren neuen Schülerinnen, was sie sich für die erste Stunde alles besorgen mussten, und während die Damen Pläne für ihre Einkaufstouren schmiedeten, herrschte im Zimmer ein wahres Stimmengewirr.

Alle verabschiedeten sich fröhlich von Sylvia, als sie sich vor dem Haus von Mrs Cass trennten. Während Mrs Compson und Sylvia nach Hause fuhren, war Sylvia gedanklich schon mit Blockmustern und Unterrichtsplänen beschäftigt. Es war schade, dass sie sich nicht häufiger treffen konnten. Vielleicht konnte sie jede Unterrichtsstunde damit beginnen, dass sie den Damen ein neues Quiltmuster zeigte, das ihre Schülerinnen dann gemeinsam in der Gruppe übten. Außerdem konnte sie ihnen neben diesem Muster auch ein anderes für einen schwierigeren Block geben, an dem sie üben konnten, was sie während des Unterrichts gelernt hatten. Sie würde ihre Schülerinnen auffordern, beide Blöcke bis zur nächsten Sitzung fertigzustellen, bei der Sylvia diese begutachten und konstruktive Kritik üben würde, bevor sie dann ein neues Muster vorstellte.

Plötzlich schoss Sylvia ein Gedanke durch den Kopf. »Die Freundinnen von Mrs Cass waren nett, aber hast du bemerkt, dass sie in mir nur die verwitwete Schwiegertochter der armen Mrs Compson gesehen haben, bis Mrs Cass ihren Quilt präsentiert hat?«

Das Lächeln von Mrs Compson wirkte sowohl amüsiert als auch vielsagend. »Hast du bemerkt, dass du dich genau wie die verwitwete Schwiegertochter der armen Mrs Compson verhalten hast, bis Mrs Cass ihren Quilt präsentierte?«

Betroffen lehnte sich Sylvia in ihren Sitz zurück. Es stimmte, dass sie sich nicht die Mühe gemacht hatte, irgendeine der Damen wirklich kennenzulernen, nicht einmal Mrs Cass. Ihr freundliches Mitgefühl war so unerträglich gewesen, dass ihr einziger Gedanke gewesen war, diesen Nachmittag irgendwie zu überstehen. Sie hatte die Damen nicht einmal nach ihren Namen gefragt. Daher konnte sie ihnen keinen Vorwurf machen, dass sie hinter der Trauer den Menschen gar nicht gesehen hatten.

Irgendwo tief in ihrem Inneren glomm ein Funke der Erkenntnis auf und entzündete ein kleines, aber anhaltendes Feuer. Es gab noch immer einen Menschen hinter all der Trauer. Bis zu diesem Augenblick hatte sie das ganz vergessen gehabt.

Die nächste Woche verbrachte Sylvia mit den Planungen für ihre Stunden und der Vorbereitung der Muster. Sie hatte in ihrem Leben erst einmal versucht, jemandem das Quilten beizubringen, nämlich als Agnes die Quilts ihrer

Schwägerinnen bewunderte und für sich und Richard einen Hochzeitsquilt hatte nähen wollen. Sylvia hatte sich bemüht, sie zu einem einfachen Muster zu überreden, aber Agnes hatte darauf bestanden, einen Double Wedding Ring zu machen – mit katastrophalem Ergebnis. Agnes hatte erst einen schiefen Ring für ihren Quilt fertiggestellt, als die Nachricht eintraf, dass ihr junger Ehemann ums Leben gekommen war. Sylvia bezweifelte, dass Agnes je einen zweiten genäht hätte.

Sylvia fragte sich, was wohl aus Agnes werden würde. Nach Richards Tod war sie weiter in Elm Creek Manor geblieben, anstatt zu ihren Eltern zurückzukehren, die ihre überstürzte Hochzeit nicht gutgeheißen hatten. Würde Agnes jetzt, da Sylvia gegangen war, mit Claudia und Harold in Elm Creek Manor bleiben? Sylvia konnte sich nicht vorstellen, dass die junge Witwe unter den gegebenen Umständen glücklich werden konnte – aber sie vertrieb diese Gedanken rasch aus ihrem Kopf. Agnes stand es frei, ihre eigenen Entscheidungen zu treffen. Sylvia konnte es schließlich egal sein, ob sie blieb, um sich mit den anderen um den Bergstrom-Betrieb zu kümmern, oder ob sie für immer ging, so wie Sylvia es getan hatte. Agnes hatte erst vor knapp einem Jahr in die Familie Bergstrom eingeheiratet. Höchstwahrscheinlich würde sie über ihre Jugendromanze hinwegkommen und wieder heiraten, dieses Mal, so hoffte Sylvia, mit einem glücklicheren Ausgang.

Am nächsten Mittwoch fuhren Sylvia und Mrs Compson wieder nach Baltimore und trafen sich mit den angehenden Quilterinnen im Haus der Arztehefrau. Nach einem köstlichen Mittagessen führte Sylvia ihren Schülerinnen vor, wie man einen einfachen Nine-Patch-Block näht, angefangen bei der Herstellung der Schablonen aus

Karton, der Übertragung der Formen auf die Rückseite des Stoffs, dem Zuschneiden, Zusammenstecken und bis zum Zusammennähen der Stücke mit dem Vorstich. Sylvia hörte sich dieselben Ratschläge erteilen, die sie von klein auf von den Bergstrom-Frauen mitbekommen hatte: Die Schablonen mit einem gespitzten Bleistift zu umfahren, kleine, gleichmäßige Stiche zu machen, die Saumzugabe nicht zu vergessen und den Stoff nicht zu dehnen.

Die Damen aus Baltimore gingen mit Feuereifer ans Werk, und jede von ihnen hatte am Ende der Unterrichtsstunde einen dreißig Zentimeter großen Block fertig genäht. Sylvia gab ihnen das Muster und die Anweisungen für einen Sawtooth-Star-Block und versprach, in zwei Wochen wieder mit ihnen zusammenzukommen. In der folgenden Stunde hatte jede der Damen einen Sawtooth-Star fertiggestellt, und die Qualität reichte von gerade noch akzeptabel bis perfekt. Sylvia zögerte, als sie den Block einer ihrer Schülerinnen begutachtete, weil sie nicht sicher war, was sie dazu sagen sollte. Zwar war die Farbwahl eine der besten der ganzen Gruppe, doch die Stiche waren ungleichmäßig, und es war so gut wie keine Saumzugabe vorhanden. In der Familie Bergstrom hätte man ein Mädchen unumwunden aufgefordert, die Fäden herauszuziehen und es noch einmal von vorn zu versuchen. Eine Bergstrom-Frau hätte den Block vielleicht zum Spaß im Kreis der Quilterinnen herumgereicht, aber in der festen Absicht, noch einmal von vorn anzufangen und möglicherweise den Rat der erfahreneren Quilterinnen der Familie einzuholen.

»Was halten Sie davon?«, fragte Mrs Simmons, nachdem Sylvia den Block länger wortlos betrachtet hatte als die Arbeiten der anderen Frauen.

»Sie haben ein fantastisches Auge für Farben«, antwortete Sylvia.
»Vielen Dank, aber was ist mit der Näharbeit?« Als Sylvia zögerte, sagte Mrs Simmons: »Ich möchte Ihre ehrliche Meinung hören.«
»Na ja«, antwortete Sylvia, »was halten Sie selbst von Ihrer Arbeit, wenn Sie Ihren Block mit denen Ihrer Freundinnen vergleichen?«
»Ach, sag doch die Wahrheit, Doris«, zog eine andere Dame, eine Mrs Cook, sie auf. »Sie weiß, dass du nicht dein Bestes gegeben hast, aber sie ist zu gut erzogen, um das laut auszusprechen.«
Als die anderen Damen lachten, warf Mrs Simmons Sylvia ein schuldbewusstes Lächeln zu. »Am Ende ist mir die Zeit ein bisschen knapp geworden.«
»Sie hat erst gestern Abend mit der Arbeit an dem Block angefangen, während wir anderen uns gleich am Tag nach der letzten Stunde darangesetzt haben«, meldete sich eine andere Frau zu Wort. »Sie hat den letzten Saum im Auto auf dem Weg hierher genäht.«
»Du Petze!«, gab Mrs Simmons kichernd zurück. An Sylvia gewandt, fügte sie hinzu: »Ich hatte gehofft, das würde keiner merken.«
Ihre Eile war sicher eine Erklärung für das Ergebnis, und Sylvia war von ihrer Schülerin zwangsläufig enttäuscht. »Ich bin mir sicher, dass Sie die Mängel Ihres Blocks genauso erkennen wie ich«, sagte sie so freundlich, wie sie nur konnte. »Wenn Sie sich bei Ihren nächsten Blöcken mehr Mühe geben, kann ich Ihre Fähigkeiten das nächste Mal wohl besser einschätzen und Ihnen fundiertere Ratschläge erteilen.«
Mrs Simmons kehrte ganz zufrieden zu ihrem Platz zurück, und Sylvia vermutete, dass sie sich das Versagen

ihrer Schülerin wohl mehr zu Herzen nahm als die Schülerin selbst. Doch sie war noch immer der Meinung, dass jeder nach einer falschen Entscheidung eine zweite Chance verdient habe, deshalb ging sie zum nächsten Teil der Stunde über und stellte den LeMoyne-Star-Block, einen ihrer Lieblingsblöcke, vor. Dieses Muster stellte eine größere Herausforderung dar als die ersten beiden, weil die Quilterin dabei Stücke einsetzen musste beziehungsweise ein Stück in einen Winkel zwischen zwei andere Stücke zu nähen hatte.

Als die bunten Herbstfarben dem weißen Schnee des Winters wichen, machte der Baltimore Quilting Circle, wie die Damen sich selbst nannten, an ihren Quilts große Fortschritte. Sylvia machte ihrerseits Fortschritte, indem sie ihre Muster und Lehrmethoden verbesserte. Sie stellte fest, dass eine negative Beurteilung, wenn sie mit Humor vorgetragen wurde, leichter zu akzeptieren ist und dass die Schülerinnen ihre Ratschläge eher beherzigten, wenn sie diese ermunternd anstatt fordernd erteilte. Die neue Weisheit kam jedoch zu spät, um ihr zu einem Zeitpunkt zu helfen, an dem sie ihr persönlich am meisten genützt hätte, nämlich bei ihren zahllosen Streitereien mit ihrer Schwester in der Kindheit. Inzwischen war es zu spät, um das verworrene Gespinst der Antipathie zwischen den Schwestern aufzudröseln.

Die Quiltstunden wurden mit gemischten Ergebnissen fortgesetzt. Nach Thanksgiving verließ Mrs Simmons die Gruppe, doch die anderen versicherten Sylvia, dass ihre Entscheidung nichts mit Sylvias Unterricht zu tun habe. Sylvia glaubte ihnen, aber die beiläufigen Bemerkungen anderer Schülerinnen legten den Schluss nahe, dass sie nicht vorhatten, nach der Fertigstellung ihres ersten Quilts jemals einen zweiten in Angriff zu nehmen. Für sie war die Beschäftigung mit dem Quilten ein kurzer Spaß, kein Zeitvertreib, den sie nach diesem vergnüglichen ersten Versuch im Kreise der Freundinnen weiter eifrig verfolgen wollten. Besonders enttäuschend war die Tatsache, dass die eine Hälfte der Gruppe die Meinung vertrat, das Quilten sei eine Kunst, die andere, dass es sich um nichts weiter als um ein nettes Hobby handele. Sylvia versuchte sie zu überzeugen, dass ein Quilt ebenso ein Kunstwerk sein konnte wie ein Gemälde oder eine Skulptur. Schließlich gab eine Frau nach und sagte: »Vielleicht sind Quilts ja Kunst, meine Liebe – Volkskunst.« Die anderen Damen waren froh, dass die Debatte damit zu Ende war, aber Sylvia hielt das Ergebnis für einen von ihrer Seite widerwillig eingegangenen Kompromiss, für ein nettes, sicheres Etikett, das das Quilten in eine lustige kleine Schublade steckte, aber seinen wahren Wert verkannte. Als sie protestierte und feststellte, dass sie alle an jenem Tag, als sie sich im Haus von Mrs Cass kennengelernt hatten, das Meisterstück ihrer Vorfahrin bewundert und es als echtes Kunstwerk bezeichnet hatten, ließen sich die Damen ihr Argument kurz durch den Kopf gehen und erklärten dann, dass antike Quilts, die vor Generationen entstanden seien, als Kunst bezeichnet werden könnten, dass jedoch keiner jener Quilts, die aus ihrer Zeit stammten, dieses Lob verdiene. Frustriert gab Sylvia auf. Selbst wenn nur die Hälfte der Gruppe der Meinung war, das Quilten sei eine Kunst, so waren es immerhin sechs Menschen mehr als vor Beginn des Unterrichts. Damit würde sie sich einfach zufriedengeben müssen.

Weihnachten stand vor der Tür, und da die Damen des Baltimore Quilting Circle mit den Vorbereitungen für das Fest und den Familienzusammenkünften beschäftigt waren, kamen sie überein, sich erst nach Neujahr wieder zu treffen.

Sylvia wappnete sich für die bevorstehenden Feiertage. Die Erinnerungen an Weihnachtsvormittage und hoffnungsfrohe Silvestertage in Elm Creek Manor gingen ihr durch den Kopf, während sie Mrs Compson half, den Haushalt für ein bittersüßes Weihnachtsfest vorzubereiten. Mary wollte mit ihrem Mann aus Washington kommen, und das Farmhaus würde mit James' Brüdern und deren Freundinnen, den Cousins, Tanten und Onkeln aus der Stadt voll bis unters Dach mit angeheirateten Verwandten sein, die Sylvia kaum kannte. James' Fehlen im Kreis der Familie würde deutlich zu spüren sein.

Während sie Weihnachtsplätzchen und -kuchen backten, erzählte Mrs Compson Geschichten von Weihnachtsfesten, als ihre Kinder noch klein waren. Sylvia war amüsiert, ihre Berichte über James zu hören, als er noch ein kleiner Junge war, aber es schmerzte sie zugleich. Begierig sog sie jede Schilderung aus dem Leben ihres Mannes auf, auch wenn diese Erinnerungen nichts mit ihr zu tun hatten, denn sie konnte mit ihm ja keine neuen sammeln. Und dennoch brach ihr jede Geschichte das Herz, weil dieser Junge, dieser gute, liebevolle Mann, zu dem er sich entwickelt hatte, gestorben war.

Sie erinnerte sich an ihr erstes gemeinsames Weihnachtsfest als Mann und Frau, als sie gemäß der Tradition der Familie Bergstrom als das Paar, das zuletzt geheiratet hatte, sich in die verschneiten Wälder aufmachten, um den Christbaum zu holen. Sie dachte an ein anderes, einsameres Weihnachtsfest zurück, als die Männer im Krieg waren und sie, Claudia und Agnes Kraft und Zuversicht in ihrer Liebe füreinander und in der schlichten Freude und Hoffnung des Weihnachtsfestes fanden. Diese Gefühle hätten ihnen Stärke verleihen müssen, als die Tragödie über sie hereinbrach, doch Claudia hatte sie verraten, und Sylvia würde ihr nie mehr begegnen können.

Als es Zeit wurde, das Farmhaus von Compson's Resolution weihnachtlich zu schmücken, schickte Mrs Compson ihren Mann und die Söhne hinaus auf die bewaldeten Hügel, damit sie sechs Tannenbäumchen holten. Plötzlich erinnerte Sylvia sich daran, wie sie mit James durch den Wald gegangen war. Sie zogen den Schlitten hinter sich her, James trug die Axt, und er lächelte, als er ihr von den Weihnachtsfesten seiner Kindheit in seinem Elternhaus erzählte. »Mein Vater wollte immer einen Baum, der vom Boden bis zur Decke reichte«, berichtete er ihr, »aber meine Mutter zog einen kleineren Baum vor, der auf einem Tisch stand. Sie meinte, so habe es ihre Familie immer gehalten, und mein Vater fand sich ihr zuliebe damit ab. Im Laufe der Jahre sammelte sich jedoch zu viel Baumschmuck an, als dass er an einen kleinen Baum Platz gehabt hätte, aber anstatt einen größeren zu besorgen, fällten sie zwei kleine Bäume und stellten sie in verschiedenen Zimmern auf. Als ich in der Schule war, hatten wir beinahe in jedem Zimmer des Hauses so ein Bäumchen auf einem Tisch stehen. Wann immer Besucher kamen, haben meine Schwester und ich Führungen durchs Haus gemacht, um sicherzustellen, dass sie auch jeden Baum sahen.«

Damals hatte Sylvia gelächelt, als sie sich ihren geliebten Mann als Junge am Weihnachtsmorgen vorstellte. Jetzt schmerzte sie die Erinnerung an seine Stimme im verschneiten Wald und erfüllte sie mit Trauer und Sehnsucht.

Der Heiligabend kam, ein Tag, den sie meinte, nicht

durchstehen zu können, doch obwohl die Familie ihre Trauer nicht vergessen hatte, waren sie miteinander glücklich und voll Hoffnung für die Zukunft. Der Krieg war vorüber, und am Horizont schienen sich bessere Zeiten abzuzeichnen. Außerdem sollte Marys Kind in einem Monat auf die Welt kommen. Zwar vermisste Sylvia Elm Creek Manor an diesem Tag mehr denn je seit ihrer Abreise, doch die Liebe und Freundlichkeit, die die Familie Compson ihr entgegenbrachte, halfen ihr, die schlichte Hoffnung und Freude des Weihnachtsfestes wieder zu empfinden. Sie spürte, dass James inmitten seiner Familie anwesend war, und sie wusste, dass er sie noch immer liebte und sie eines Tages wieder würde lieben können.

Das Gefühl dauerhafter Liebe hielt bis drei Tage nach Weihnachten an, als Mrs Compson mit einem Brief in der Hand zögernd auf Sylvia zukam. Sofort wusste Sylvia, wer ihn geschickt hatte.

»Claudia hat von deiner Tante Millie und Onkel George erfahren, dass du dir eine Fahrkarte nach Baltimore gekauft hast«, erzählte ihr Mrs Compson, als Sylvia sich weigerte, den Brief entgegenzunehmen, der an ihre Schwiegereltern adressiert war. »Sie fragt, ob du bei uns bist beziehungsweise ob wir deinen Aufenthaltsort kennen.«

»Sag ihr bitte nicht, dass ich hier bin.«

»Ich muss ihr aber doch irgendetwas schreiben«, wandte Mrs Compson ein. »Sonst denkt sie, der Brief ist verloren gegangen und schickt einen neuen oder kommt gar selbst hierher.«

Sylvia spürte, dass ihr bei dem Gedanken, eine verärgerte Claudia könnte vor der Tür des Farmhauses stehen, ganz übel wurde, und ihre Wut entfachte sich aufs Neue. »Sag ihr, dass ich einen Monat bei euch war und dann abgereist bin, ohne euch mein Ziel zu nennen.«

»Du verlangst von mir, dass ich lüge?«

»Ja.«

»Sie klingt besorgt.«

»Wahrscheinlich möchte sie nur mit ihrem schönen Brautkleid angeben.«

Jetzt waren Claudia und Harold das Paar, das zuletzt geheiratet hatte. Sie würden in diesem Jahr den Christbaum holen, so wie Sylvia und James es getan hatten, aber in Elm Creek Manor lebten nur noch wenige Bergstroms, die ihn bewundern konnten.

»Sicher möchte sie mir Vorhaltungen machen, dass ich nicht bei ihrer Hochzeit war. Entschuldigt sie sich in irgendeiner Weise?«

Mrs Compson überflog den Brief. »Nein«, antwortete sie schließlich, »aber der Brief ist ja auch an mich und Charles adressiert. Sie konnte ja nicht davon ausgehen, dass du da bist und ihn liest. Hätte sie das gewusst, dann hätte sie bestimmt gesagt, wie leid es ihr tut, dass ihr beide euch gestritten habt.«

»Das war weit mehr als ein Streit, und ich bin mir genauso sicher, dass sie sich nicht entschuldigt hätte.«

»Das wirst du erst erfahren, wenn du nach Hause zurückkehrst.«

Der Gedanke, durch Elm Creek Manor zu streifen und die Stimmen ihrer verstorbenen Lieben in den leeren Fluren zu hören und aus dem Augenwinkel einen flüchtigen Blick auf sie zu werfen, ließ Sylvia gequält zusammenzucken. »Das kann ich nicht.«

Mrs Compson sah sie eine ganze Weile schweigend an, dann steckte sie den Brief wieder in den Umschlag. »Na schön. Ich mache, was du willst, aber ich hoffe, du erkennst bald, dass du für deine Schwester eine unüberwindbare Hürde aufgebaut hast.«

»Was meinst du damit?«

»Du möchtest, dass sie sich entschuldigt, aber trotzdem weigerst du dich, ihren Brief zu lesen oder zu ihr zu fahren. Wie kann sie sich entschuldigen, wenn du ihr nicht zuhörst? Wie kann sie dich um Verzeihung bitten, wenn sie dich nicht ausfindig machen kann?«

»Ich kenne meine Schwester«, entgegnete Sylvia. »Sie hat sich nie bei mir für irgendetwas entschuldigt, nicht ein einziges Mal. Damit wird sie jetzt gewiss nicht anfangen.«

Mrs Compson klopfte sich mit dem Kuvert auf die Handfläche. »Warum sucht sie dich dann?«

Darauf wusste Sylvia keine Antwort.

Mrs Compson seufzte. »Sylvia, meine Liebe, Charles und ich, wir freuen uns sehr, dich hier bei uns zu haben, aber irgendwann wirst du dein Leben weiterleben müssen. Ich glaube, dass dein Platz in Elm Creek Manor ist, aber wenn du den Eindruck hast, dass du unter den gegebenen Umständen nicht nach Hause gehen kannst – nun, nur du allein kannst diese Entscheidung fällen. Aber du musst dich entscheiden. Du kannst nicht weiter ein Scheinleben führen. Du musst wirklich leben. Du bist noch immer eine junge Frau. Du könntest wieder heiraten, Kinder kriegen –«

»Nein«, antwortete Sylvia. »Ich könnte niemals jemanden so lieben, wie ich James liebe.«

»Schon möglich«, räumte Mrs Compson ein. »Aber eines weiß ich ganz sicher: James hat dich geliebt. Verzichte ihm zuliebe darauf, ein Leben endloser Trauer zu führen. Du hältst ihn nicht in Ehren, indem du Zorn in deinem Herzen hegst. Das hätte sich mein Sohn nicht von dir gewünscht.«

Sylvia senkte den Blick, weil sie das Mitgefühl von Mrs Compson nicht ertragen konnte. Sie krampfte die Finger in ihrem Schoß zusammen, und auf einmal hatte sie einen Kloß im Hals. »Ich bin noch nicht so weit, dass ich meiner Schwester gegenübertreten kann«, stieß sie hervor. »Ich kann sie nicht mit Harold zusammen sehen, ohne sie zu hassen, jedenfalls jetzt noch nicht.«

Mrs Compson ergriff Sylvias Hände. »Denk an den Namen dieser Farm, Compson's Resolution«, sagte sie. »Auch die Klärung eines Streits ist eine Entscheidung. Vielleicht findest du im neuen Jahr die Kraft, eine Entscheidung zu treffen, die es dir ermöglicht, nach Hause zurückzukehren.«

Sylvia schloss die Augen, um ihre Tränen zurückzudrängen. Der Gedanke, die Compson-Farm zu verlassen, war ihr unerträglich. Hier fühlte sie sich sicher, geborgen und geschützt. Aber falls Claudia den Verdacht hegte, dass Sylvia sich auf der Farm aufhalten könnte, dann bot sie ihr nicht ewig Schutz.

Silvester kam. Die Familie Compson blieb bis Mitternacht auf, unterhielt sich über die vergangenen Jahre und machte hoffnungsfrohe Vorhersagen für das kommende. Sylvia bemühte sich, nicht daran zu denken, wie Claudia, Harold und Agnes das Fest zu Hause in Pennsylvania wohl feierten.

Um Mitternacht stießen Sylvia und die Compsons zu den Klängen von »Auld Lang Syne« in der Radiosendung der Lombardo New Year's Eve Party an. »Möge das neue Jahr uns Frieden, Zufriedenheit und Hoffnung bringen«, sagte Mrs Compson und hob ihr Glas. »Möge jeder von uns den Mut aufbringen, den wir brauchen, um unseren Kummer zu überwinden und das Glück zu finden, das wir verdienen.«

Über den Rand ihrer Gläser hinweg trafen sich Sylvias und Mrs Compsons Blicke, und Sylvia wusste, dass sie diesen Wunsch speziell für sie ausgesprochen hatte.

Am nächsten Morgen half Sylvia Mrs Compson bei der Zubereitung des Frühstücks für die Familie und vermisste Großtante Lucindas Pfannkuchen. Wehmütig dachte sie an das zerfledderte Kochbuch zu Hause in der Küche zurück, in dem viele in der Handschrift der Bergstrom-Frauen verschiedener Generationen auf Karteikarten und den Rückseiten von Briefumschlägen notierte Rezepte steckten. Sie wünschte sich, sie hätte, als sie Elm Creek Manor so fluchtartig verließ, daran gedacht, es mitzunehmen, auch wenn die besten Familienrezepte darin gar nicht zu finden waren, weil sie nie aufgeschrieben wurden. Sie sehnte sich nach dem Duft von mit Äpfeln gebratenem Schweinefleisch, von Sauerkraut und der Feuerzangenbowle ihres Vaters. Ohne diese Düfte hatte man kaum den Eindruck, dass das neue Jahr angefangen hatte.

Sylvia konnte nicht umhin, ihrer Schwiegermutter von den alten Bergstrom-Traditionen zu erzählen, vom Bleigießen und den unzuverlässigen Prophezeiungen, von brennenden Feuerbällen und unerfüllten Träumen. Mrs Compson lauschte so aufmerksam, dass sie die Würste, die auf dem Herd vor sich hin brutzelten, beinahe vergessen hätte.

»Und was ist mit deinen Träumen?«, fragte sie, als Sylvia zu Ende erzählt hatte. »Sicher gibt es da noch ein paar, die du dir erfüllen kannst.«

»Stimmt.« Sylvia hatte seit dem Eintreffen von Claudias Brief viel über ihre Träume nachgedacht. Und nach dem Neujahrstoast von Mrs Compson hatte sie den Entschluss gefasst, in dieser Sache etwas zu unternehmen.

Während die Compson-Geschwister, die Cousins und Onkel Neujahrswünsche tauschten, dachte Sylvia an die Generationen, die an diesem vererbten einfachen Tisch gesessen hatten und froh gewesen waren, den Kummer des vergangenen Jahres hinter sich zu lassen, und dem neuen Jahr mit Zuversicht oder Beklommenheit entgegengesehen hatten. Jetzt war das, was ihr zugestoßen war, Teil der Geschichte der Familie Compson, und obwohl sie sich immer nach James und ihrem Zuhause sehnen würde, fand sie in dem Wissen Hoffnung, dass sie zwar viel verloren, aber zugleich eine zweite Familie gewonnen hatte.

Egal, wohin das neue Jahr sie führen würde, sie würde nie wirklich allein sein, solange sie die Erinnerung an jene, die sie liebte, und jene, die sie geliebt hatten, in ihrem Herzen wachhielt.

Die Unterhaltung drehte sich um Neujahrsvorsätze. Eine Tante nahm sich vor, Briefe von Freunden in Zukunft schneller zu beantworten. James' Schwester, deren erstes Kind nun jeden Tag auf die Welt kommen konnte, fasste den Neujahrsvorsatz, bis zum Frühjahr wieder ihre schlanke Figur zu haben, was von den anderen um den Tisch versammelten Müttern mit Gelächter quittiert wurde.

»Und was ist mit dir, Sylvia?«, wollte Mr Compson wissen. »Hast du irgendwelche Vorsätze für das neue Jahr?«

Alle Blicke waren auf sie gerichtet. Sylvia konnte sich ausmalen, was die entfernteren Verwandten sahen, wenn sie sie anschauten: ein armes Wesen, eine zerbrechliche, von Trauer überwältigte junge Witwe, die unerklärlicherweise auf der Flucht vor ihrer Familie und dem Elternhaus war, das sie immer geliebt hatte. Zwar würden sie niemals Andeutungen machen, dass sie in ihrer Mitte

nicht willkommen sei, aber wahrscheinlich fragten sie sich, warum sie nicht einfach nach Hause ging.
»Ich habe einen Vorsatz gefasst«, antwortete Sylvia. Eigentlich hatte sie nicht vorgehabt, es ihnen auf diese Weise beizubringen, aber es platzte einfach aus ihr heraus: »Ich habe beschlossen, wieder aufs College zu gehen.«
Die um den Tisch Versammelten taten ihr Erstaunen und ihre Freude kund. »Sylvia, das ist ja eine fantastische Idee!«, sagte Mrs Compson. Sie wusste, dass Sylvia, nachdem sie zwei Jahre das Waterford College besuchte, die Ausbildung abgebrochen hatte, um James zu heiraten. »Ich bin mir sicher, dass eine betriebswirtschaftliche Ausbildung dir helfen wird, den Bergstrom-Zuchtbetrieb zu führen.«
»Vielleicht sollte ich mich vor dieser neuen Konkurrenz fürchten«, stellte Mr Compson fest, aber er sah überaus erfreut aus.
»Ich möchte keine betriebswirtschaftliche Ausbildung machen«, entgegnete Sylvia. »Ich möchte Kunstlehrerin werden.« Als Mrs Compsons Freude in Verwirrung umschlug, fügte Sylvia rasch hinzu: »Es hat mir Spaß gemacht, den Damen des Baltimore Quilting Circle das Quilten beizubringen, und ich meine herausgefunden zu haben, dass ich Talent zum Unterrichten besitze. Außerdem möchte ich den Leuten zeigen, dass das Quilten eine echte Form der Kunst ist. Je mehr ich über Kunst weiß, desto besser bin ich in der Lage, dies zu beweisen und mit stichhaltigen Argumenten zu untermauern.«
»Dann – « Mr Compson räusperte sich. »Dann hast du also nicht die Absicht, zum Bergstrom-Zuchtbetrieb zurückzukehren?«
Sylvia lachte unsicher. »Ich glaube nicht, dass eine Pfer-

defarm unbedingt eine Kunstlehrerin unter ihren Mitarbeitern braucht.«

Einige Familienmitglieder, die die Geschichte von Sylvias selbst auferlegtem Exil nicht kannten, lachten, doch die Eltern und Geschwister von James sahen eher bestürzt aus.

»Aber du hast vor, deine Ausbildung am Waterford College wieder aufzunehmen, oder?«, fragte Mrs Compson, deren Begeisterung von eben mit einem Mal so gut wie dahin war.

Sylvia hatte nicht die Absicht, ins Elm Creek Tal zurückzukehren, aber sie brachte es nicht über sich, das auszusprechen und ihren Schwiegerleuten den Neujahrstag zu verderben. »So weit habe ich noch nicht vorausgeplant. Ich weiß ja nicht einmal, ob mich das Waterford College nach so vielen Jahren überhaupt wieder aufnehmen würde, und ich weiß nicht, ob meine bisherigen Zeugnisse an einem anderen College anerkannt werden. Vielleicht ... vielleicht hätte ich den Vorsatz nicht fassen sollen, ohne mir das alles vorher gründlich zu überlegen.«

Einige der Anwesenden versicherten ihr schnell, dass ihr Vorsatz absolut in Ordnung sei, dass sie sich ein Ziel gesetzt habe und dass das schließlich das Wichtigste sei. Alles Übrige könne man später klären. Sylvia dankte ihnen, doch als sich das Gespräch den Vorsätzen der anderen zuwandte, schaute sie zu Mrs Compson hinüber und sah, dass sie mit ihrem Mann bestürzte Blicke tauschte. Mrs Compson war, als Sylvia ihren Vorsatz kundgetan hatte, gewiss davon ausgegangen, dass Sylvia nach Elm Creek Manor zurückkehren und das nur wenige Meilen entfernte Waterford College besuchen würde. So sehr Mrs Compson wünschte, dass Sylvia den

Mut fand, sich ihre Träume zu erfüllen, so sehr hoffte sie, dass diese Träume sie wieder nach Hause führten.

Sylvia blieb auf Compson's Resolution, bis sie ihre Zukunftspläne geschmiedet hatte. Der Winter ging zu Ende, und das Frühjahr brach an. Um Sylvias Geburtstag herum kam ein weiterer Brief von Claudia bei den Compsons an, in dem sie sich erkundigte, ob sie etwas von Sylvia gehört hätten. Mit missbilligendem Blick in Richtung ihrer Schwiegertochter schrieb Mrs Compson die Antwort, um die Sylvia sie gebeten hatte: Sie wüssten nicht, wo Sylvia sich aufhalte, aber falls Sylvia Kontakt zu ihnen aufnehmen sollte, würden sie sie drängen, sich mit Claudia in Verbindung zu setzen. »Das zumindest entspricht der Wahrheit«, murmelte Mrs Compson und verschloss das Kuvert. Danach verging keine Woche, ohne dass sie Sylvia bat, ihrer Schwester doch endlich zu schreiben.

Ein paar Tage nach James' Todestag erhielten die Compsons überraschenderweise einen Brief von Andrew. Er schrieb von seinem neuen Zuhause in Michigan, dass er oft an sie denke und hoffe, dass sie Freunde und Familienangehörige hatten, die ihnen an diesem traurigen Tag beistanden. Er erinnerte an seine Freundschaft mit James, an James' Mut auf dem Schlachtfeld, an seine beruhigende Zuversicht und seinen Humor, der dazu beigetragen habe, dass sie, wenn auch nur für kurze Zeit, vergessen konnten, wo sie waren. James habe häufig von seiner Familie und Compson's Resolution erzählt, schrieb Andrew, und seine Schilderungen des elterlichen Anwesens seien so bildhaft gewesen, dass Andrew den Eindruck hatte, als sei er die Waldwege selbst entlangspaziert. »Ich weiß, dass er Sie und Sylvia sehr geliebt hat«, schrieb er. »Er hat häufig von Ihnen gesprochen und freute sich sehr darauf, Sie wiederzusehen. Ich möchte, dass Sie wissen, dass er mir mehr als ein Mal das Leben gerettet hat, und wenn ich mein Leben mit der Hälfte des Muts, der Ehrenhaftigkeit und Anständigkeit, die er stets an den Tag gelegt hat, leben kann, dann darf ich mich getrost als erfolgreichen Mann betrachten.«

Sylvia brach in Tränen aus, als sie den Brief las. Sie fragte sich, ob Andrew ihr wohl einen ähnlichen Brief nach Elm Creek Manor geschickt hatte. Er konnte ja nicht wissen, dass sie nicht dort war und ihn nicht erhalten würde.

Als der Sommer sich dem Ende zuneigte, hatte Sylvia ihren Entschluss gefasst und konnte diesen Mr und Mrs Compson nicht länger verheimlichen. Seit Monaten hatten sie gesehen, dass sie Bewerbungsschreiben verfasste und Informationsmaterial von allen möglichen Colleges angefordert hatte. Doch als es Zeit wurde, ihnen die Neuigkeit mitzuteilen, war sie nicht darauf vorbereitet, mit welcher Enttäuschung sie darauf reagieren würden. Mrs Compson brach in Tränen aus, was eigentlich gar nicht zu ihrem Wesen passte, als sie hörte, dass Sylvia plante, sich im Carnegie Mellon in Pittsburgh einzuschreiben. »Wenn das Waterford College schon nicht infrage kommt, warum besuchst du dann nicht die University of Maryland?«, fragte sie unter Tränen. »Mary hat dort eine wunderbare Ausbildung erhalten, und du wärst näher an Zuhause und könntest hin und wieder zu Besuch kommen. Ich weiß, dass du dich dort beworben hast, ich weiß, dass sie dich angenommen haben. Ich habe die Briefstempel wiedererkannt.«

Sylvia war von Mrs Compsons aufrichtigem Flehen gerührt, vor allem, da sie instinktiv Compson's Resolution als Sylvias Zuhause bezeichnet hatte, nicht etwa Elm Creek Manor. Aber Carnegie Mellon entsprach stärker ihren Interessen, außerdem fürchtete sie noch immer, dass Claudia irgendwann hier nach ihr suchen und sie finden würde, falls sie weiter in der Nähe der Compsons blieb.

Am Morgen ihrer Abreise nach Pittsburgh umarmte sie ihre Schwiegereltern und bedankte sich dafür, dass sie sie bei sich aufgenommen hatten. »Du bist James' Frau«, sagte ihr Schwiegervater. »Du wirst immer einen Platz hier bei uns haben.«

Sylvia versprach, sie häufig zu besuchen, und das tat sie am Anfang auch. An Feiertagen und in den Ferien nahm sie den Zug nach Osten in Richtung Baltimore und starrte aus dem Fenster, während sie südlich der Berge, die das Elm Creek Tal umgaben, vorbeituckerten, sie presste die Hand gegen die kühle Scheibe und sehnte sich danach, einen flüchtigen Blick auf das Land jenseits der Bergpässe werfen zu können.

Nachdem Sylvia ihr Studium abgeschlossen und ihren Unterricht im Allegheny Valley School District aufgenommen hatte, wurden ihre Besuche in Compson's Resolution seltener. Mrs Compson hielt ihr Versprechen, Claudia Sylvias Aufenthaltsort nicht zu verraten, und nach einiger Zeit trafen keine weiteren Briefe von Claudia mehr ein.

Was immer den Compsons über Elm Creek Manor oder den Zuchtbetrieb der Bergstroms zu Ohren kam, teilten sie Sylvia mit. Über Agnes, Sylvias Schwägerin, gab es erfreuliche Neuigkeiten, denn sie heiratete ein zweites Mal, und zwar einen Geschichtsprofessor des Waterford College. Es kursierten düstere Gerüchte, dass es mit dem Bergstrom-Zuchtbetrieb bergab gehe, doch Sylvia traute nicht einmal Claudia und Harold zu, den Familienbetrieb in so kurzer Zeit so gründlich zugrunde zu richten. Mit den Jahren trafen immer seltener Nachrichten von Elm

Creek Manor ein, und als Mr und Mrs Compson starben, versiegten sie ganz.

Im Laufe der Zeit knüpfte Sylvia dauerhafte Freundschaften mit Quiltkolleginnen und den Nachbarn ihres roten Backsteinhauses an der Meeting Road in Sewickley, Pennsylvania. Auf jede Frau, die das Quilten erlernen wollte, übertrug sie ihre Begeisterung, und sie setzte sich, noch vor der »Quilt-Renaissance« der 1970er-Jahre, leidenschaftlich für das Quilten als traditionelle Kunstform ein. An jedem Silvesterabend, ob sie allein oder mit Freunden feierte, dachte Sylvia an den Toast ihrer Schwiegermutter in Compson's Resolution zurück. Hatte Sylvia so weit von ihrem Zuhause entfernt am Ende Frieden, Zufriedenheit und Hoffnung gefunden? Hatte sie den Mut aufgebracht, ihren Kummer zu überwinden und ihr Glück zu suchen?

Sylvia war davon überzeugt. Es war zwar nicht das Leben, das sie für sich erwartet hatte, aber es war erfüllend, und sie war dankbar dafür.

Fünfzig Jahre nach ihrer Abreise von Elm Creek Manor erhielt sie einen Anruf von einem Rechtsanwalt, dem Sohn eines Mannes, mit dem sie einst in Waterford die Schulbank gedrückt hatte. Ihr verschlug es fast die Sprache, als er ihr mitteilte, dass Claudia gestorben sei. »Woran?«, stammelte sie ganz erschüttert. Selbstverständlich war Claudia ebenso gealtert wie sie, doch in ihrer Erinnerung war Claudia genau so geblieben, wie sie 1945 gewesen war. Jeden Tag starben Menschen ihres Alters, das war nun einmal der Lauf der Dinge.

Harold war vor Claudia gestorben, und da die beiden keine Kinder hatten, gehörte das Anwesen jetzt Sylvia. Sie war sich nicht sicher, ob sie es überhaupt haben wollte. Sie hatte sich in Sewickley ein eigenes Leben aufgebaut und konnte sich nicht vorstellen, allein durch das Herrenhaus zu geistern – nicht in ihrem Alter, nicht, wenn keiner ihrer Freunde in ihrer Nähe war. Daher heuerte sie einen Privatdetektiv an, der nach einem geeigneteren Erben suchen sollte – einem entfernten Verwandten, irgendjemanden.

Als sich die Suche als erfolglos erwies – und zwar so rasch, dass Sylvia sich fragte, ob der Detektiv wirklich so gründlich gesucht hatte, wie es sein Honorar versprach –, kehrte Sylvia als alleinige Erbin des Bergstrom-Anwesens nach Elm Creek Manor zurück.

Es war Ende September, als sie die Reise über die weiten Hügel im Zentrum Pennsylvanias ins Elm Creek Tal unternahm. Ihr stockte fast der Atem, als sie von der Schnellstraße in den schmalen, unbefestigten Weg einbog, der durch einen das Bergstrom-Anwesen umgebenden herbstlich gefärbten Wald führte. Das Herz klopfte ihr bis zum Hals, als das Taxi über die alte Steinbrücke über den Elm Creek rumpelte. Sylvia war neugierig, fürchtete jedoch, welcher Anblick sich ihr bieten würde, sobald sie den Wald hinter sich gelassen hatte. Der breite, ausgetrocknete Rasenstreifen des Vorgartens war verwildert, doch dahinter erhoben sich stolz die grauen Steinmauern des Hauses. Das Erbe der Bergstroms schien so stark und unverwüstlich zu sein wie eh und je, bis das Taxi in der geschwungenen Einfahrt anhielt und Sylvia die abblätternde Farbe, die zerbrochenen Fensterscheiben und den bröckelnden Mörtel erblickte.

Die Warnungen des Rechtsanwalts hatten sie nicht ausreichend darauf vorbereitet, was sie im Inneren erwartete. Claudia hatte viele Familienerbstücke verkauft, um nach dem Bankrott des Betriebes über die Runden zu kommen, doch die leeren Räume, die einst mit wertvollen antiken Möbeln und schönen Kunstgegenständen eingerichtet waren, entsetzten Sylvia bei jedem Blick in die Zimmer. Als hätte Claudia es wiedergutmachen wollen, dass sie das Haus seiner Schätze beraubte, hatte sie die Räume mit wertlosem Gerümpel angefüllt – mit Werbepost, vergilbten Zeitungen, Fleischverpackungen aus dem Supermarkt, kaputten Glühbirnen, Einmachgläsern, die einst Spaghettisauce enthalten hatten. Sylvia hatte keinen Schimmer, warum ihre Schwester so viel nutzlosen Müll gehortet hatte. Was hatte sie mit all dem nur vorgehabt? Wie viele leere Einmachgläser brauchte eine Frau, vor allem eine Frau, die den Garten völlig vernachlässigt und gar nichts einzukochen hatte? Handelte es sich am Ende um nichts anderes als eine letzte fiese Gemeinheit ihrer Schwester gegenüber? Claudia musste schließlich davon ausgegangen sein, dass Sylvia diejenige sein würde, die das Chaos eines Tages würde beseitigen müssen.

Als Erstes nahm Sylvia die Küche in Angriff, doch selbst nach stundenlanger Arbeit hatte sie noch keine großen Fortschritte erzielt. Erschöpft richtete sie sich ihr Nachtlager auf dem Sofa im Wohnzimmer im Westflügel her, weil sie den Gedanken, die Nacht in dem Zimmer zu verbringen, in dem sie und James einst geschlafen hatten, nicht ertragen konnte. Als sie am nächsten Morgen in dem menschenleeren Haus aufwachte, hatte sie den Eindruck, von der großen Last der gewaltigen Aufgabe, die vor ihr lag, schier ins Bett niedergedrückt zu werden. Das Haus gehörte jetzt ihr wie auch die übrig gebliebenen Parzellen Land, die Claudia vergessen hatte oder nicht hatte verkaufen können. Sie musste sich mit dem Rechtsanwalt treffen und die Schulden ihrer Schwester begleichen. Jedes Zimmer musste ausgeräumt und der Müll durchsucht werden, ob sich darin noch etwas fand, was aufzubewahren sich lohnte. Viele Dinge und Details mussten geklärt, Dokumente unterschrieben und Konten aufgelöst werden. Das würde mindestens einen Monat in Anspruch nehmen, und sie hatte nur Gepäck für ein paar Tage dabei. Sie würde nach Waterford fahren, um Lebensmittel einzukaufen, und beten müssen, dass der alte Herd und der Kühlschrank noch funktionierten.

Waterford hatte sich verändert, seit sie es das letzte Mal gesehen hatte – einige Leute würden es Fortschritt nennen, vermutete sie –, und es wirkte auf sie sowohl vertraut als auch fremd. Das College war erweitert worden, im Ortszentrum hatte man ein paar Gebäude abgerissen und durch neue ersetzt. An der Hauptstraße gab es einen neuen Quiltladen, und Sylvia ging hinein, um ein bisschen herumzustöbern und sich mit der freundlichen Besitzerin ein wenig zu unterhalten. Falls sie gezwungen sein sollte, ihren Aufenthalt zu verlängern, brauchte sie zumindest nicht zu befürchten, dass ihr die Quiltutensilien ausgingen.

Weihnachten ganz allein in Elm Creek Manor zu verbringen kam für sie gar nicht infrage. Die früheren mit Wärme und Lachen erfüllten Weihnachtsfeste schienen jetzt von immerwährender Trauer überschattet zu sein. Jedes Zimmer, jeder Gegenstand erinnerte sie an die Gesichter, die sie nie wiedersehen würde, an Stimmen, die sie nie mehr würde hören können. Sie schloss das alte Haus ab und kehrte nach Sewickley zurück, um das Weihnachtsfest im Kreis ihrer Freunde zu feiern. So sehr sie diese auch lieb gewonnen hatte, sie wussten wenig über ihre Vergangenheit, der Zeit, bevor sie als junge Witwe nach Sewickley gekommen war. Einige glaubten sogar, sie habe ihr ganzes Leben in Sewickley verbracht, und waren überrascht, als sie von einer lange verschollenen Schwester und einem Familienanwesen im Elm Creek Tal erfuhren. Sie sprachen Sylvia ihr Mitgefühl aus und boten ihr an, ihr behilflich zu sein und Claudias Anwesen wieder in Ordnung zu bringen, doch Sylvia wusste, dass dies ihre alleinige Aufgabe war – und eine mühsamere Aufgabe, als ihre Freunde wohl ahnten. Da sie nicht hatte prahlen wollen, war sie bezüglich der Größe des Anwesens und seiner früheren Eleganz nicht ganz aufrichtig gewesen. Jedenfalls hatte sie es nicht als »Manor« bezeichnet.

»Sylvia, du wirst uns doch nicht verlassen und in dein altes Elternhaus aufs Land ziehen, oder?«, fragte eine Freundin halb besorgt, halb im Scherz.

»Nur keine Angst«, stellte Sylvia trocken fest. »Ich habe mein Zuhause vor fünfzig Jahren verlassen. Dort habe ich nichts mehr zu suchen.«

Später nahm eine andere Freundin Sylvia zur Seite und drängte sie, keine überstürzten Entscheidungen zu treffen. »Als mein Mann im letzten Jahr gestorben ist, konnte ich es nicht ertragen, irgendwelche Sachen von ihm zu sehen«, vertraute ihr Alice an. »Ich habe meinen Söhnen gesagt, dass sie alles mitnehmen könnten, was sie haben wollten, und den Rest habe ich einer wohltätigen Organisation gegeben. Nur Fotos, seine Kriegsauszeichnungen und seinen Ehering habe ich behalten. Jetzt ist mein Haus aufgeräumt und sauber, und es gibt Tage, da vermisse ich ihn so sehr, dass ich mir nichts sehnlicher wünsche, als in eines seiner alten Flanellhemden zu schlüpfen und vor dem Kamin ein Buch zu lesen und so zu tun, als sei er noch bei mir. Und das kann ich nicht.«

»Ach, Alice«, sagte Sylvia und nahm sie in die Arme. »Das tut mir so leid.«

»Wer hätte gedacht, dass der Gegenstand, den ich am meisten vermisse, sein Lieblingsflanellhemd sein würde?«, fragte Alice wehmütig. »Hätte ich nur einen Monat länger gewartet, bis es draußen kälter wurde, dann wäre mir das bestimmt klar geworden. Sylvia, ich weiß, dass du dieses alte Haus nicht ewig behalten kannst, vor allem da es so weit weg liegt, aber bitte mach nicht den gleichen Fehler wie ich. Wirf nicht alles weg, bevor du Zeit hast, gründlich darüber nachzudenken, was das später für dich bedeuten könnte. Ich vermute, dass du dich mit deiner Schwester nicht gerade gut verstanden hast, aber es muss ein paar Erinnerungsstücke geben, die du vielleicht behalten möchtest. Falls nicht von den Sachen deiner Schwester, dann vielleicht von deinen Eltern.« Alice drückte ihren Arm. »Es eilt ja nicht. Du musst dir selbst versprechen, nichts zu unternehmen, was du nicht mehr rückgängig machen kannst.«

Sylvia dankte Alice für ihren klugen Rat und versprach, ihn zu beherzigen.

Zwei Tage nach Weihnachten kehrte sie mit neuer Zielsetzung nach Elm Creek Manor zurück. Die Einzelheiten von Claudias Besitzfragen waren inzwischen so gut wie geklärt, und Sylvia musste bald eine schwierige Entscheidung treffen. Als sie über das Schicksal des Hauses nachdachte, beschloss sie, ein paar wenige Familienandenken aufzubewahren. Ihre Freundinnen waren davon ausgegangen, dass sie das Vernünftigste tun würde – nämlich das Anwesen baldmöglichst zu verkaufen und nach Sewickley zurückzukehren. Doch Sylvia war so lange nicht mehr in ihrem Elternhaus gewesen, dass sie keine Veranlassung sah, so bald endgültig Abschied zu nehmen. Außerdem beunruhigte sie der Gedanke, das Anwesen an einen Fremden zu verkaufen,

wo es doch so lange im Besitz der Bergstroms gewesen war – seit dem Tag, als Hans, Anneke und Gerda Bergstrom den Eckstein gesetzt hatten.
In der Küche entdeckte sie Großtante Lucindas Plätzchenmodel. Diese legte sie zusammen mit den Fotoalben und der Uhr ihres Vaters im Wohnzimmer im Westflügel zur Seite. Außerdem wollte sie einen der Quilts ihrer Mutter aufbewahren, vielleicht ihren Hochzeitsquilt New York Beauty oder den Geburtstagsquilt Elms and Lilacs, aber sie fand keinen der beiden auf einem der Betten ausgebreitet. Es handelte sich um so exquisite Quilts, dass sie höchstwahrscheinlich zur sicheren Aufbewahrung weggeräumt worden waren, deshalb beschloss sie, später danach zu suchen.
Zu ihrem Erstaunen entdeckte sie im Wohnzimmer eine Nähmaschine der Marke Featherweight. Entweder Agnes oder Claudia hatte sie nach Sylvias Abreise wohl gekauft.
Plötzlich erinnerte sich Sylvia an die Nähmaschine von Urgroßmutter Anneke im Wohnzimmer im Westflügel. Sylvia verbrachte dort jeden Tag mehrere Stunden, deshalb kam es ihr seltsam vor, dass ihr die Maschine zuvor nicht aufgefallen war. Als sie in der Tür stand, wurde ihr der Grund dafür klar: Sie war von ihrem üblichen Platz in die Ecke geschoben und mit einem vergilbten Leintuch verhängt worden.
»Üblicher Platz!«, sagte Sylvia spöttisch. Mehr als fünfzig Jahre waren vergangen, seit sie gewusst hatte, was in Elm Creek Manor »üblich« war.
Sie zog das Leintuch herunter und musste wegen der Staubwolke, die ihr entgegenkam, niesen. Sylvia wischte die Staubkörnchen herunter, blinzelte, um ihre aufsteigenden Tränen zu unterdrücken, und seufzte er-

leichtert, als sie die unbezahlbare Tretmaschine erblickte, die Anneke nach Amerika mitgebracht hatte.
Die über die Generationen weitergegebenen Familienlegenden besagten, dass Anneke einst ihren Teil zum Familienunterhalt beigetragen hatte, indem sie von einem Schneider in der Stadt Näharbeiten übernahm. Ihr Geschick mit Nadel und Faden war so legendär wie Gerdas Ruf als Köchin.
Dann schaute Sylvia genauer hin.
Zwischen Fußpedal und Maschinentisch waren zwei übervolle Wäschesäcke geklemmt. Neugierig zog Sylvia sie vorsichtig aus ihrem Versteck und löste die Zugbänder eines der Säcke. Darin entdeckte sie die Stoffrestesammlung der Bergstrom-Frauen und ein paar Meter zusammengelegten Stoff, der wohl erst vor wenigen Jahren gekauft worden sein musste.
Sylvia ließ sich auf dem Boden nieder, und ihr Herz klopfte erwartungsfroh. Als sie in den Sack spähte, erkannte sie sogleich die bunten Baumwollstücke, die Großtante Lucinda für den Chimneys-and-Cornerstone-Quilt für Cousine Elizabeth zugeschnitten hatte. Sie entdeckte den schönen Blümchenstoff, aus dem sie und Claudia sorgfältig Quadrate für den Nine-Patch-Quilt, den sie zur Geburt eines Cousins nähten, ausgeschnitten hatten. Pastellfarbene Reste des Geburtstagsquilts Elms and Lilacs ihrer Mutter, dazwischen rote Stücke des misslungenen Versuchs von Agnes, für Richard einen Double-Wedding-Ring-Quilt zu machen. Zusammengewürfelte vertraute und unbekannte Stoffe legten Zeugnis der ganz besonderen Augenblicke im Leben der Bergstrom-Frauen ab, von Anlässen, die sie hervorgehoben hatten, indem sie einen Quilt nähten. Geburten und Feiern, Zeiten des Lernens und des Unterrichtens – in jedem dieser

weichen, so lange vergessenen Stoffreste fand Sylvia eine Erinnerung an diese Ereignisse.
Blau und Gelb waren schon immer ihre Glücksfarben gewesen. Als spürte Sylvia, dass sich die Bergstrom-Frauen um sie versammelten und sie dazu drängten, weiterzumachen, kramte sie die Säcke durch und holte alle blauen und gelbgoldenen Stoffreste heraus, die sie darin finden konnte.
Es war Silvester, die Zeit zum Nachdenken. Während Sylvia mit dem Bleistift an den Schablonen entlangfuhr und die Stoffe zuschnitt, dachte sie an all die Silvesterabende zurück, die sie im Schutz der grauen Steinmauern des Manors und im noch schützenderen Kreis ihrer Lieben verbracht hatte. Als sie einen Good-Fortune-Block in die Mitte des Mother's-Favorite-Musters nähte, warf die Erinnerung an die Jahrzehnte, in denen sie das neue Jahr fern von Zuhause begrüßt hatte, dunkle Schatten auf frühere Weihnachtsfeste, aber sie zuckte nicht zurück. Wenn sie einen ehrlichen Blick auf ihr Leben und ihre Entscheidungen werfen wollte, konnte sie nicht nur die Erinnerungen herausgreifen, die ihr gefielen. Nicht immer hatte das neue Jahr sein Glücksversprechen gehalten, und in diesen Fällen war es ihre Angelegenheit gewesen, das Beste aus den gegebenen Umständen zu machen, zu lernen, sich zu entwickeln und damit das Pech in Glück zu verwandeln. Tief in ihrem Innersten wusste sie, dass sie manchmal den Weg entlanggestolpert war und zugelassen hatte, dass Angst, Wut oder Groll sie davon abhielten, ein so erfülltes Leben zu führen, wie es ihr eigentlich möglich gewesen wäre. Die Fehler, die sie in der Vergangenheit gemacht hatte, konnte sie nicht mehr korrigieren, aber sie konnte aus ihnen lernen.
Sylvia arbeitete an ihrem Quilt ›Neujahrsüberlegungen‹

und fügte einen Peace-and-Plenty-Block zu Ehren Josephine Compsons und ihres Neujahrswunschs für ihre Familie ein, den sie vor so vielen Jahren ausgesprochen hatte. Sie setzte einen Memory-Chain-Block zusammen, damit sie die Lektionen nie vergessen möge, die sie durch die unerwartete Wendung, welche ihr Leben genommen hatte, erteilt bekam.

Gedankenverloren nähte sie, bis die Uhr Mitternacht schlug. Es gab kein Feuerwerk, keinen Champagner, keine Toasts, keine Küsse und kein gejubeltes »Gutes neues Jahr!«, das durch die Flure hallte, doch für Sylvia sollte dieser Neujahrstag einen Neuanfang markieren, denn sie hatte beschlossen, welchen Weg sie im kommenden Jahr einschlagen würde.

Sie würde das Haus von Claudias Unrat befreien, falls nötig mit einem Gabelstapler. Sie würde Handwerker damit beauftragen, die notwendigen Reparaturen auszuführen und auch das Grundstück wieder in Ordnung zu bringen. Dann, sobald das Anwesen keine Schande mehr für den Namen Bergstrom darstellte, würde sie es verkaufen und in ihr Haus nach Sewickley und zu ihren Freunden zurückkehren.

Denn so gern sie ihre Schwester auch für den erbärmlichen Zustand des Manors verantwortlich machen wollte, sie wusste, dass sie zumindest ebenso viel Schuld trug. Sie hatte ihr Elternhaus, die Familie und den Betrieb in dem Wissen, dass Claudia und Harold keine geeigneten Verwalter des Bergstrom-Erbes waren, im Stich gelassen. Am Verfall von Elm Creek Manor trug sie ebenso Schuld wie Claudia, vielleicht sogar mehr.

Sylvia kam zu dem Schluss, dass sie das Bergstrom-Anwesen, auch wenn sie es verkaufte, nicht irgendeinem x-Beliebigen anvertrauen würde. So lange es auch dauern mochte, sie würde warten, bis ein Käufer kam, der das Manor in seiner früheren Schönheit restaurieren und die Flure wieder mit Liebe und Lachen erfüllen würde. Sie hatte keine Ahnung, wer dazu in der Lage sein könnte, aber sie wollte warten, bis dieser Mensch auftauchte. Sie war mit dem Bergstrom-Erbe schon einmal verantwortungslos umgegangen, und sie würde ihre Familie kein zweites Mal enttäuschen.

Der Quilt ›Neujahrsüberlegungen‹ würde sie ihr Leben lang an diesen Vorsatz erinnern.

Während Sylvia den Rand mit kleinen, ordentlichen Stichen an die Rückseite des Quilts nähte, schmunzelte sie, als sie an den Vorsatz dachte, den sie in den ersten Minuten jenes Neujahrstages gefasst und auf welch unerwartete Weise sie ihn eingehalten hatte.

Im folgenden Sommer hatte sie eine junge Frau namens Sarah McClure engagiert, damit sie ihr half, das Manor leer zu räumen und es für den Verkauf vorzubereiten. Ein Kaufinteressent hatte davon gesprochen, das Haus in ein Wohnheim für die Studenten des Waterford College zu verwandeln, und Sylvia war schon versucht gewesen, sein Angebot anzunehmen. In all den Monaten, in denen das Objekt zum Kauf ausgeschrieben gewesen war, war kein Interessent mit einem attraktiveren Plan aufgetaucht, und als pensionierter Lehrerin gefiel Sylvia der Gedanke, den Studenten einen solch schönen Wohnraum anzubieten.

Sylvia war Sarah ewig dankbar, dass sie Zweifel an den Plänen des Bauträgers gehegt und heimlich Nachforschungen über seine Firma angestellt hatte. Als Sarah herausfand, dass der Bauträger vorhatte, Elm Creek Manor abzureißen und auf dem Grundstück Wohnblocks mit Eigentumswohnungen errichten zu lassen, brach Sylvia die Verhandlungen sofort ab. Da sie nicht wusste, was sie als Nächstes tun sollte, bat sie Sarah, ihr behilflich zu sein und einen Weg zu finden, wie das Haus wieder zum Leben erweckt werden konnte. Sarahs genialer und überraschender Vorschlag war, Elm Creek Manor in einen Treffpunkt für Quilterinnen zu verwandeln, einen Ort, an dem sie wohnen, lernen, Inspirationen finden und die Gesellschaft anderer Quilterinnen genießen konnten. Die neuen Besitzer, die sie eigentlich hatte finden wollen, waren am Ende Sylvia und Sarah selbst sowie eine Gruppe von Quilterinnen aus der Umgebung, den ersten Mitarbeiterinnen des Elm Creek Quilt Camps.

Dem Himmel sei Dank, dass Sylvia auf Sarahs Vorschlag eingegangen war, sonst wäre ihr geliebtes Elternhaus inzwischen abgerissen und würde jetzt irgendwo als Geländeanfüllung dienen. Was für ein Segen, dass Elm Creek Quilts sich gut entwickelt hatte, denn sonst wäre Sylvia am Ende doch gezwungen gewesen, das Anwesen zu verkaufen, und sie wäre hundert Meilen entfernt gewesen, als Andrew mit seinem Wohnmobil zu einem Überraschungsbesuch vorfuhr und für immer blieb. Sie hatte gedacht, er habe sie längst vergessen, und sie war froh, an ihre frühere Freundschaft wieder anzuknüpfen. Niemals hätte sie es für möglich gehalten, dass ihre Gefühle füreinander stärker werden und sie sich ineinander verlieben würden.

Der Neujahrswunsch, den Mrs Compson vor so vielen Jahren für sie ausgesprochen hatte, war endlich wahr geworden.

Während sie durch Hartford fuhren, lächelte Sylvia Andrew freudig und liebevoll an. »Ich bin so froh, dass du nach Elm Creek Manor zurückgekommen bist«, sagte sie. »Ich bin dankbar, dass ich dort war, als du damals kamst.«

»Nicht halb so dankbar wie ich«, antwortete er.

Da wurde ihr klar, dass zwischen ihr und Andrew alles in Ordnung sein würde, egal wie Amy sich entscheiden sollte, ob sie den klugen Weg der Versöhnung einschlug oder beschloss, die Verbindung zu ihrem Vater abzubrechen. Ihre Liebe und ihre Dankbarkeit für den Segen dieser Liebe würden ihnen helfen, alle Schwierigkeiten zu überwinden.

Sie bogen in eine breite, von Bäumen gesäumte Straße ein, die erst vor Kurzem von offenbar hohem Schnee geräumt worden war. In einigen der Vorgärten standen Schneemänner, in anderen eindrucksvolle Schneeburgen, von welchen sich Kinder in Schneeanzügen und Handschuhen mit Schneebällen bewarfen.

Andrew fuhr in die Einfahrt neben einem graugrünen viktorianischen Haus mit breiter Eingangsveranda und einem achteckigen Türmchen an der Südostecke. Mit kleinen goldenen Lichterketten umwickelte Tannenzweige zierten das Geländer der Eingangsveranda, und die Haustür war mit einem Kranz frischer Stechpalmen geschmückt.

Andrew schaltete den Motor aus und ließ die Hand am Schlüssel, als sei er versucht, das Auto erneut zu starten und wieder aus der Einfahrt zurückzustoßen. Aber Andrew hatte es noch nie an Mut gefehlt, deshalb steckte er die Schlüssel ein und warf Sylvia ein Grinsen zu, das er wohl für aufmunternd hielt. »Da wären wir.«

Plötzlich kamen Sylvia Bedenken. »Sie erwarten uns doch, oder?«

»Ich habe vom 1863 House aus angerufen«, versicherte er

und schaute zu den dunklen Fenstern des Hauses hinauf. Kleine Schneekristalle fielen auf die Windschutzscheibe und drohten, die Sicht zu behindern. »Aber ... aber das bedeutet ja nicht, dass sie jetzt zu Hause sind.«

»Vielleicht sind sie fortgefahren, als sie gehört haben, dass wir auf dem Weg hierher sind.«

Andrew schnaubte verächtlich, aber die Zweifel wurden ausgeräumt, als die Haustür geöffnet wurde und Amy, ohne zu lächeln, auf die Eingangsveranda trat und wegen der Kälte die Arme vor der Brust verschränkte.

5

Amy verschwand wieder im Haus, kehrte aber mit einem Mantel und Stiefeln bekleidet auf die Veranda zurück, als Andrew und Sylvia gerade ihre Koffer aus dem Minivan von Elm Creek Quilts ausgeladen hatten.

»Dad, lass mich dir dabei helfen«, sagte Amy und eilte die Eingangsstufen hinunter.

»Mit den zwei Koffern komme ich schon noch klar«, entgegnete Andrew.

Sylvia musste sich am Riemen reißen, um nicht die Augen zu verdrehen. Schon hatte es angefangen. »Lass sie doch, wenn sie dir helfen will«, murmelte sie, aber Andrew tat, als habe er sie nicht gehört.

Er trug beide Koffer ins Haus, und Amy und Sylvia folgten ihm.

Daniel und die drei schlaksigen Teenager – die Enkel Ryan und Kyle sowie die Enkelin Caitlin – begrüßten sie im Flur mit herzlichen Umarmungen und fröhlichem Lächeln. Nur Amy schien sich unbehaglich zu fühlen. Zum Glück wussten die Enkel allem Anschein nach nichts von einem Konflikt zwischen den Erwachsenen, was Sylvia als hoffnungsvolles Zeichen betrachtete.

»Ich habe einen Schmorbraten in der Backröhre«, verkündete Amy, während sie ihnen die Mäntel abnahm und an einen Mahagonikleiderständer in der Ecke neben der

Tür hängte. »In einer halben Stunde ist er fertig, also kommt bitte herein und fühlt euch wie zu Hause.«
Das war in jedem Fall eine weit herzlichere Begrüßung, als Sylvia erwartet hatte. Sie betete, Andrew möge die Stimmung nicht verderben, indem er gleich damit herausplatzte, dass sie geheiratet hatten.
Amy führte sie ins Wohnzimmer und bot ihnen heiße Getränke an. Sylvia nahm gern eine Tasse Pfefferminztee und setzte sich auf das bequeme Sofa. Lodernde Kiefernscheite knackten fröhlich im offenen Kamin und verbreiteten eine gemütliche Wärme. Vor dem großen Panoramafenster stand eine stattliche Rotkiefer, die mit kleinen weißen Lichtern geschmückt war. Glasfiguren hingen zwischen glitzerndem Silberlametta, Süßigkeiten und Baumschmuck, den die Kinder wohl vor Jahren in der Schule gebastelt hatten. Jeder kleine Zweig erlaubte einen Einblick in die sich verändernde Geschichte der Familie – von den Kristallschwänen, in die Amy und Daniels Hochzeitsdatum eingraviert war, über die goldenen Rahmen mit Schulfotos bis hin zu Baumschmuck, der verriet, welches die bevorzugten Sportarten und die Lieblingscomicfiguren der Kinder waren. Sylvias Blick fiel auf zwei kunstvolle weiße Schneeflocken, die mit hellblauem Seidenfaden bestickt waren und wie filigrane Spitze wirkten. »Wie hübsch!«
»Die hat meine Mutter gemacht«, erzählte Amy. »Sie hatte nicht viel Zeit für Handarbeiten, aber sie hat die Hardanger-Stickerei geliebt. In einem Jahr, als Bob und ich noch in der Grundschule waren, haben die Frauen der Nachbarschaft eine Weihnachtsschmucktauschparty abgehalten. Meine Mom hat Dutzende solcher Schneeflocken gemacht, und ich habe sie angebettelt, dass sie mir diese beiden gibt. Sie war erstaunt, dass ich sie haben

wollte, aber ich glaube, sie hat sich auch geschmeichelt gefühlt. Seither hänge ich sie jedes Jahr an meinen Weihnachtsbaum.« Sie betrachtete die fein gearbeiteten Schneeflocken und lächelte wehmütig. »Ich vermisse sie in dieser Zeit des Jahres so sehr. Die Feiertage sind ohne sie einfach nicht mehr so wie früher.«

Andrew legte den Arm um sie, und sie lehnte den Kopf kurz an seine Schulter. Sylvia wurde es etwas leichter ums Herz, als sie Zeugin dieses stillen Austauschs zwischen Vater und Tochter wurde. Trotz ihrer jüngsten Meinungsverschiedenheiten liebten sie einander gewiss viel zu sehr, als dass sie zulassen würden, dass Andrews neuerliche Heirat sie für immer entzweite. Falls weder Amys Stolz noch Andrews Sturheit ihnen in die Quere kamen, würden sie sich bestimmt eher versöhnen, als sich weiter zu entfremden.

Als das Abendessen fertig war, versammelte sich die Familie im Esszimmer, wo ein Gesteck mit Kerzen und Weihnachtssternen dem antiken Tisch aus Kirschholz eine festliche Note verlieh. Das herzhafte Mahl, bestehend aus Braten und Kartoffeln, war ideal für einen kalten Winterabend. Sylvia hielt es für ein ermunterndes Zeichen, dass sich Amy, obwohl sie den Tisch mit dem guten Geschirr eingedeckt hatte, für ein normales, deftiges Essen entschieden hatte, das man eher bei einem Treffen von Freunden und Familienangehörigen servierte, und nicht etwa ein steifes, förmliches Menü gekocht hatte, das dazu gedacht war, einen nicht ganz so gern gesehenen Gast zu beeindrucken. Sie waren jetzt seit zwei Stunden hier, und alles ging gut – so gut, dass Sylvia sich wünschte, sie hätte sich mit Andrew abgesprochen, dass sie bis zum nächsten Morgen abwarten und erst dann ihre Mitteilung machen würden.

»Habt ihr irgendwelche Pläne für den Silvesterabend?«, erkundigte sich Sylvia. »Unsere Familie hat viele deutsch-amerikanische Traditionen gepflegt, die allem Anschein nach in Deutschland gar nicht mehr befolgt werden. Wir haben in unserer Pension in New York ein nettes deutsches Paar kennengelernt, das uns erzählt hat, dass jeder in ihrem Land – und sie betonten, *jeder* – eine bestimmte Fernsehsendung anschaut, die mir ein bisschen seltsam vorgekommen ist.«

»Das Silvester-Rockkonzert live aus Berlin mit David Hasselhoff?«, riet Kyle.

Sylvia lachte und erzählte von ›Dinner for One‹, wohl wissend, dass sie die Geschichte nicht nur schilderte, um die Zuhörer zu amüsieren, sondern auch um ihre Mitteilung hinauszuzögern.

Am liebsten wäre sie mit Andrew einen Moment allein gewesen, um ihn bitten zu können, damit noch zu warten, aber vielleicht tat er das ja ohnehin. Schließlich war es ihre Idee gewesen, gleich zu Beginn ihres Besuchs mit der Wahrheit herauszurücken. So sehr sie Amys Reaktion fürchtete, sie mussten es hinter sich bringen und das Beste hoffen.

Andrew wartete mit der Neuigkeit bis nach dem Essen. Die Enkel räumten den Tisch ab, während Amy den Kaffee zubereitete, doch bevor die jungen Leute zu ihren Videospielen und ihren Chatrooms oder was immer sie am Computer so faszinierte zurückkehren konnten, bat er sie, sich noch einmal hinzusetzen.

Während die Teenager Platz nahmen und sich dabei fragend zulächelten, saß Amy ganz still und reglos am Kopf des Tisches. Sylvia betete im Stillen um Frieden und wünschte sich nur für einen Augenblick, Andrew hätte Amy die Nachricht schon am Telefon beigebracht.

»Was ist denn, Dad?«, fragte Amy. »Du bist doch nicht ... nicht etwa krank, oder?«
»Nein, nein«, antwortete Andrew. »Ich habe mich nie besser gefühlt, und ein Grund dafür ist, dass ich inzwischen der stolze Ehemann dieser hübschen Frau hier neben mir bin.«
Dabei schob er seine Finger in Sylvias Hand, lächelte ihr aufmunternd zu und führte ihre Hand an seine Lippen.
Die Enkel jubelten los, und Daniel lächelte breit. »Herzlichen Glückwunsch«, sagte er und klopfte seinem Schwiegervater auf die Schulter. Er stand auf und kam zu Sylvia, um ihr einen Kuss auf die Wange zu drücken.
Amy saß mit weit aufgerissenen Augen wie angewurzelt da, den Blick auf ihren Vater geheftet. »Du meinst, dass du ihr *Verlobter* bist«, sagte sie. »Du hast *Ehemann* gesagt.«
»Ich habe mich nicht versprochen«, antwortete Andrew. »Sylvia und ich haben an Weihnachten geheiratet.«
Amy starrte ihn an, und offenkundig fiel schließlich der Groschen. »Willst du mir damit etwa sagen, dass ihr heimlich geheiratet habt?«
»Wir hatten eine wunderschöne Hochzeitsfeier in Elm Creek Manor«, antwortete Sylvia. »Es stimmt, wir haben die meisten unserer Freunde damit überrascht, doch wir betrachten das nicht als heimliche Hochzeit.«
»Daran ist doch gar nichts auszusetzen«, stellte Ryan fest. »Glückwunsch, Großpapa. Möchtest du mit uns Xbox spielen? Wir haben vier Controller.« Sein älterer Bruder stieß ihm in die Seite. »Was ist? Was habe ich denn gesagt?«
Enttäuscht jammerte Caitlin los: »Wir haben das Ganze also verpasst?«
»Wir wollten ja, dass ihr dabei seid«, gab Andrew zu be-

denken. Sein Blick wanderte von Daniel zu Amy. »Ihr und Bob und Kathy und ihre Kinder und die ganze Familie. Jetzt versteht ihr vielleicht, warum wir so erpicht darauf waren, dass ihr über Weihnachten zu uns nach Elm Creek kommt.«

»Hätten wir gewusst, dass ihr heiratet, dann wären wir bestimmt gekommen«, sagte Amy.

»Warum? Damit ihr uns davon abhalten könnt? Ihr habt uns gesagt, dass ihr über Weihnachten nicht kommen könnt, aber wir hätten trotzdem wissen sollen, dass ihr es doch hättet einrichten können, falls eine Hochzeit geplant sein sollte?«

»Andrew, nicht so«, murmelte Sylvia ihm zu.

»Die Hochzeit sollte eine Überraschung sein«, erklärte Daniel seiner Frau. »Sie konnten es uns nicht sagen, sonst hätten sie doch die Überraschung verdorben.«

»Warum musste es denn eine Überraschung sein?«, fragte Amy mit anschwellender Stimme. »War die Verlobung nicht schon Überraschung genug? Musstet ihr uns denn auch mit der Hochzeit überrumpeln?«

»Wir wollen doch alle erst einmal tief Luft holen und uns beruhigen«, forderte Sylvia die anderen auf.

»Im Ernst, also, Friede, Leute«, sagte Caitlin, verschränkte die Arme und schüttelte den Kopf in Richtung ihrer Mutter und ihres Großvaters.

Amy funkelte ihre Tochter wütend an. »Mir missfällt dein Tonfall, und war das überhaupt ein richtiger Satz?«

Caitlin verdrehte die Augen.

»Hättet ihr uns wirklich bei eurer Hochzeit dabeihaben wollen, dann hättet ihr es uns gesagt«, erklärte Amy an ihren Vater gewandt. »Hältst du mich für blöd? Ich weiß, wie es war. Ihr wusstet, dass wir es nicht gutheißen, und so habt ihr uns nur deshalb eingeladen, damit ihr hin-

terher behaupten könnt, ihr hättet es versucht, dann konntet ihr die Hochzeit heimlich durchziehen.«
»Wärt ihr gekommen, wenn ihr es gewusst hättet?«, fragte Andrew. »Hättet ihr uns unterstützt, oder hättet ihr nur abgewartet und ein Theater veranstaltet, sobald die Bürgermeisterin die Frage stellte, ob irgendjemand etwas gegen die Eheschließung einzuwenden hat? Vielleicht ist es ja gut, dass ihr nicht gekommen seid.«
Amy schob ihren Stuhl zurück, doch Sylvia legte schnell die Hand auf ihren Arm. »Bitte, bleib. Wir müssen das durchsprechen.«
»Was gibt es da zu besprechen?«, schnauzte Amy, aber sie blieb auf ihrem Stuhl sitzen.
Sylvia faltete die Hände im Schoß. »Vielleicht hätten wir die Sache anders angehen sollen, und falls wir euch gekränkt haben, tut es mir ehrlich leid. Wichtig ist jetzt jedoch, dass wir verheiratet sind, und wir hoffen, dass ihr es fertigbringt, euch über unser Glück zu freuen. Wenn es in diesem Augenblick zu viel verlangt ist, dass ihr euch freut – und ich kann mir den Grund dafür durchaus vorstellen –, dann bitten wir euch zumindest, es hinzunehmen.«
Amy weigerte sich, Sylvia anzusehen. »Wie können wir euch unsere Zustimmung geben, wenn ihr uns in der Sache kein Mitspracherecht eingeräumt habt?«
»Weil ihr in der Sache überhaupt kein Mitspracherecht fordern könnt«, stellte Andrew ungläubig fest. »Es ist nicht eure Entscheidung, ob, wen, wann oder wie ich heirate. Das geht nur Sylvia und mich etwas an. Das war nie eine Familienentscheidung.«
»Hier ist nie etwas eine Familienentscheidung«, murmelte Caitlin.
»Das reicht jetzt, junge Dame«, schnauzte Amy.

Caitlin rümpfte verächtlich die Nase, stand langsam von ihrem Stuhl auf und ging aus dem Zimmer. Ihre Brüder tauschten besorgte Blicke und beschlossen, es ihr gleichzutun.
Daniel stützte die Ellenbogen auf den Tisch und legte das Kinn in die Hände. »Nur damit das klar ist, ich finde, ihr seid ein tolles Paar, und ich wünsche euch beiden, dass ihr viele Jahre miteinander glücklich seid.«
»Daniel!«, stieß Amy hervor.
»Ach komm schon, Darling, du kennst meinen Standpunkt.«
»Ja, du bist offenkundig gegen mich.«
»Hier geht es nicht um dich.« Daniel deutete auf das frischvermählte Paar. »Es geht um sie. Um ihr Glück. Sylvia hat recht. Es ist nicht mehr rückgängig zu machen. Es ist Zeit, dass wir als Familie wieder zusammenfinden.«
»Sie prahlen mir gegenüber mit ihrer Hochzeit, und ich soll mich darüber freuen?«
»Das wäre auf jeden Fall besser, als sich wie ein verzogenes Gör zu verhalten«, stellte Andrew fest.
Mit einer Geste, die an jene ihrer Tochter erinnerte, starrte Amy ihn wortlos an, dann stand sie von ihrem Stuhl auf und verließ eilig das Zimmer.
»Tut mir leid«, sagte Daniel den Neuvermählten.
»Das ist nicht deine Schuld«, versicherte ihm Sylvia, als er seiner Frau nacheilte.
»Ich hätte wissen müssen, dass es dazu kommt«, murmelte Andrew, als sie allein waren.
»Das musste ja passieren«, sagte Sylvia. »Du bist hier hereingekommen und hast doch nur darauf gewartet, dass Amy unsere Hochzeit missbilligt. Ehrlich, Andrew, das hätte man viel geschickter angehen können.«
»Machst du mir vielleicht Vorwürfe?«

»Ach, man kann immer jede Menge Vorwürfe machen.« Sylvia ergriff seine Hand. »Wir haben doch gewusst, wie sie auf die Nachricht reagiert. Hättest du nur mehr Einfühlungsvermögen gezeigt anstatt die Geduld zu verlieren –«
»Ich weiß«, antwortete Andrew zerknirscht. »Ich weiß. Ich hätte mich am Riemen reißen müssen, aber Sylvia, als sie sich gegen dich gewandt hat –«
»Ich habe dir schon einmal gesagt, dass ich durch wütende Äußerungen nicht so leicht in die Knie zu zwingen bin.« Sylvia schüttelte den Kopf. Alles war so schnell in die falsche Richtung gelaufen. »Sie war unvernünftig, du hast überreagiert, und jetzt steht die Sache schlechter als zuvor, fürchte ich.«
Andrew runzelte die Stirn und strich sich über das Kinn. »Und, was machen wir jetzt?«
»Ich denke, uns bleibt nur eine Lösung.«
»Und die wäre?«
»Wir müssen uns ihrem Wunsch beugen.«

Beim Frühstück am nächsten Morgen herrschte eine angespannte Atmosphäre. Amy redete kaum ein Wort, und es war klar, dass sie auf ihren Mann genauso wütend war wie auf Sylvia und ihren Vater. Die Enkel versuchten, die Stimmung mit Witzen und amüsanten Geschichten aufzuheitern, wurden jedoch entmutigt, als ihre Zuhörer sich kaum zu einem Lächeln herabließen. Caitlin machte noch lange weiter, als ihre Brüder bereits aufgegeben hatten, und bombardierte Sylvia mit Fragen über ihre Hochzeit. Im Bewusstsein, dass Amy das Gespräch geflissentlich ignorierte, gab Sylvia eine zurückhaltende Schilderung der Zeremonie in dem von Kerzen beleuchteten Ballsaal des Manors, das inzwischen dank des Einsatzes von Sarah McClures Ehemann Matt, der die Vollzeitstelle als Gärtner und Hausmeister des Anwesens übernommen hatte, in seiner alten Pracht renoviert worden war.

»Hast du es Bob und Kathy schon gesagt?«, wollte Daniel von Andrew wissen und spielte damit auf Andrews Sohn und Schwiegertochter an.

»Noch nicht«, antwortete Andrew.

»Erwarte bloß nicht, dass es Rosenblüten regnet«, stellte Amy kurz angebunden fest. »Ich bezweifle, dass sie die Nachricht freudiger aufnehmen als wir. Die Mädchen wollten die Brautjungfern sein, wie ihr euch doch sicher erinnert.«

Andrew warf ihr einen erstaunten Blick zu. »Bist du jetzt wütend, weil wir geheiratet haben oder weil die Hochzeit ohne euch stattgefunden hat? Ich komme nicht mehr mit.«

Sylvia runzelte die Stirn. Warum musste Andrew sich jedes Mal, wenn Amy etwas sagte, ködern lassen?

»Ich wollte auch eine Brautjungfer sein, aber ich beklage mich trotzdem nicht«, stellte Caitlin fest. »Meine Cousinen werden drüber hinwegkommen. Das Wichtigste ist doch, dass ihr so geheiratet habt, wie ihr es wolltet.«

»Nicht ganz so, wie wir es wollten«, antwortete Sylvia. »Wir wollten, dass ihr alle dabei seid. Ehrlich.«

Caitlin zuckte mit den Achseln und machte ein Gesicht, das verriet, dass das keine Rolle spielte. »Wie sollen wir dich jetzt eigentlich nennen? Mrs Cooper?«

»Nein, ich habe beschlossen, meinen Namen nicht zu ändern. Ich war so lange Sylvia Compson, dass ich glaube, ich könnte mich an keinen neuen Namen mehr gewöhnen.«

»Aber es ist ja nicht so, als würdest du deinen Mädchennamen behalten«, wandte Amy ein. »Genau genommen behältst du den Namen deines ersten Ehemanns, anstatt den meines Vaters anzunehmen. Manche Leute könnten das vielleicht für ein Zeichen mangelnder Zuneigung halten.«

Andrew lud sich Rührei auf einen gebutterten Toast. »Wenn es mir nichts ausmacht, sollte es auch euch nichts ausmachen.«

Caitlin warf ihrer Mutter kurz einen mürrischen Blick zu, dann wandte sie sich wieder an Sylvia. »Sollen wir dich Großmama nennen?«

Amy schlug mit der Handfläche auf den Tisch. »Sie ist nicht eure Großmutter.«

»Wir können sie doch nicht *Stiefoma* nennen«, wandte Ryan ein. »Das klingt so blöd.«

»Blöd oder nicht, das ist sie nun einmal – ob es dir gefällt oder nicht.«

Andrew sah verärgert aus. »Jetzt reicht es mir –«

»Ich denke, es reicht uns allen«, sagte Sylvia und stand auf. »Ich kann den Gedanken nicht ertragen, die Ursache für den Zwist in dieser Familie zu sein. Amy, du hast recht. Du hast gewonnen.« Sie wandte sich an Andrew und richtete sich auf. »Es tut mir leid, Darling. Unsere Hochzeit war ein Fehler. Sobald wir nach Elm Creek Manor zurückkommen, werde ich die Annullierung unserer Ehe beantragen.«

Andrew blickte mit schmerzverzerrtem Gesicht zu ihr auf. »Sylvia –«

Sylvia schaffte es, ihm ein zärtliches Lächeln zuzuwerfen und ihre Tränen zu unterdrücken, dann ging sie hastig aus dem Zimmer.

Im Gästezimmer oben angekommen, rollte sie Andrews Koffer auf den Flur und machte die Tür zu. Wenn sie mit diesem Mann nicht verheiratet bleiben würde, konnte sie das Schlafzimmer unmöglich mit ihm teilen.

Sie arrangierte die Kissen auf dem Bett zu einem bequemen Sitz und holte den Quilt ›Neujahrsüberlegungen‹ aus ihrer Einkaufstasche. Sie breitete die Patchworkdecke über ihrem Schoß aus und betrachtete sie, und die beruhigenden Farben und komplizierten Muster hellten ihre Stimmung sogleich auf. Sie fädelte eine Nadel ein, machte sich an die Arbeit und fragte sich, ob Amy ihr Geschenk wohl annehmen würde oder ob all ihre Mühen umsonst gewesen waren.

Durch die geschlossene Tür hörte sie die gedämpften Geräusche eines hitzigen Streits, während sie die letzte der vier Ecken des Randstreifens nähte. Sylvia konzentrierte sich auf die letzte Ecke des Quilts, obwohl sie die von unten mal lauter, mal leiser heraufdringenden Stimmen vernahm. Sie konnte keine Einzelheiten der Auseinandersetzung hören, sich jedoch sehr wohl ausmalen, was sich da unten abspielte. Als für fünf Minuten Ruhe herrschte, wusste sie, dass sie in eine Sackgasse geraten waren, und natürlich dauerte es nicht lange, dann hörte sie Schritte vom Ende des Flurs näher kommen.

Die Tür ging auf, und Andrew streckte den Kopf herein. Er deutete auf den Koffer zu seinen Füßen. »Du wirfst mich raus?«

Über dem Rand ihrer Brille zog sie die Augenbrauen hoch. »Alles andere wäre nicht richtig.«

Andrew runzelte die Stirn, aber er konnte kaum etwas dagegen einwenden. »Du wirst dich doch nicht bis Silvester hier oben einschließen, oder?«

Sylvia überlegte. »Ich glaube nicht, so verlockend das auch sein mag. Jetzt, da Amy ihren Willen durchgesetzt hat, denke ich, wird unten, weil wir sie so glücklich gemacht haben, eine weit angenehmere Stimmung herrschen.«

»Du wirst schon sehen, wie glücklich sie ist!«, antwortete Andrew verächtlich, als Sylvia den Quilt und das Zubehör in die Tasche zurücksteckte.

Die Enkel hatten sich verdrückt, und Sylvia hatte dafür großes Verständnis. Amy und Daniel waren in der Küche gerade dabei, das Frühstücksgeschirr abzuspülen und in die Spülmaschine zu räumen. »Kann ich irgendwie helfen?«, fragte Sylvia.

»Nein«, antwortete Amy. »Danke, wir sind fertig.«

Sie schaute nicht in Sylvias Richtung, aber es war offensichtlich, dass sie geweint hatte. Sylvia tat, als bemerke sie es nicht, setzte sich an den Küchentisch und blätterte die Zeitung durch.

Andrew zog einen Stuhl zurück und setzte sich neben sie. »Kann ich irgendetwas tun, um dich umzustimmen?«

»Leider nicht, mein Lieber.« Sylvia reichte ihm den Sportteil, aber er ignorierte ihn. »So ist es für alle am besten.«

»Wie kannst du nur so etwas sagen?«

»Wenn ich von der Bildfläche verschwinde, dann kannst du mit deinen Kindern –« Sie machte eine Handbewegung, die zu erkennen gab, dass sie nach den richtigen Worten suchte. »Dann könnt ihr wieder euer normales Verhältnis pflegen.«

»Als wäre nichts passiert? Das ist unmöglich! Ich werde immer daran denken, dass sie diejenigen waren, die dich vertrieben haben. Das werde ich ihnen niemals verzeihen können. Unsere Scheidung würde die Familie mehr spalten, als es die Hochzeit je tun konnte.«

Sylvia sah, dass Amy und Daniel besorgte Blicke tauschten. »Vielleicht sollten wir das lieber unter vier

Augen klären«, sagte Sylvia mit ein wenig gesenkter Stimme. »Wir haben eine lange Heimfahrt vor uns. Da können wir das besprechen.«
Verzweifelt rang Andrew die Hände. »Und wenn wir zu Hause angekommen sind, was dann?«
»Ach, mein Lieber. Du hast recht. Daran habe ich noch gar nicht gedacht.«
Amy konnte ihre Neugier nicht länger zügeln. »Woran hast du nicht gedacht?«
»Ich kann nach unserer Scheidung wohl schlecht mit Sylvia zusammenleben, oder?«, sagte Andrew. »Seit Jahren ist Elm Creek Manor mein Zuhause, aber jetzt nicht mehr. Wo soll ich bloß hin?«
»Haben dich Bob und Kathy nicht gefragt, ob du bei ihnen wohnen möchtest?«, erkundigte sich Amy leise.
»Das ist doch Quatsch. Ihr wisst selbst, wie klein diese Reihenhäuser in Südkalifornien sind. Wir würden uns ja dauernd gegenseitig auf die Füße treten. Und ich bin mir sicher, dass ich nicht für den Rest meines Lebens auf ihrem Klappsofa schlafen kann, nicht mit meinem Rücken.«
»Na ja, du hast fürs Erste ja dein Wohnmobil. Du kannst es über den Winter sogar in Elm Creek Manor abstellen, wenn du willst. Aber –« Sylvia warf Amy und Daniel einen flehentlichen Blick zu. »Aber ich glaube nicht, dass man erwarten kann, dass du für immer in deinem Wohnmobil wohnst.«
»Du könntest zu uns ziehen«, schlug Daniel vor und legte den Arm um die Schulter seiner Frau. »Das ist das Mindeste, was wir für dich tun können, da wir für Sylvias Entscheidung ja immerhin mit verantwortlich sind.«
»Warte mal!« Amy schüttelte den Arm ihres Mannes ab

und hob abwehrend die Hände. »Vielleicht überstürzen wir die Sache gerade.«
»Habt ihr hier in der Stadt ein Veteranenzentrum?«, erkundigte sich Andrew bei Daniel. »Kann ich das Wohnmobil in eurer Einfahrt abstellen, oder wäre es besser auf der Straße vor dem Haus?«
Sylvia lächelte Amy strahlend an. »Was bist du für eine großzügige Tochter, dass du deinen Vater in deinem Heim aufnimmst, vor allem jetzt, da die Kinder in ein paar Jahren aufs College gehen. Dass du das alles auf dich nimmst – das Kochen und Waschen und Herumkutschieren –, wo du dich doch wahrscheinlich darauf gefreut hast, endlich mehr Zeit für dich zu haben. Nun, ich glaube, nicht viele Töchter wären so großmütig.«
»Ich hoffe, ihr hattet mit eurem Gästezimmer nichts anderes vor«, sagte Andrew.
Amy schüttelte den Kopf, und sie sah aus, als sei ihr ein wenig schlecht. »Ich hatte mir überlegt, es als Nähzimmer zu nutzen, aber – «
»Ach, meine Liebe!«, rief Sylvia aus. »Ich glaube kaum, dass wir deinen Quiltunterricht fortsetzen werden, da das bestimmt mein letzter Besuch hier ist.«
»Kann ich das Zimmer umgestalten?«, fragte Andrew. »Nichts für ungut, aber es ist schrecklich kitschig eingerichtet. Ich würde gern meine Anglertrophäen aufhängen.«
»Tote Forellen auf einem polierten Brett, so habe ich sie immer genannt«, vertraute ihnen Sylvia an.
»Vielleicht können mich die Kinder ja durch die Stadt fahren, wenn ihr zu beschäftigt seid«, überlegte Andrew laut. »Sie haben inzwischen doch alle ihren Führerschein, oder? Ich denke, ich sollte lieber nicht mit dem Wohnmobil zum Einkaufen fahren, es sei denn, eure Nachbarn

sind sehr nachsichtig. Die Straßen hier sind so schmal, dass ich vielleicht den einen oder anderen Briefkasten umfahren könnte.«

Sylvia, Andrew und Daniel fingen an, gleichzeitig loszureden, ein Stimmengewirr von Einrichtungsvorschlägen und Streckentipps. Auf einmal schlug sich Amy die Hände an die Wangen, und ihr Blick schweifte im Zimmer herum, als suche sie verzweifelt nach einem Ausgang.

Schon bald hatte Amy eindeutig genug gehört. »Okay, okay!« Als die anderen schwiegen, schloss sie die Augen und atmete tief durch. »Dad, Daniel, würdet ihr Sylvia und mich einen Moment allein lassen?«

»Warum?«, fragte Daniel genervt.

Amy schaute ihn an, als würde nur ein einziges weiteres Wort dazu führen, dass sie explodierte. »Geht einfach! Bitte.«

Daniel stupste seinen Schwiegervater an und deutete in Richtung Tür. Als sie aus der Küche gingen, musste Andrew sich ein Grinsen verkneifen. Sylvia wusste, dass er der Meinung war, der Triumph sei ihm sicher. Denn seiner Ansicht nach konnte das nur der Hinweis sein, dass Amy Sylvia bitten wollte, sich nicht von ihm scheiden zu lassen.

Sylvia war sich nicht so sicher, dass Amy dies vorhatte, aber sie schob die Zeitung beiseite und richtete sich auf, als Amy auf der anderen Seite des Tisches Platz nahm. »Du willst also mit mir allein reden?«

»Mein Vater würde nur Zeit verschwenden und seine Unschuld beteuern, aber ich bezweifle, dass du das tust«, sagte Amy. »Ihr könnt mit der Schauspielerei aufhören und den Vorhang fallen lassen. Bitte.«

»Ich verstehe nicht.«

»So zu tun, als wolltest du dich von meinem Vater trennen.

Ich weiß, was du vorhast, und ich glaube auch zu wissen, warum.«
Sylvia seufzte. »Wie bist du darauf gekommen? Haben wir unsere Rollen wirklich so schlecht gespielt?«
»Mein Vater liebt dich«, sagte Amy. »Würde er glauben, dass du dich tatsächlich von ihm scheiden lassen willst, dann würde er nicht über den Abstellplatz seines Wohnmobils und über seine Pläne reden, dass er tote Fische an die Wand hängen möchte. Es würde ihm das Herz brechen. Er wäre am Boden zerstört. Und ich glaube, du ebenfalls.«
Zögerlich gestand Sylvia ein: »Ich vermute, die Tatsache, dass keine Tränen geflossen sind und er mich nicht angefleht hat, war ein untrüglicher Hinweis.«
»Außerdem habt ihr eure Rollen wirklich schlecht gespielt.«
»So schlecht kann es nun auch wieder nicht gewesen sein«, stellte Sylvia fest. »Du warst ein paar Minuten lang echt entsetzt. Ich habe es an deinem Blick erkannt, als du dir vorgestellt hast, hinter deinem Vater herputzen zu müssen und dein Nähzimmer zu verlieren.«
»Vielleicht war ich einen Augenblick nervös.«
»Dein Vater hatte gehofft, das mindestens noch einen Tag so weiterlaufen zu lassen«, sagte Sylvia. »Er dachte, wenn dir ein Vorgeschmack vermittelt würde, welche Auswirkungen es auf sein und dein Leben hätte, wenn wir nicht mehr zusammen wären, würdest du unsere Ehe von Herzen befürworten.«
Amy gelang es, ein wenig zu lächeln. »Das ist albern.«
»Wir mussten es versuchen. Mit dir zu diskutieren hat nicht funktioniert. Die Streiterei hat alles nur noch schlimmer gemacht.« Sylvia verschränkte die Finger und legte die Hände auf den Tisch. »Ganz ehrlich, Amy, ich

weiß nicht mehr weiter. Du hast gesagt, dass du dir Sorgen machst, weil ich einen Schlaganfall hatte. Mein Arzt und ich sind der Meinung, dass ich mich davon vollständig erholt habe und in ausgezeichneter gesundheitlicher Verfassung bin, aber selbst wenn du recht hast und wir uns täuschen, ich habe genug finanzielle Mittel, dass du nicht zu befürchten brauchst, dein Vater müsste mich bis zur Erschöpfung pflegen.«

»Darum geht es gar nicht. Ich denke an die emotionale Belastung, wenn er dich verlieren sollte. Du hast nicht miterlebt, was er durchgemacht hat, als er meine Mutter in ihren letzten Jahren gepflegt hat, und wie er nach ihrem Tod um sie getrauert hat.«

»Dein Vater liebt mich, deshalb wird er, wenn ich vor ihm sterbe, sowieso um mich trauern, ob ich seine Freundin oder seine Frau bin. Ich könnte aber auch ihn verlieren. Du könntest Daniel verlieren. Das kann uns nicht davon abhalten, einander zu lieben.« Sylvia schüttelte den Kopf, weil sie wusste, dass nichts von dem, was sie sagte, Amy zur Vernunft bringen würde. »Wir haben dir das alles schon früher gesagt, und du hast nie eine andere Meinung geäußert. Du akzeptierst unsere Prämissen, aber nicht unsere Schlussfolgerungen, deshalb denke ich zwangsläufig, dass hinter deiner Missbilligung etwas anderes steckt.«

Amy musterte sie eine ganze Weile schweigend. »Stimmt.«

»Dachte ich es mir doch.« Sylvia ergriff ihre Hand. »Amy, meine Liebe, du verrätst das Andenken deiner Mutter nicht, wenn du meine Ehe mit deinem Vater befürwortest.«

Amy antwortete nicht, aber ihr stiegen Tränen in die Augen.

»Ich könnte deine Mutter nie ersetzen«, fuhr Sylvia fort. »Das würde ich erst gar nicht versuchen. Dein Vater hat eine zweite Liebe gefunden. Das bedeutet nicht, dass er deine Mutter vergessen hat oder dass seine Liebe zu ihr nicht stark und echt war.«

»Er hat dich zuerst kennengelernt«, stieß Amy hervor, und sie zog ihre Hand zurück. »Aber du warst mit einem anderen verheiratet. War das der einzige Grund, warum er meine Mutter geheiratet hat? War sie die zweite Wahl, und hat er ihr all die Jahre nur etwas vorgespielt und sich insgeheim nach dir verzehrt?«

Bestürzt setzte sich Sylvia auf ihrem Stuhl zurück. »Amy –«

»Wenn das wahr ist, dann ist alles, was ich seit meiner Kindheit über die Liebe gelernt habe, eine Lüge.«

»Ach, Amy, wie sehr du dich doch täuschst!« Sylvia wusste gar nicht, wo sie anfangen sollte. »Was hat dein Vater dir über seine Zeit in der Armee erzählt?«

»Sehr wenig«, antwortete Amy mit einem bitteren Lachen. »Du weißt doch, wie die Männer seiner Generation sind. Sie beklagen sich nicht, sie prahlen nicht. Sie tun einfach, was getan werden muss – ob es nun darum geht, einen Krieg zu gewinnen oder ein Eheversprechen zu halten, selbst wenn sich das Herz nach einer anderen Frau sehnt.«

Sylvia schwor sich im Stillen, Andrew dazu zu bewegen, dass er Amys Missverständnisse ausräumte. Amy musste einfach wissen, was für ein anständiger Mann er war, selbst wenn ihn das zwang, sich mit seinem Verhalten zu brüsten. »Dazu gibt es so viel zu sagen, aber das muss dir dein Vater selbst erzählen«, erklärte sie. »Du musst jedoch in jedem Fall wissen, dass deine Mutter die erste Wahl deines Vaters war. Sie war immer seine große Liebe.«

»Das werden wir nie mit Sicherheit wissen.« – »Im Gegenteil, das wissen wir genau«, entgegnete Sylvia. »Mein Mann ist im Krieg gefallen. Als dein Vater nach seinem Kriegsdienst nach Hause kam, hat er mich in Elm Creek Manor besucht. Hätte er mir seine Liebe erklären wollen, dann hätte er dazu Gelegenheit gehabt.«
»Er hätte diesen Zeitpunkt wohl nicht für den richtigen gehalten«, wandte Amy mit solcher Überzeugung in der Stimme ein, dass Sylvia zu dem Schluss kam, dass sie ihren Vater doch gut kannte. »Du hattest gerade deinen Mann verloren. Er hätte sich doch nicht an eine trauernde Witwe herangemacht.«
»Schon möglich«, antwortete Sylvia, die trotz allem über die Vorstellung amüsiert war, dass sich Andrew, der sich immer wie ein Gentleman verhielt, an irgendeine Frau »heranmachen« würde. »Aber er wäre in der Nähe geblieben, damit er vor Ort sein würde, wenn der richtige Zeitpunkt kommen sollte. Stattdessen hat er eine Arbeitsstelle hunderte Meilen entfernt angenommen, wo er deine Mutter kennengelernt und sich in sie verliebt hat.« Sylvia zwang sich, ihr wohlgehütetes Geheimnis preiszugeben. »Ich gebe zu, dass es Tage gibt, an denen ich mir wünsche, er wäre damals in mich verliebt gewesen und wäre in Waterford geblieben, hätte mir den Hof und einen Heiratsantrag gemacht, als wir noch jung waren. In diesem Fall wären mir viele Jahre der Einsamkeit erspart geblieben. Höchstwahrscheinlich wäre ich in Elm Creek Manor geblieben. Ich hätte mich mit meiner Schwester ausgesöhnt, den Familienbetrieb erfolgreich weitergeführt und mir eine Menge Schwierigkeiten erspart, weil ich das Haus nicht fünfzig Jahre später hätte renovieren müssen. Wäre all das aber geschehen, dann gäbe es dich und Bob, deine Kinder und Nichten nicht. Und Elm Creek

Quilts wäre nie gegründet worden. Dein Vater hätte deine Mutter nicht geliebt, und ich weiß, dass er sich in diesem Fall nicht zu dem noblen Menschen entwickelt hätte, der er heute ist.«

Eine Träne lief Amy über die Wange, und sie senkte den Kopf, um ihr Weinen zu verbergen. »Ich mag keine Veränderungen«, sagte sie. »Ich möchte am Bestehenden festhalten, dass alles so bleibt, wie es ist.«

»In diesem Fall kämpfst du gegen Windmühlen an, meine Liebe«, antwortete Sylvia. Sie schaute sich im Zimmer um, betrachtete die antiken Möbel, die alten Kinderzeichnungen, die über den Beistelltischen und Regalen hingen, und plötzlich hatte sie den Eindruck, Amy das erste Mal richtig zu sehen. Es war nicht Sylvia, gegen die Amy Vorbehalte hatte, sondern die unbekannte Zukunft. »Leben bedeutet Veränderung, aber man muss nicht ängstlich in die Zukunft blicken.«

»Ich mag Weihnachten, aber ich hasse Neujahr«, erklärte Amy und zwang sich zu einem Lachen, als erwarte sie, dass Sylvia sie für eine Idiotin hielt. »Ich mag es nicht, das alte Jahr hinter mir zu lassen und das neue zu begrüßen. Damit sind die vergangenen zwölf Monate, die ich so genossen habe, dahin und kommen nie mehr zurück. Für mich ist das ein Verlust.«

Plötzlich begriff Sylvia, warum Andrews Liebe zu ihr Amys Welt auf den Kopf gestellt hatte. Amy hielt die Vergangenheit für unveränderlich, unwandelbar und sicher. Andrews Verlobung mit Sylvia hatte nicht nur die Liebe ihres Vaters zu ihrer Mutter infrage gestellt, sondern ihr ganzes Weltbild ins Wanken gebracht.

»Stimmt mit mir etwas nicht?«, fragte Amy, und ihr versagte die Stimme. »Am Silvesterabend«, fuhr sie schließlich fort, »sind alle anderen in Partylaune und feiern und zählen die Minuten bis Mitternacht, als könnten sie es kaum erwarten, dass das Jahr zu Ende geht, während ich es mit beiden Händen festhalten will. Ich würde die Kugel am Times Square wieder auf den Pfosten hinaufschieben, wenn man mich ließe.«

»Sei unbesorgt, es ist nichts, was eine kleine Verschiebung der Perspektive nicht richtigstellen könnte«, antwortete Sylvia. »Du bist nicht die Einzige, die ein bisschen traurig ist, wenn das alte Jahr vorüber ist. Was meinst du, wieso ›Auld Lang Syne‹ das beliebteste Lied an Silvester ist? Selbst Robert Burns war melancholisch, als er über das vergangene Jahr nachdachte und sich an Freunde erinnerte, die nicht mehr da waren. Wir können die Vergangenheit nicht festhalten, das stimmt, aber wir können das Beste der Zeiten, die vorbei sind, in unserem Herzen und in unserem Gedächtnis bewahren, und wir können mit Zuversicht und Hoffnung in die Zukunft blicken.«

»Ich vermute, etwas anderes bleibt uns gar nicht übrig«, stellte Amy leise fest.

Sylvia lächelte. »So schlimm ist das nun auch wieder nicht. Ich habe gelernt, Neujahr als Geschenk zu betrachten. Es ist ein leeres Blatt, auf das du schreiben kannst, was du willst. Manchmal nehmen wir uns vor, uns im neuen Jahr zu bessern. Meine Mutter hat mir beigebracht, dass es zudem klug ist, die Welt für einen anderen Menschen zu verbessern, und sei es nur ein kleines bisschen.« Sie erinnerte sich an Mrs Compsons weisen Rat. Sylvia hatte ihn nicht beherzigt und sich nicht rechtzeitig mit ihrer Schwester ausgesöhnt, aber diesen Fehler würde sie nicht ein zweites Mal machen. »Auch die Beilegung eines Streits kann ein solcher Vorsatz sein. Vielleicht können du und ich und dein Vater heute einen Vorsatz fassen. Es ist noch ein paar Tage hin bis Neujahr, aber dieser Vorsatz ist zu wichtig, als dass wir ihn aufschieben könnten.«

»Es ist nicht zu früh«, sagte Amy. »Ich bin froh, dass es nicht zu spät ist. Wegen der drei Kinder habe ich sowieso immer den Eindruck, das neue Jahr fange mit dem ersten Schultag im September an.«

»Dann wollen wir nicht bis Silvester warten, um unsere Meinungsverschiedenheiten auszuräumen.« Sylvia stand auf und nahm ihre Schwiegertochter bei der Hand. »Komm mit. Ich muss dir etwas zeigen.«

Sylvia führte Amy ins Gästezimmer hinauf, wo sie den Quilt ›Neujahrsüberlegungen‹ aus ihrer Einkaufstasche holte und auf dem Bett ausbreitete. »Ich wollte ihn dir zum neuen Jahr schenken«, sagte sie, »aber ob ich ihn dir ein oder zwei Tage früher gebe, spielt ja keine Rolle. Er ist noch nicht ganz fertig, also pass auf, es stecken noch Nadeln im Rand.«

Während Amy den Quilt betrachtete, erzählte Sylvia die Geschichte dieses Quilts mit dem Titel ›Neujahrsüberlegungen‹ – von der Entdeckung des lange vergessenen Verstecks der Stoffreste der Bergstrom-Frauen und der Einsamkeit, die Sylvia dazu veranlasst hatte, die ersten Stücke zurechtzuschneiden, bis zu dem unerwarteten Weg, den sie einschlug, indem sie den Vorsatz, den sie an jenem Abend fasste, einhielt. Sie beschrieb die Blöcke, die sie ausgewählt hatte, und wie jeder eine Erinnerung an ein längst vergangenes Silvesterfest bewahrte. Einen True Lover's Knot für Sylvias verspätete Zustimmung zur Hochzeit von Elizabeth und Henry und einen Orange Peel dafür, dass die beiden in Kalifornien das Lebensglück finden mögen, das sie ihnen wünschte. Ein Beil, um an die Bleiform zu erinnern, die Claudia einst in der Wasserschüssel neben dem Kamin entdeckt und die ihr

Pech in der Liebe und die Entzweiung der Schwestern prophezeit hatte. Einen Wandering-Foot-Block als liebevolle Erinnerung an ihren Bruder und das Geschenk ihrer Mutter, trotz Unsicherheit und Furcht Hoffnung und Mut zu schöpfen. Einfache Muster wie jene, die sie für die Quilts für das Waisenhaus zusammengesetzt hatte, und komplizierte Muster, um auf das komplexe Beziehungsgeflecht innerhalb der Familie hinzuweisen, die durch Liebe und Glück vereint, durch Tragödien jedoch sehr schnell entzweit werden kann. Der Resolution Square für gefasste Vorsätze, die Memory Chain für schmerzhafte Lektionen. In der Patchworkdecke der Erinnerungen war jedes Silvesterfest des nostalgischen Abschieds und jeder Neujahrstag der Vorfreude und Neuanfänge festgehalten.

Sylvia würde Jahre brauchen, um Amy jede dieser Geschichten zu erzählen, jede Lektion zu erklären, die sie in diesen Quilt eingearbeitet hatte, aber jetzt glaubte sie zum ersten Mal, seit sie und Andrew ihre Verlobung bekannt gegeben hatten, dass Amy ihr diese Zeit geben würde.

Sylvia war nicht die Einzige, die von Erinnerungen an längst vergangene Silvesterfeste berichtete. Auf Sylvias Nachfrage hin erinnerte Amy sich an Silvesterpartys in ihrem Elternhaus, an Schneeballschlachten und das Schlittschuhfahren auf dem Teich am Neujahrsmorgen, daran, dass sie sich für das traditionelle Essen aus Schinken und Süßkartoffeln um den Tisch versammelten, dass sie sich auf dem Sofa neben ihren Vater kuschelte und mit ihm das Rose-Bowl-Spiel im College Football anschaute. Wie sie am letzten Tag der Weihnachtsferien den Weihnachtsschmuck wegräumten und den Christbaum hinausschleppten und an den Straßenrand stellten. Wie sie sich mit dem neuen Jahr arrangierte, bis es nicht mehr die Zukunft, sondern die vertraute Gegenwart bedeutete.

Sie blieben so lange im Gästezimmer, dass Andrew und Daniel schließlich kamen und nach ihnen suchten. Der gespannte Gesichtsausdruck der Männer, als Andrew die Tür vorsichtig aufschob, ließ beide Frauen in lautes Lachen ausbrechen. Sylvias Herz tat einen Freudensprung, als Amy die Arme um ihren Vater schlang und ihm etwas ins Ohr flüsterte. Das Gesagte war nur für ihn gedacht, und Sylvia lauschte nicht, aber der glückliche Ausdruck, der Andrews Miene in diesem Augenblick aufhellte, verriet ihr, dass alles gut würde.

In den nächsten beiden Tagen stellte Sylvia den Quilt ›Neujahrsüberlegungen‹ fertig. Häufig saß sie vor dem offenen Kamin neben Amy, die von Hand einen einfachen Block zusammennähte. Bei ihrer Arbeit erzählten sie sich von vergangenen Silvesterabenden, von Jahren, denen sie aufgeregt oder angstvoll entgegengesehen hatten, von Jahren, die zu schön gewesen waren, als dass man sie je vergessen könnte, und von anderen, die zu traurig gewesen waren, um darüber zu reden. Sylvia hatte beinahe den Eindruck, sie sei zu Hause in Elm Creek Manor und sitze mit den Bergstrom-Frauen zusammen, die sie so sehr vermisste. Sylvia wusste, dass es Zeit brauchen würde, bis sich echte Familienbande zwischen ihr und ihrer bis jetzt abweisenden Schwiegertochter entwickelten, aber sie beschloss, geduldig zu sein und Amy die Zeit zu geben, die sie brauchte. Es war schließlich die Zeit der Hoffnung, der Freude und der Neuanfänge, und Sylvia betete darum, dass sie, Amy und Andrew niemals vergaßen, wie schnell die Jahre verstrichen und wie dumm es war, auch nur einen Augenblick davon in Feindschaft zu verbringen.

Am Silvestervormittag nähte Sylvia den letzten Stich der Umrandung, und als sie Amy den Quilt überreichte, hoffte sie inständig, dass sie beide das Beste aus dem Neuanfang des neuen Jahres machen würden. Sie wusste, dass es keinen besseren Zeitpunkt gab, um über die Vergangenheit nachzudenken – über Fehler und Triumphe, Glück und Trauer – und um Erfahrungen zu beherzigen, die einen in der Zukunft leiten konnten. Sie vertraute darauf, dass Amy und Andrew es ebenso hielten.

Sylvia gab nicht vor zu wissen, was das neue Jahr bringen würde. Der vor ihnen liegende Weg führte durch Sonnenschein und Schatten, und sie konnte nicht über die erste Wegbiegung hinaussehen. Aber mit den Lieben an ihrer Seite und den liebevollen Erinnerungen an jene im Herzen, die bereits gestorben waren, würde sie mutig und mit der Hoffnung in die Zukunft blicken, dass das Beste noch vor ihr lag, wenn sie ihren Part dazu beitrug.

DANKSAGUNG

Eine Flasche des besten Champagners für Denise Roy, Maria Massie, Rebecca Davis, Annie Orr, Aileen Boyle, Honi Werner, Melanie Parks, David Rosenthal und alle anderen Mitarbeiter von Simon & Schuster für die Unterstützung bei der Elm-Creek-Quilt-Reihe.

Partyhüte und ein Tischfeuerwerk für Tara Shaughnessy, die wunderbarste Kinderfrau der Welt, die mit meinen Söhnen spielt und mir so die Zeit zum Schreiben gibt.

Ein laut geschmettertes »Auld Lang Syne« für die Freunde und Familienangehörigen, die mich in all den Jahren ermuntert haben, insbesondere für Geraldine Neidenbach, Heather Neidenbach, Nic Neidenbach, Virginia Riechman sowie Leonard und Marlene Chiaverini.

Ein ganzes Feuerwerk für meinen Mann Marty und meine Söhne Nicholas und Michael, weil sie dafür sorgen, dass jedes neue Jahr noch besser wird als das vorangegangene.

Originaltitel: *The New Year's Quilt*
Originalverlag: *Simon & Schuster, Inc.*

Besuchen Sie uns im Internet:
www.weltbild.de

Weltbild Buchverlag – Originalausgaben –

2. Auflage 2007

Projektleitung und Redaktion: Bettina Spangler
Umschlag: X-Design, München
Umschlagabbildung: © Honi Werner
Satz: avak Publikationsdesign, München
Gesetzt aus der Walbaum 10/13 Punkt
Druck und Bindung: GGP Media GmbH, Pößneck

Gedruckt auf chlorfrei gebleichtem Papier

Printed in the EU

978-3-89897-788-3